T0270298

Siempre él

Primera edición: febrero de 2022
Título original: *Him*

Diseño de cubierta: Paulo Cabral - Companhia das Letras
Corrección: Gemma Benavent

Publicado por Wonderbooks
C/ Aragó, 287, 2.º 1.ª
08009, Barcelona
www.wonderbooks.es

ISBN: 978-84-18509-25-4
THEMA: YFM
Depósito Legal: B 1420-2022
Preimpresión: Taller de los Libros
Impresión y encuadernación: CPI Black Print (Barcelona)
Impreso en España – *Printed in Spain*

SARINA BOWEN Y ELLE KENNEDY

SERIE #PARASIEMPRE

Traducción de
Magdalena Garcías

1

Wes

Abril

Hay bastante cola en la cafetería, aun así, seguro que llegaré a la pista de hielo a tiempo. A veces todo encaja.

Este fin de semana, mi equipo de *hockey* ha pasado las dos primeras rondas preliminares del Campeonato Nacional Universitario de la NCAA y nos hemos clasificado para el campeonato de la Frozen Four. No sé cómo he sacado un notable alto en un trabajo de historia que escribí en un coma inducido por el cansancio. Y mi sentido arácnido me dice que el tipo que tengo delante no va a pedir una bebida complicada. Por su manera de vestir, para mí que es un hombre sencillo.

En estos momentos, el viento sopla a mi favor. Estoy concentrado. Los patines se encuentran afilados y la pista, lisa.

La cola avanza y le toca a don Aburrido.

—Un té negro pequeño.

¿Veis?

Un minuto más tarde, llega mi turno, sin embargo, cuando abro la boca, la joven camarera suelta un gritito.

—¡Madre mía, Ryan Wesley! ¡Enhorabuena!

No la conozco, pero el jersey que llevo me convierte en una superestrella al menos durante esta semana.

—Gracias, preciosa. ¿Me pones un expreso doble, por favor?

—¡Marchando! —grita mi pedido a su compañera, y añade—: ¡Date prisa! ¡Tenemos un trofeo que ganar!

¿Y a que no lo adivináis? Se niega a aceptar mis cinco dólares.

Después de meter el billete en el bote de las propinas, salgo de la cafetería y me dirijo hacia la pista de hielo.

Mi humor es excelente cuando entro a la sala de proyecciones de las lujosas instalaciones del equipo en el campus de Northern Mass. Me encanta el *hockey.* Lo adoro. En unos meses, empezaré a jugar como profesional y me muero de ganas.

—Señoritas —saludo a mis compañeros mientras me dejo caer en mi asiento habitual. Las filas se distribuyen en un semicírculo de cara a una pantalla enorme en el centro de la sala y, cómo no, son de cuero acolchado; el lujo de la Primera División en su máxima expresión.

Desvío la mirada hacia Landon, uno de nuestros defensas de primer curso.

—Qué mala cara, colega. —Sonrío—. ¿Todavía te duele la barriguita?

Landon me responde con una peineta, no obstante, es un gesto poco entusiasta. Tiene un aspecto horrible, y no me sorprende. La última vez que me crucé con él, sorbía una botella de *whisky* como intentando que llegase al orgasmo.

—Tío, tendrías que haberlo visto cuando volvíamos a casa —suelta uno de tercero llamado Donovan—. Iba en calzoncillos y quería tirarse a la estatua de enfrente de la biblioteca sur.

Todos estallan en carcajadas, incluido yo, porque, si no me equivoco, la estatua en cuestión es un caballo de bronce. Lo llamo Galletita, y me parece que no es más que un monumento conmemorativo a un exalumno asquerosamente rico que logró entrar en el equipo ecuestre olímpico hará unos cien años.

—¿Intentaste cepillarte a Galletita? —pregunto al novato con una sonrisa.

Se sonroja.

—No —responde malhumorado.

—Sí —corrige Donovan.

Las risas continúan, pero ahora estoy distraído por la sonrisa burlona que Shawn Cassel me dirige.

Supongo que puedo considerar a Cassel como mi mejor amigo. De todos los miembros del equipo, es con quien más me entiendo. Además, a veces, quedamos fuera de los entrenamientos, pero el de «mejor amigo» no es un término que utilice a menudo. Tengo amigos. Un montón de amigos, en realidad. ¿Puedo decir con sinceridad que alguno de ellos me conoce de verdad? No lo creo. No obstante, Cassel casi lo hace.

Pongo los ojos en blanco.

—¿Qué?

Se encoge de hombros.

—Landon no es el único que se lo pasó bien anoche. —Ha bajado la voz, aunque importa más bien poco. Nuestros compañeros se encuentran demasiado ocupados burlándose del chaval por sus travesuras equinas.

—¿A qué te refieres?

Tuerce la boca y contesta:

—Me refiero a que te vi escabullirte con ese cabeza de chorlito. Seguíais desaparecidos cuando Em me arrastró a casa a las dos de la madrugada.

Enarco una ceja.

—No veo el problema.

—No lo hay. Pero ignoraba que te dedicases a corromper heterosexuales.

Cassel es el único del equipo con el que hablo de mi vida sexual. Como soy el único jugador de *hockey* gay que conozco, es un terreno delicado. Es decir, si alguien saca el tema, no voy a callarme y esconderme en el armario, aun así, tampoco lo proclamo a los cuatro vientos.

La verdad es que mi orientación sexual es quizá el secreto peor guardado del equipo. Los chicos lo saben y los entrenadores también. Simplemente, no les importa.

A Cassel sí, pero de una manera diferente. No le importa una mierda que me guste acostarme con tíos. No, quien le importa soy yo. En más de una ocasión me ha dicho que estoy desperdiciando mi vida por saltar de un encuentro a otro con desconocidos.

—¿Quién ha dicho que fuera heterosexual? —replico con sorna.

A mi amigo le entra la curiosidad.

—¿En serio?

Vuelvo a arquear una ceja y él se ríe.

La verdad es que dudo que el tipo de la fraternidad con el que me enrollé anoche sea gay. Es más bien heteroflexible, y no voy a mentir: ese fue el atractivo. Resulta más fácil liarse con los que luego, por la mañana, fingen que no existes. Una noche de diversión sin ataduras, una mamada, un polvo, lo que sea que su coraje líquido les permita probar, y desaparecen. Actúan como si no hubieran pasado las horas previas admirando mis tatuajes e imaginando mi boca alrededor de sus pollas. Como si no hubieran pasado sus codiciosas manos por todo mi cuerpo mientras suplicaban que los tocara.

Las aventuras con los gais son potencialmente más complicadas. Podían querer algo más; una relación o promesas imposibles.

—Un momento... —Le llamo la atención tras analizar lo que me ha dicho—. ¿A qué te refieres con que Em te arrastró a casa?

Cassel aprieta la mandíbula.

—Es justo lo que parece. Se presentó en la fraternidad y me sacó a rastras. —Su cara se relaja, pero no demasiado—. Estaba preocupada por mí. No le contestaba los mensajes porque me quedé sin batería en el móvil.

No digo nada. Hace tiempo que desistí de intentar que Cassel vea cómo es realmente esa chica.

—Habría acabado hecho un desastre si ella no hubiera aparecido. Así que... sí, supongo que tuve suerte de que viniera a buscarme antes de que me emborrachara demasiado.

Me muerdo la lengua. No, no me voy a involucrar en su relación. El hecho de que Emily sea la chica más pegajosa, cabrona y loca que he conocido no me da derecho a interferir.

—Además, sé que no le gusta que salga de fiesta. No debería haber ido ya de entrada...

—Ni que estuvierais casados —suelto.

Mierda. Adiós a lo de mantener la boca cerrada.

La expresión de Cassel se ensombrece.

Me apresuro a retractarme:

—Lo siento. Eh... no me hagas caso.

Sus mejillas se hunden y tiene la mandíbula tensa como si quisiera molerse los dientes hasta hacerlos polvo.

—No. Eso... Maldición. Tienes razón. No estamos casados —dice, y murmura algo que no logro entender.

—¿Qué?

—Digo que… no todavía, al menos.

—¿No todavía? —repito horrorizado—. Por el amor de Dios, tío, por favor, por favor dime que no te has comprometido con esa chica.

—No —responde con rapidez. Luego vuelve a bajar la voz—. Pero no deja de insistir en que quiere que le pida matrimonio.

¿Matrimonio? Con solo pensarlo, se me pone la piel de gallina. Maldita sea, voy a ser el padrino en su boda, estoy seguro.

¿Es posible hacer un brindis sin mencionar a la novia?

Por suerte, el entrenador O'Connor entra en la sala antes de que esta locura de conversación haga que la cabeza me dé más vueltas.

La estancia se sume en el silencio cuando entra el entrenador. El hombre es… autoritario. No, más bien aterrador: mide un metro noventa y cinco, tiene el ceño siempre fruncido y lleva la cabeza afeitada, no porque esté calvo, sino porque le gusta parecer un cabrón de cuidado.

Comienza la reunión recordándonos, uno por uno, qué hicimos mal en el entrenamiento de ayer. Algo innecesario por completo, pues esas críticas aún me arden por dentro. La fastidié en una de las prácticas de duelos, hice pases que no tenía que hacer y fallé el gol cuando lo tenía a tiro. Fue uno de esos entrenamientos de mierda en los que nada sale bien, y ya he prometido que me pondré las pilas cuando salgamos al hielo mañana.

La postemporada se reduce a dos partidos cruciales, por lo que tengo que estar atento. Necesito estar centrado. Northern Mass no ha ganado un campeonato de la Frozen Four en quince años y, como anotador principal, estoy decidido a cosechar dicha victoria antes de graduarme.

—Muy bien, manos a la obra —anuncia el entrenador en cuanto termina de echarnos en cara la pena que damos—. Empezaremos con el partido Rainier contra Seattle de la semana pasada.

Mientras la imagen congelada de un estadio universitario llena la inmensa pantalla, uno de nuestros extremos izquierdos frunce el ceño.

—¿Por qué con Rainier? En la primera ronda jugaremos contra Dakota del Norte.

—Nos centraremos en ellos la próxima vez. Rainier es el que me preocupa ahora.

El entrenador le da al portátil que está sobre el escritorio y la imagen en la pantalla gigante se descongela. El sonido de una multitud resuena en la sala de proyecciones.

—Si nos enfrentamos a estos tipos en la final, lo pasaremos mal —comenta el entrenador en tono sombrío—. Quiero que observéis al portero. El chico es perspicaz como un halcón. Tenemos que encontrar su punto débil y explotarlo.

Centro la mirada en el partido que se está disputando y me fijo en el portero de uniforme negro y naranja que está en el área de juego. Sin duda, es muy perspicaz. Evalúa el campo de juego con la mirada firme, aprieta el palo con fuerza y para el primer tiro que le llega. Es rápido. Atento.

—Mirad cómo controla el rebote —ordena el entrenador mientras el equipo contrario suma otro tiro a puerta—. Fluido. Controlado.

Cuanto más lo observo, más inquieto estoy. No puedo explicarlo. No tengo ni idea de por qué se me eriza el vello de la nuca; algo de ese portero me pone alerta.

—Coloca el cuerpo en un ángulo perfecto. —El entrenador suena pensativo, casi impresionado.

Igual que yo. Esta temporada no he seguido a ninguno de los equipos de la costa oeste. Me he mantenido muy ocupado centrándome en los de nuestra zona y analizando las grabaciones de los partidos para encontrar la forma de ganar. Pero, ahora que la postemporada ha comenzado, es momento de evaluar a los equipos contra los que podríamos enfrentarnos en el campeonato si llegamos a la final.

No dejo de observar y analizar. Maldita sea, me gusta cómo juega.

Conozco su forma de jugar.

Lo reconozco desde el preciso instante en que el entrenador dice:

—El chico se llama...

«Jamie Canning».

—... Jamie Canning. Es de último curso.

Mierda.

Joder, maldita sea.

Mi cuerpo ya no está alerta, sino temblando. Hace tiempo que sé que Canning va a Rainier, aun así, cuando busqué información sobre él la temporada pasada, descubrí que había sido relegado a portero suplente y sustituido por un joven de segundo año del que se rumoreaba que era imparable.

¿Cuándo recuperó Canning la titularidad? No voy a mentir, le seguía la pista, pero dejé de hacerlo cuando la cosa empezó a rozar el acoso. Quiero decir, es imposible que él se interesara por mí, no después de que yo acabara con nuestra amistad como un imbécil.

El recuerdo de mis acciones egoístas es como un puñetazo en el estómago. Maldición. Fui un amigo horrible, una persona horrible. Era mucho más fácil lidiar con la vergüenza cuando Canning estaba a miles de kilómetros, pero ahora...

El miedo me sube por la garganta. Lo veré en Boston durante el torneo. Puede que incluso me enfrente a él.

Hace casi cuatro años que no nos vemos ni hablamos. ¿Qué demonios le voy a decir? ¿Cómo puedes disculparte con alguien por haberlo apartado de tu vida sin tener una explicación?

—Su juego es perfecto —apunta el entrenador.

No, perfecto no.

Se repliega demasiado rápido, un movimiento que siempre fue un problema para él, ya que, al regresar a la red cuando un tirador se acercaba a la línea azul, le proporcionaba un mejor ángulo para disparar. Además, siempre dependió demasiado de las almohadillas, por lo que creaba oportunidades de rebote.

Me muerdo el labio para no desvelar esa información. Contar a mis compañeros de equipo las debilidades de Canning me parece... mal, supongo. Sin embargo, tendría que hacerlo. En realidad, debería, porque nos jugamos la maldita Frozen Four.

Con todo, hace años que no coincido con Canning. Es probable que hubiera perfeccionado su estilo desde entonces. Hasta puede que ni siquiera tenga los mismos puntos débiles.

Yo, por otra parte, aún conservo los míos. Tengo la misma jodida debilidad de siempre. Sigue ahí mientras miro fijamente esa gran pantalla; mientras veo a Jamie Canning detener otro vertiginoso cañonazo; mientras admiro la gracia y la precisión mortal con la que se mueve.

Mi debilidad es él.

2

Jamie

—Estás muy callado esta mañana, incluso para ser tú. —Holly desliza los dedos por mi espalda hasta llegar a mi trasero desnudo—. ¿Piensas en la Frozen Four?

—Sí —respondo. Técnicamente no es mentira. Seguro que esta mañana el viaje del viernes a Boston ronda por la cabeza de otras dos decenas de jugadores. Y en la de tropecientos aficionados.

Sin embargo, no solo pienso en ganar. Ahora que por fin nos dirigimos al campeonato, es hora de aceptar la idea de que podríamos enfrentarnos a Northern Mass. ¿Y quién es el jugador estrella del equipo? Nada menos que Ryan Wesley, mi antiguo mejor amigo.

—¿Qué pasa, cariño? —Holly se apoya en un codo para observarme. No suele quedarse a dormir, pero el maratón de sexo de anoche duró hasta las cuatro de la mañana, y me sentiría como un imbécil si la hubiera metido en un taxi a esas horas.

Con todo, no tengo claro lo que opino de tenerla acurrucada en la cama a mi lado. Dejando de lado el espectacular sexo matutino, su presencia me incomoda. Nunca le he mentido sobre lo que hay entre nosotros, o lo que no hay, no obstante, tengo bastante experiencia con las chicas para saber que, cuando aceptan ser amigas con beneficios, una parte de ellas espera conseguir un novio.

—¿Jamie? —me llama.

Empujo a un lado esa línea de pensamientos preocupantes y la reemplazo por otra.

—¿Alguna vez te ha despedido un amigo? —pregunto para mi sorpresa.

—¿Qué? ¿Como si fuera alguien para quien trabajas? —Sus grandes ojos azules siempre me toman en serio.

Niego con la cabeza.

—No. El máximo goleador del Northern Mass era mi mejor amigo cuando iba al instituto. ¿Conoces el campamento de *hockey* en el que trabajo en verano?

—¿Elites? —Asiente.

—Sí, buena memoria. Antes de ser entrenador ahí, fui alumno. Y también lo era Wes. El tipo estaba como una cabra. —Me río para mis adentros al recordar su aspecto desaliñado—. El chaval era capaz de cualquier cosa. En el centro de la ciudad hay un tobogán para trineos. En invierno puedes deslizarte con uno hasta el lago helado, sin embargo, en verano está cerrado y rodeado con una valla de tres metros de altura. Un día va y suelta: «Tío, cuando se apaguen las luces, saltamos esa cosa».

Holly me masajea el pecho con una de sus suaves manos.

—¿Lo hicisteis? —pregunta.

—Por supuesto. Estaba seguro de que nos descubrirían y expulsarían del campamento, pero nadie nos pilló. Eso sí, Wes fue lo bastante inteligente como para traer una toalla para deslizarse. Yo acabé con quemaduras en la parte posterior de los muslos por tirarme del maldito tobogán.

Holly sonríe.

—Aún me pregunto cuántos turistas tuvieron que borrar las fotos que tomaron del lago Mirror. Cuando Wes veía a un turista preparado para disparar, siempre se bajaba los pantalones.

Su sonrisa se convierte en una risita.

—Parece alguien divertido.

—Lo era. Hasta que dejó de serlo.

—¿Qué pasó?

Coloco las manos detrás de la cabeza e intento aparentar indiferencia, a pesar de la ola de incomodidad que me recorre la columna vertebral.

—No lo sé. Siempre rivalizábamos. Durante nuestro último verano juntos, me retó a una competición... —Me detengo, porque nunca le cuento cosas personales de verdad a Holly—. No sé qué pasó exactamente. Cortó el contacto conmigo después de ese verano. Dejó de responder a mis mensajes. Tan solo... me despidió.

Holly me besa el cuello.

—Suena como si continuaras enfadado.

—Así es.

La respuesta me pilla por sorpresa. Si ayer me hubieran preguntado si había algo que me molestara de mi pasado, habría dicho que no, pero ahora que Ryan Wesley ha vuelto a plantar su culo alocado en mi conciencia, se me ha removido todo de nuevo. Que se vaya a la mierda. Es lo último que necesito antes de los dos partidos más difíciles de mi vida.

—Y ahora tendrás que enfrentarte a él —señala Holly—. Es mucha presión.

Me frota la cadera. Creo que tiene planes para nosotros que implican otro tipo de «presión». Quiere ir a por el segundo asalto, pero no tengo tiempo.

Le atrapo la mano y le doy un beso rápido.

—Tengo que levantarme. Lo siento, nena. Nos ponen una grabación en veinte minutos.

Deslizo las piernas por el lateral de la cama y me giro para contemplar las curvas de Holly. Mi amiguita con derecho a roce es muy *sexy* y mi pene da un pequeño respingo de agradecimiento por lo bien que lo hemos pasado.

—Qué pena —lamenta Holly al tiempo que se tumba de espaldas de manera muy tentadora—. No tengo clase hasta la tarde.

Se pasa las manos por el vientre plano hasta llegar a las tetas. Con los ojos clavados en mí, se pellizca los pezones y luego se lame los labios. Mi polla no lo pasa por alto.

—Eres malvada y te odio.

Recojo los bóxeres del suelo y aparto la mirada antes de empalmarme de nuevo.

Ella suelta una risita.

—A mí tampoco me gustas.

—Ajá. Sigue creyéndote eso.

Aprieto los labios. A solo seis semanas de la graduación, no resulta prudente iniciar una conversación juguetona sobre lo mucho que nos gustamos. Lo nuestro es del todo casual, sin embargo, últimamente ha dejado caer comentarios sobre lo mucho que me echará de menos el año que viene.

Según ella, solo hay setenta kilómetros entre Detroit (donde viviré) y Ann Arbor (donde estudiará medicina). No sé qué haré si empieza a consultar apartamentos de alquiler a mitad de camino entre ambas ciudades.

No, no me apetece nada tener esa conversación.

Sesenta segundos más tarde estoy vestido y me dirijo a la puerta.

—¿Te importa cerrar al salir?

—No, tranquilo —responde, y su risa me detiene antes de que pueda girar el pomo—. No tan deprisa, semental.

Holly se levanta para darme un beso de despedida, y yo me obligo a quedarme quieto y devolvérselo.

—Nos vemos —susurro. Es mi despedida habitual. Hoy, sin embargo, me pregunto si hay otras palabras que espera escuchar.

Pero, desde que la puerta se cierra y ella se queda al otro lado, mi cabeza ya está en otra parte. Me cuelgo la mochila al hombro y salgo a la neblinosa mañana de abril. En cinco días estaré en la costa este intentando ayudar a mi equipo a ganar el campeonato nacional. La Frozen Four es un subidón. Participé una vez hace dos años, en cambio, por aquel entonces era el portero suplente.

No jugué y no ganamos. Me gusta pensar que ambas cosas tienen relación.

Esta vez será diferente. Esperaré en la portería, la última línea de defensa entre el ataque del otro equipo y el trofeo. Esa presión es suficiente para asustar incluso al portero más sereno de los deportes universitarios. Pero el hecho de que la estrella del otro equipo sea mi antiguo mejor amigo, el cual dejó de hablarme de repente, es un asco.

Me encuentro con varios de mis compañeros en la acera a medida que nos acercamos a la pista. Se ríen de las travesuras de alguien la noche anterior en el autobús, bromean y se empujan unos a otros a través de las puertas de cristal de camino al reluciente pasillo.

Rainier realizó una gran remodelación de la pista hace unos años. Es como un templo del *hockey,* con banderines de la liga y fotografías de los equipos en las paredes. Y eso no es más que la zona pública. Nos detenemos frente a una puerta cerrada para que Terry, un delantero de tercero, pase su identificación por el lector láser. La luz parpadea en verde y entramos a la opulenta zona de entrenamiento.

Todavía no he entablado conversación con nadie, pero nunca he sido tan hablador como el resto, así que ninguno me lo reprocha.

En la cocina del equipo, me sirvo una taza de café y tomo una magdalena de arándanos de la bandeja. Este lugar me hace sentir como un mocoso mimado, pero resulta útil cuando me quedo dormido.

Diez minutos más tarde estamos viendo la cinta en la sala de vídeo y escuchando el análisis del entrenador Wallace. Se encuentra en el podio con un pequeño micrófono que le amplifica la voz para que se oiga hasta en la última fila. Aun así, no lo escucho. Estoy demasiado ocupado viendo a Ryan Wesley volar por el hielo. Miro un vídeo tras otro de Wes, que atraviesa la línea de defensa como si fuera humo y crea oportunidades de gol con nada más que polvo de hielo e ingenio.

—El número dos en anotación ofensiva del país, el chico tiene unos cojones de acero —admite nuestro entrenador a regañadientes—. Y va tan rápido que sus oponentes parecen mi abuela de noventa y siete años.

Una vez más, un disparo imprevisto vuela hacia la red. La mitad de las veces, el Wes de la pantalla ni siquiera tiene los modales de parecer sorprendido. Simplemente, se desliza con la gracia y la facilidad de alguien que ha nacido con hojas de acero bajo los pies.

—Al igual que nosotros, Northern Mass habría llegado a la final el año pasado, pero en la postemporada se vieron perjudicados por las lesiones —explica el entrenador—. Son el equipo que derrotar...

Las imágenes resultan hipnóticas. La primera vez que vi a Wes patinar fue el verano de después de séptimo curso. A los trece años, todos nos creíamos muy buenos por el simple hecho de asistir a Elites, el campamento de entrenamiento de *hockey* de primera categoría en Lake Placid, Nueva York. Cómo rugíamos. En casa éramos los mejores, el equipo a batir en los partidos de *hockey* en el estanque.

En general, hacíamos el ridículo.

Sin embargo, incluso mi yo gamberro de secundaria veía que Wes era diferente. Desde el primer día del primer verano en Elites, me impresionó. Bueno, al menos hasta que descubrí lo cabrón que era. Después de eso, lo odié durante un tiempo, pero el hecho de que nos asignaran como compañeros de habitación me impidió seguir odiándolo.

Durante seis veranos seguidos, el mejor *hockey* que jugué fue contra Ryan Wesley, que tenía una visión brillante y una muñeca de acero. Pasaba los días intentando seguir el ritmo de sus rápidos reflejos y sus cañonazos voladores.

Cuando terminaba el entrenamiento, suponía un reto aún mayor. ¿Quieres echar una carrera hasta la cima del muro de escalada? Pregúntale a Wes. ¿Necesitas un cómplice que te ayude a entrar en el almacén del campamento a altas horas de la madrugada? Wes es tu hombre.

Estoy seguro de que los habitantes de Lake Placid suspiraban de alivio cada agosto cuando terminaba el campamento. La gente podía por fin retomar una vida normal que no incluyera ver el culo desnudo de Wes en el lago todas las mañanas durante su sesión de baño en pelotas.

Damas y caballeros: Ryan Wesley.

El entrenador habla sin parar desde la parte delantera de la sala mientras Wes y sus compañeros de equipo hacen su magia en la pantalla. Los momentos más divertidos que he pasado sobre una pista han sido con él. No es que nunca me hiciera enfadar, lo conseguía cada hora, pero, al mismo tiempo, sus retos y burlas me convirtieron en un mejor jugador.

A excepción de aquel último desafío. Nunca debí aceptarlo.

—Es el último día —se burló de mí mientras patinaba hacia atrás más rápido de lo que la mayoría de nosotros podía hacia adelante—. Todavía tienes miedo de enfrentarte a mí en penaltis, ¿eh? Aún lloriqueas por el último.

—Y una mierda —respondí.

No tenía miedo de perder contra Wes; todos lo hacían. Pero era difícil ganar a unos penaltis y ya le debía a Wes un paquete de cervezas. El problema era que mi cuenta bancaria estaba a cero. Al ser el último de seis hijos, enviarme a ese lujoso campamento suponía todo lo que mis padres podían hacer por mí. El dinero que había ganado cortando el césped ya me lo había gastado en helados y contrabando.

Si perdía una apuesta, no tenía con qué pagarle.

Wes patinó de espaldas en círculo a mi alrededor tan rápido que me recordó al Diablo de Tasmania.

—No por cerveza —aclaró como si me hubiera leído el pensamiento—. Mi petaca está llena de Jack, gracias a la paliza que le di a Cooper ayer. Así que el premio consistirá en algo diferente —concluyó, y dejó escapar una risa malvada.

—¿Como qué?

Conociendo a Wes, implicaría algún tipo de exhibición pública y ridícula. «El que pierda tendrá que cantar el himno nacional en el muelle de la ciudad con los huevos fuera». O algo así.

Coloqué los discos en fila y me dispuse a lanzarlos. El primero salió disparado y casi le dio a Wes, que cruzaba la pista a toda velocidad. Me preparé para el siguiente tiro.

—El que pierda se la chupa al que gane —dijo justo cuando tomaba impulso.

No le di al dichoso disco. Ni siquiera lo rocé. Wes soltó una carcajada y derrapó hasta detenerse.

Por Dios, el tipo sabía cómo jugar conmigo.

—Te crees muy gracioso.

Permaneció de pie mientras jadeaba a causa de todo ese patinaje rápido.

—¿Tan seguro estás de que vas a perder? No debería importarte el premio si confías en ti mismo.

De repente, sentí cómo me empezaba a sudar la espalda. Me tenía entre la espada y la pared, y lo sabía. Si rechazaba el reto, él ganaba. Sin embargo, si aceptaba, me tendría en jaque antes incluso de que el primer disco volara hacia mí.

Me quedé allí como un idiota, sin saber qué hacer.

—Tú y tus juegos mentales —murmuré.

—Ay, Canning —se rio Wes—. El noventa por ciento del *hockey* son juegos mentales. Llevo seis años intentando enseñarte eso.

—De acuerdo —accedí a regañadientes—. Acepto.

Soltó un silbido a través de la máscara y dijo:

—Ya pareces aterrorizado. Será divertido.

«Solo se está quedando contigo», me convencí a mí mismo. Podía ganar en los penaltis. Entonces le devolvería los juegos mentales y rechazaría el premio, por supuesto. Pero así podría amenazarle con el hecho de que me debía una mamada. Se lo recordaría durante años. Fue como si el dibujo de una bombilla se encendiera sobre mi cabeza. Dos podían realizar juegos mentales. ¿Por qué no me había dado cuenta de eso antes?

Coloqué un disco más y lo lancé con fuerza para que pasara por delante de la arrogante sonrisa de Wes.

—Esto va a ser pan comido —aseguré—. ¿Qué tal si nos jugamos esos penaltis, en los que te voy a patear el culo, justo después de comer? ¿Antes de la competición de despedida del campamento?

Durante un breve instante, su confianza se desvaneció. Estoy seguro de que lo vi: el repentino destello de «la he fastidiado».

—Perfecto —respondió al final.

—Vale.

Recogí el último disco del hielo y lo metí en el guante. Luego me alejé patinando, como si nada me preocupara. Ese fue el último día de nuestra amistad. Y no lo vi venir.

En la parte delantera de la sala, se reproduce otra cinta que destaca la estrategia ofensiva de Dakota del Norte. El entrenador ya no piensa en Ryan Wesley.

Pero yo sí.

3

Wes

La silueta de Boston aparece por la ventana del autobús antes de que esté preparado.

Northern Mass se encuentra a solo una hora y media del pabellón TD Garden. El campeonato de la Frozen Four siempre se celebra en una pista neutral, no obstante, si este año hay alguien que cuente con la ventaja de jugar en casa, ese soy yo. Me he criado en Boston, así que jugar en el estadio de los Boston Bruins es un sueño hecho realidad.

Al parecer, también es el sueño del cabrón de mi padre. No solo se recrea con poder invitar a los imbéciles con los que trabaja a mi partido, sino que además quedará como un campeón. Le bastará con alquilar una limusina, en lugar de un avión privado.

—¿Sabes qué es lo que más me gusta del plan? —pregunta Cassel desde el asiento contiguo mientras hojea el itinerario que nos ha repartido el coordinador.

—¿Que este evento es la mayor convención de grupis del *hockey*?

Cassel resopla y contesta:

—Vale, lo que tú digas. Pero yo me refería a que estaremos en un buen hotel, no en un cuchitril en la carretera.

—Tienes razón. —Aunque el hotel, sea cual sea, no le llega ni a la suela de los zapatos a la mansión que mi familia posee a solo unos kilómetros. Sin embargo, eso no lo mencionaría jamás. No soy un esnob, sé que la riqueza no implica sabiduría ni felicidad. Si no, que se lo pregunten a mi familia.

Pasamos la próxima media hora atrapados en un atasco porque Boston es así. Son casi las cinco cuando por fin bajamos del autobús.

—¡Dejad el equipo dentro! —grita el coordinador—. ¡Tomad solo lo que necesitéis!

—¿No hace falta que carguemos con el equipo? —Cassel se siente eufórico—. Boston, aquí estoy. Vete acostumbrando a esta vida, Wes. —Me da un codazo—. Seguro que el año que viene, en Toronto, tienes un asistente que te lleve el palo de un lado para otro.

No quiero gafar mi contrato con la liga profesional antes de jugar el campeonato, así que cambio de tema:

—Eso suena genial. Me encanta cuando otro tío me agarra el palo.

—Te la he dejado a huevo, ¿verdad? —pregunta mientras recogemos nuestras bolsas de la acera en la que el conductor las ha tirado.

—En bandeja.

Dejo que Cassel entre por la puerta giratoria primero para poder sujetarla y atraparlo dentro.

Atascado, Cassel se gira para hacer una peineta. Cuando no suelto el mango, se da la vuelta de nuevo y se dispone a desabrocharse el cinturón y enseñarme el culo a mí y a cualquiera que pase por delante del hotel este ventoso viernes de abril.

Libero la puerta y le doy un empujón que hace que reciba un golpe en el trasero casi desnudo.

Así somos los jugadores de *hockey,* no nos pueden sacar de casa.

Y entonces entramos en el reluciente vestíbulo.

—¿Qué te parece el bar? —pregunto.

—Abierto —responde Cassel—. Y eso es lo único que importa.

—Estoy completamente de acuerdo.

Encontramos un rincón en el que no molestemos a nadie para esperar a que el coordinador reparta las habitaciones. Tardará un rato, porque el vestíbulo está cada vez más lleno. En nuestro lado de la sala reinan el verde y el blanco; se ven chaquetas del Northern Mass por todas partes.

En cambio, al otro lado de la estancia, otro color capta mi atención: el naranja. En concreto, la combinación de naranja y negro de las chaquetas de otro equipo. Los jugadores entran entre empujones por las mismas puertas que acabamos de cruzar y, en general, se comportan como animales llenos de testosterona. Lo normal.

De pronto, la habitación se tambalea cuando fijo la mirada en una cabellera rubia como la arena. Me basta con mirarlo de reojo para reconocer la forma de su sonrisa.

Mierda, Jamie Canning se aloja en este hotel.

Todo mi cuerpo se tensa a la espera de que gire la cabeza, de que me mire, pero no lo hace. Se encuentra demasiado absorto hablando con uno de sus compañeros de equipo y riéndose de algo que este acaba de decir.

Solía troncharse así conmigo. No he olvidado el sonido de su risa: grave, ronca y melódica de una forma despreocupada. No había nada que desanimara a Jamie Canning; era el epítome de «dejarse llevar», supongo que gracias a la actitud relajada típica de los habitantes de California.

No me había dado cuenta de lo mucho que lo echaba de menos hasta ahora.

«Ve a saludarlo».

La voz en mi cabeza es persistente, aun así, la silencio en cuanto aparto la mirada de él. Con la inmensa culpa que me corroe, resulta evidente que se trata de un buen momento para disculparme con mi viejo amigo.

Pero ahora no me siento preparado. No aquí, con toda esta gente alrededor.

—Parece que es hora punta —musita Cassel.

—Eh, tío. Tengo que ir a comprar algo. ¿Me acompañas? —Es una idea al azar, pero me sirve.

—¿Claro?

—Vamos por la puerta trasera —indico, y lo empujo hacia una salida cercana.

Fuera me doy cuenta de que estamos cerca de un gran centro comercial lleno de tiendas de *souvenirs*. Perfecto.

—Vamos. —Tiro de Cassel hacia las primeras tiendas.

—¿Te has dejado el cepillo de dientes?

—No, tengo que comprar un regalo.

—¿Para quién? —Cassel se cuelga la bolsa al hombro.

Dudo antes de responder. Nunca he compartido mis recuerdos de Canning con nadie. Son míos. Cada verano, durante seis semanas, él era mío.

—Un amigo —admito al fin—. Uno de los jugadores de Rainier.

—Un amigo —repite Cassel y suelta una risita por lo bajo—. ¿Intentas mojar antes del partido de mañana? ¿A qué tipo de tienda me llevas?

Maldito Cassel. Debería haberlo dejado en el abarrotado vestíbulo.

—Tío, no es eso. —«Aunque ojalá lo fuera»—. Canning, el portero de Rainier..., éramos muy amigos. —Y añado a regañadientes—. Hasta que fastidié nuestra amistad como un imbécil.

—¿Quién? ¿Tú? Qué sorpresa.

—¿A que sí?

Observo la hilera de escaparates. Están repletos de tonterías para turistas en Boston que, por lo general, siempre ignoro: langostas de juguete, banderines de los Bruins, camisetas del Freedom Trail. Sin duda, algo de aquí será perfecto para lo que tengo en mente.

—Venga. —Guío a Cassel hacia la tienda más cursi y busco en las estanterías. Todo es muy estrafalario. Levanto un muñeco de Benjamin Franklin y lo dejo en su sitio.

—Mira qué gracioso —dice Cassel divertido, y me enseña una caja de condones de los Red Sox.

Me río antes de pensar si es una buena idea.

—Sí, aunque no es lo que busco.

Da igual lo que elija, no puede estar relacionado con el sexo. Solíamos enviarnos todo tipo de regalos de broma, cuanto más obscenos, mejor.

Pero esta vez no.

—¿Puedo ayudarles en algo? —pregunta la dependienta, que lleva un atuendo colonial y un vestido encorsetado con volantes.

—Claro, preciosa. —Me apoyo en el mostrador con un gesto de lo más chulesco y sus ojos se agrandan un poco más—. ¿Tienes algo con gatitos?

—¿Gatitos? —Cassel se atraganta—. ¿Por qué con unos malditos gatitos?

—Juega con los Tigres, ¿recuerdas? —Es obvio.

—¡Claro! —La encorsetada dependienta se anima ante la petición, quizá porque es imposible que su trabajo sea más aburrido—. Un segundo.

—¿De qué va esto? —Cassel tira la caja de condones sobre la mesa—. A mí nunca me compras nada.

—Canning y yo éramos compañeros de campamento. Buenos amigos, aunque solo nos veíamos seis semanas al año. —Seis semanas muy intensas—. ¿Tienes amigos así?

Cassel niega con la cabeza.

—Yo tampoco. No antes de aquello y tampoco después. No hablábamos durante el resto del año. Nos enviábamos mensajes y la caja.

—¿La caja?

—Sí...—Me rasco la barbilla—. Creo que empezó por su cumpleaños. Cuando cumplió... ¿catorce? —Joder, ¿éramos tan jóvenes?—. Le envié una coquilla lila horrorosa. Lo metí en una de las cajas de habanos de mi padre.

Todavía recuerdo envolver el paquete en papel marrón y con un montón de cinta para que llegara de una pieza. Tenía la esperanza de que lo abriera delante de sus amigos y se muriera de la vergüenza.

—¡Mirad! —La dependienta regresa y coloca una serie de objetos en el mostrador. Ha encontrado un estuche de Hello Kitty, un gato de peluche enorme con una camiseta de los Bruins y unos bóxeres blancos con gatitos.

—Estos. —Le doy los calzoncillos. No quería ir a por ropa interior, pero los gatitos son incluso del mismo naranja que los del equipo—. Ahora, para sumar puntos, necesito una caja. Si puede ser, parecida a una de puros.

La dependienta vacila:

—Las cajas para regalo tienen un coste adicional.

—No hay problema.

Le guiño un ojo y se ruboriza un poco. Me está mirando los tatuajes que sobresalen por el cuello de la camiseta. No puedo culparla; la mayoría de las mujeres lo hacen. Aún mejor, los hombres también.

—Voy a ver qué encuentro —contesta, y se escabulle.

Me vuelvo hacia Cassel, que está mascando chicle y me observa sin entender nada.

—Sigo sin pillarlo.

Vale, cómo se lo explico.

—Pues, unos meses más tarde, recibí la caja por correo. Sin ninguna nota. Tan solo la misma caja que le envié, pero esta vez llena a rebosar de Skittles lilas.

—Qué asco.

—Qué va, tío. Me encantan los Skittles lilas. Aunque tardé un mes en acabármelos. Había un montón. Pasado un tiempo, volví a enviarle la caja.

—¿Qué llevaba?

—Ni idea. No me acuerdo.

—¿Qué? —Cassel se sobresalta—. Pensaba que ibas a rematarlo.

—No exactamente.

Hasta ese momento no me había dado cuenta de que el regalo que contenía no era lo importante, sino el hecho de enviarlo. Por mi parte, como cualquier otro adolescente, sufría la rutina de ir a clase y a los entrenamientos, y de tener que hacer los deberes y comunicarme a través de mensajes y gruñidos. Cuando la caja aparecía sin avisar, era como si fuera Navidad, pero mil veces mejor. Mi amigo había pensado en mí y se había molestado en enviarme algo.

A medida que crecíamos, las bromas se volvían cada vez más ridículas: caca falsa, bolsas de pedorretas, una señal de prohibido tirarse pedos, pelotas antiestrés en forma de pechos. El regalo en sí no parecía tan importante como el hecho de tener un detalle.

La dependienta regresa con una caja para regalo que es más o menos del tamaño adecuado, aunque no se abre por arriba como la que usábamos.

—Esta servirá —digo, sin embargo, no me satisface del todo.

—Así que… —Cassel echa un vistazo alrededor de la tienda, ya aburrido—. ¿Le vas a enviar esta?

—Sí, seguro que tengo la antigua en mi casa. —Si no fuera un imbécil, sabría dónde—. Rompí la cerradura hace unos años, así que habrá que usar esta.

—Voy a preguntarle al coordinador si ya tiene las llaves de nuestra habitación —dice Cassel.

—Sí, vale —respondo mientras observo cómo la dependienta envuelve los calzoncillos en papel de seda y los mete en la caja.

—¿Quiere poner una nota? —me pregunta antes de dedicarme una sonrisa y una mejor vista de su escote.

«Eso no funciona conmigo, cariño».

—Por favor.

Me pasa una tarjeta de cartulina y un bolígrafo. Escribo una sola palabra y lo dejo caer en la caja. Ya está. Enviaré este regalo a la habitación de Jamie en el hotel en cuanto regresemos.

Luego, cuando pueda llevarlo a algún lugar tranquilo, me disculparé. No hay manera de deshacer el desastre de hace cuatro años. Es imposible retractarme de la ridícula apuesta a la que lo presioné o del incómodo resultado. Si pudiera retroceder en el tiempo y frenar a mi estúpido yo de dieciocho años para que no hiciera esa tontería, lo haría sin dudarlo.

Pero no es posible. Ahora, solo puedo armarme de valor, estrecharle la mano y decirle que me alegro de verle. Puedo mirar a esos ojos marrones que siempre me dejan sin palabras y disculparme por ser tan imbécil. Y después puedo invitarlo a una copa y tratar de dirigir la conversación hacia los deportes y las bromas. Temas seguros.

El hecho de que haya sido el primer chico al que quise y el que me hizo enfrentarme a cosas aterradoras sobre mí mismo... Bueno, no diré nada de eso.

Y entonces mi equipo machacará al suyo en la final. Pero así es la vida.

4

Jamie

Nos espera una noche tranquila en el hotel, un acontecimiento con el que, probablemente, la mitad de mis compañeros se mostrarán descontentos. Sobre todo, los jugadores de primer y segundo año que participan en la Frozen Four por primera vez y que esperaban salir de fiesta como locos este fin de semana. Sin embargo, el entrenador ha echado por tierra la idea en un santiamén.

Estableció las normas antes de que nadie pudiera recoger los menús en la cena del equipo: toque de queda a las diez, nada de alcohol, drogas o travesuras.

Los alumnos de los cursos superiores conocemos el procedimiento, por lo que ninguno de nosotros se ha sentido especialmente desanimado mientras subíamos en el ascensor a nuestro bloque de habitaciones en la tercera planta. El partido es mañana, lo que significa que esta noche hay que tomárselo con calma y aprovechar para dormir.

A Terry y a mí nos han asignado la habitación 309, cerca de las escaleras, así que somos los últimos que quedamos en el pasillo cuando nos dirigimos a la puerta.

En cuanto la alcanzamos, nos quedamos paralizados.

Hay una caja en la alfombra. Es de color azul pálido y no lleva envoltorio, solo una tarjeta blanca pegada en la parte superior en la que se lee: «Jamie Canning».

¿Qué narices?

Lo primero que me pasa por la cabeza es que mi madre me ha enviado algo desde California, no obstante, en ese caso, habría una dirección, un sello postal e incluso su letra.

—Eh... —Terry arrastra los pies antes de poner los brazos en jarras—. ¿Crees que es una bomba?

Me río.
—No lo sé. Pon la oreja y dime si hace tictac.
Él responde con una risita.
—Ya veo. Qué gran amigo eres, Canning. Me pones a mí en la línea de fuego. Bueno, olvídalo. Es tu nombre el que aparece en la puñetera caja.
Ambos miramos el paquete de nuevo. No es más grande que una caja de zapatos.
A mi lado, Terry frunce el ceño, finge estar aterrorizado y grita:
—¡Dime qué han traído!
—Tío, que buena referencia a *Seven* —digo, realmente impresionado.
Él sonríe.
—No sabes el tiempo que he esperado una oportunidad para hacer eso. Años.
Nos tomamos un momento para chocar los cinco y me pongo en cuclillas para recoger la caja porque, por muy entretenida que sea la conversación, ambos sabemos que el asunto es inofensivo. La meto bajo el brazo y espero a que Terry pase la tarjeta para abrir la puerta. Los dos entramos en la habitación a grandes zancadas: él enciende la luz y se dirige a su cama, mientras yo me tumbo en el borde de la mía y levanto la tapa de la caja.
Con el ceño fruncido, desenvuelvo el papel de seda blanco y saco el suave manojo de tela que hay dentro.
Desde el otro lado de la habitación, Terry exclama:
—Tío..., pero ¿qué coño?
Ni idea. Me encuentro frente a un par de bóxeres blancos con gatitos de color naranja brillante, incluido uno atigrado colocado con intención justo en la entrepierna. Cuando los sostengo por la cintura, cae otra tarjeta con una palabra escrita: «Miau».
Y, maldición, esta vez reconozco la letra.
Ryan Wesley.
No puedo evitarlo. Suelto un bufido tan fuerte que Terry arquea las cejas hasta que se le disparan. Ignoro la reacción de mi amigo, demasiado divertido y desconcertado por el significado del regalo.

La caja. Wes ha resucitado nuestra vieja caja de bromas, aunque no tengo ni idea de por qué. Yo había sido el último en enviarla y recuerdo que me sentí muy satisfecho con mi elección de regalos: un paquete de piruletas. Porque, bueno, ¿cómo podría resistirme?

Wes no había devuelto nada. No había llamado ni enviado ningún mensaje de texto, carta o paloma mensajera. Ni una sola palabra suya durante tres años y medio.

Hasta ahora.

—¿De quién es? —Terry me sonríe, visiblemente entretenido por el ridículo regalo que tengo en las manos.

—Holly. —Su nombre sale de mi boca con tanta soltura que me sorprende. No sé por qué he mentido. Es bastante fácil decir que los calzoncillos son de un viejo amigo, un rival, lo que sea, sin embargo, por alguna razón, no me atrevo a contar la verdad a Terry.

—¿Es una broma privada o algo así? ¿Por qué te enviaría calzoncillos de gatitos?

—Eh, ya sabes, a veces me llama gatito. —Pero ¿qué narices digo?

Terry reacciona en de pronto.

—¿Gatito? ¿Tu novia te llama gatito?

—No es mi novia.

Aun así, el tema es discutible. La risa lo desborda y quiero darme una patada por haberle dado una información tan comprometedora que, sin duda, utilizará en mi contra hasta el fin de los tiempos. Debería haber mencionado que eran de parte de Wes.

¿Por qué narices no lo he hecho?

—Eh, si me disculpas —dice sin dejar de reírse mientras se dirige a la puerta.

Entrecierro los ojos.

—¿Adónde vas?

—No te preocupes, gatito.

Un suspiro se me atasca en la garganta.

—Vas a llamar a todas las puertas y a decírselo a los chicos, ¿verdad?

—Ajá.

Se va antes de que pueda protestar, pero, a decir verdad, no me importa demasiado. Los chicos me recordarán lo del gatito durante unos días, ¿qué importa? Tarde o temprano uno de mis compañeros de equipo hará el ridículo y le tocará ser el blanco de las bromas.

Cuando la puerta se cierra detrás de Terry, vuelvo a mirar los calzoncillos y sonrío sin querer. Maldito Wes. No estoy seguro de lo que significa, aunque debe de saber que he venido a la ciudad por el campeonato. ¿Tal vez sea su forma de disculparse? ¿De darme una ofrenda de paz?

En cualquier caso, tengo demasiada curiosidad como para ignorar el gesto. Tomo el teléfono, llamo a la recepción y espero en la línea a una impresionante versión para ascensor de «Roar» de Katy Perry. Eso me hace reír, porque, ya sabes, *«roar»* significa «rugir». Miau.

Cuando el recepcionista responde, pregunto si hay un número de habitación asignado a Ryan Wesley. No me cabe duda de que el mar de chaquetas verdes y blancas en el vestíbulo significa que se encuentra en el hotel.

—No puedo proporcionar el número de habitación de otro huésped, señor.

Eso hace que me detenga durante un segundo, porque es evidente que Wes pudo averiguar el número de mi habitación. Pero estamos hablando de Wes, seguro que le ofreció a alguna mujer de la recepción que echara un vistazo a sus abdominales.

—¿Señor? Podría intentar conectarlo por teléfono.

—Gracias.

Suena, pero nadie responde. Mierda. No obstante, todavía queda una cosa más que probar. Busco en mi teléfono para comprobar si su número sigue entre mis contactos. Y aparece. Supongo que nunca me enfadé lo suficiente como para borrarlo. Le envío un mensaje de solo cuatro palabras: «Sigues siendo un listillo».

Cuando suena el teléfono un segundo después, espero a que diga que mi mensaje ha sido rechazado y que Wes cambió el número hace mucho tiempo. Que se joda.

Sin embargo, el mensaje es distinto.

Wes: Algunas cosas no cambian.

No puedo evitar contestarle en mi cabeza: «Pero otras sí». Eh, mira cómo me enfado. ¿Qué sentido tiene eso? Así que le suelto otra cosa:

Yo: Entonces, ¿es un regalo para saludarme o de esos que dicen «que te jodan, perdedor, os vamos a patear el culo»?

Su respuesta:

Wes: ¿Ambos?

Sentado en la cama del hotel, sonrío al móvil. Me da la sensación de que la cara se me va a partir en dos. En realidad, es la nostalgia de una época más sencilla de mi vida en la que las decisiones más importantes consistían en qué ingredientes añadir a las *pizzas* o qué chorradas enviar por correo a mi amigo.

Pero de todos modos me gusta. Por lo que mi siguiente mensaje dice:

Yo: Tal vez bajo al bar un rato.

Wes: Aquí estoy.

Cómo no.

Me guardo el teléfono en el bolsillo y abro la mochila. Me dirijo a la ducha y me relajo, dejando que el agua se lleve las preocupaciones de este día tan largo. Necesito recomponerme. Y me vendría bien afeitarme.

Tal vez me entretengo demasiado.

No sé qué esperar de Wes. Con él, nunca se sabe, lo cual es una de las razones por las que siempre me cayó tan bien. Ser su amigo era una auténtica aventura. Me arrastraba de una situación loca a otra y yo lo acompañaba con alegría.

Me comporté como un amigo fiel. Hasta la locura del final.

En la ducha del hotel, respiro profundamente el aire húmedo. Holly tenía razón. Sigo enfadado. Todo eso tendría sentido si al menos Wes y yo nos hubiéramos peleado.

Sin embargo, no era el caso. Solo me retó a una competición de penaltis. Y, ese día —la penúltima tarde del campamento—, alineamos los discos con perfecta imparcialidad. Él me lanzó cinco tiros y yo, los mismos.

Los penaltis nunca son fáciles y, cuando defiendes la red contra Ryan Wesley, el patinador más rápido con el que he jugado, menos aún. De todas formas, lo habíamos hecho lo bastante a menudo como para que anticipara sus llamativos movimientos. Recuerdo que me reí después de haber detenido los tres primeros tiros. Sin embargo, luego tuvo suerte: me ganó una vez y marcó otro gol en un rebote improbable en el tubo.

Tal vez otra persona se asustaría un poco al darse cuenta de que había dejado pasar dos, pero yo estaba tranquilo. Al final, sería Wes el que se atragantaría. No solía jugar como portero, pero yo tampoco disparaba mucho a puerta. Metí los dos primeros tiros. Luego, me paró los dos siguientes.

Todo se reducía a un lanzamiento y percibí el miedo en sus ojos. En mis entrañas, sabía que lo conseguiría.

Había ganado limpiamente. El tercer tiro pasó por encima de su codo y aterrizó con un golpe en el fondo de la red.

Dejé que se retorciera las tres horas siguientes —durante toda la cena y la estúpida ceremonia de entrega de premios que celebraron al final del campamento—. Wes permaneció más callado que de costumbre.

Esperé a que volviéramos a nuestra habitación para soltarlo.

—Creo que recogeré mi premio el año que viene —dije con toda la despreocupación que puede reunir un chico de dieciocho años—. En junio, tal vez. O en julio. Te mantendré informado, ¿vale?

Me hubiese gustado escuchar algún suspiro de alivio. Hacer sudar a Wes por una vez resultó divertido, pero su cara no delataba nada. Sacó una petaca de acero inoxidable y desenroscó lentamente la tapa.

—Es la última noche del campamento, amigo —dijo—. Será mejor que lo celebremos.

Bebió un buen trago y me la pasó.

Cuando la cogí, sus ojos brillaban de un modo indescifrable.

El *whisky* era difícil de tragar. Al menos el primer trago. Hasta ese momento, no habíamos bebido más de una o dos cervezas, guardadas en nuestras taquillas. Que nos pillaran con alcohol o drogas habría supuesto un verdadero problema. Por lo que no tenía ningún tipo de paciencia con al alcohol. Sentí el calor del licor deslizarse por mi garganta justo cuando Wes anunció:

—Veamos algo de porno.

Ya han pasado casi cuatro años y me encuentro temblando en el baño del hotel. Cierro el grifo y tomo una toalla de la pila.

Supongo que es hora de bajar y comprobar si nuestra amistad tiene arreglo. Lo que sucedió aquella noche fue una locura, pero no una digna de recordar. Lo superé sin problemas.

En cambio, Wes no. No hay otra explicación de por qué cortó por lo sano.

Espero que no saque el tema a relucir. A veces es mejor dejar las cosas como están. A mi modo de ver, una noche de borrachera y estupideces no debería marcar una amistad de seis años.

Aun así, cinco minutos después, me siento muy nervioso cuando bajo por el ascensor. Además, odio la sensación de picazón en la columna vertebral; no me pongo tenso a menudo. Es probable que sea la persona más tranquila que exista, lo que sin duda guarda relación con el hecho de que mi familia es la definición andante de un californiano despreocupado.

El bar se encuentra a rebosar. No me sorprende. Es viernes por la noche y el hotel sigue lleno debido al torneo. Todas las mesas y zonas reservadas están ocupadas. Tengo que ir de lado para esquivar a la gente y no veo a Wes por ninguna parte.

Tal vez no sea más que una idea estúpida.

—Perdonen —digo a un grupo de hombres de negocios que bloquean el paso entre la barra y las mesas. Sin embargo, siguen riéndose de alguna broma y no se dan cuenta de que bloquean el paso.

Estoy a punto de volver a subir cuando lo escucho.

—Mamones.

Solo una palabra, pero reconozco la voz de Wes al instante. Profunda y un poco ronca. De repente, me transporto al instituto, a esos veranos en los que escuché esa voz burlándose de mí, desafiándome, chinchándome.

Un conjunto de carcajadas sigue a su comentario, entonces, giro la cabeza para buscarlo entre el grupo de jugadores de *hockey* que hay junto a la pared del fondo.

Él mueve la cabeza al mismo tiempo, como si percibiera mi presencia. Y, mierda, vuelvo a viajar en el tiempo. Parece el mismo, aunque diferente. Lo veo distinto pero igual.

Todavía lleva el pelo oscuro despeinado y la barba desaliñada, si bien ahora es más corpulento. Músculos sólidos y hombros anchos, más delgado que voluminoso, no obstante, definitivamente más fornido que a los dieciocho años. Lleva el tatuaje tribal en el bíceps derecho, eso sí, ahora hay mucha más tinta sobre su piel bronceada. Otro tatuaje en el brazo izquierdo. Algo negro y de aspecto céltico que asoma por el cuello de la camiseta.

No deja de hablar con sus amigos mientras me acerco. Por supuesto, sigue rodeado de gente. Olvidaba lo magnético que resulta; como si ardiera con más combustible que el resto de nosotros.

Un *piercing* que le atraviesa la ceja capta la luz cuando gira la cabeza, un guiño de plata apenas un tono más claro que sus ojos gris pizarra, que entrecierra cuando por fin nado a través del mar de gente para llegar a su lado.

—Joder, tío, ¿te has puesto mechas en el pelo?

Hace más de tres años que no estamos en la misma habitación y… ¿eso es lo primero que me dice?

—No. —Pongo los ojos en blanco a la par que me deslizo en el taburete que hay junto al suyo—. Es el efecto del sol.

—¿Todavía haces surf todos los fines de semana? —pregunta Wes.

—Cuando tengo tiempo. —Levanto una ceja—. ¿Aún te bajas los pantalones y enseñas el trasero sin razón aparente?

Sus compañeros de equipo estallan en carcajadas a nuestro alrededor y las risas retumban en mi pecho.

—Joder, ¿siempre ha sido así? —pregunta alguien.

Una sonrisilla asoma por la comisura de la boca de Wes.

—Nunca he privado al mundo de la belleza masculina que me ha dado Dios. —Alarga el brazo para posar su gran mano en mi hombro y me da un apretón. Me suelta de nuevo en una fracción de segundo, pero siento su calor—. Chicos, os presento a Jamie Canning, un amigo de la infancia y el portero de esos gamberros de Rainier.

—Hola —digo con torpeza. Luego miro a mi alrededor, en busca de un camarero. Necesito una bebida en la mano, aunque sea un refresco, sin embargo, con el local tan abarrotado, el único camarero a la vista no está cerca.

Observo el vaso de Wes. Es algo gaseoso: una Coca-Cola, por lo que parece. O quizá zarzaparrilla, siempre la ha preferido. Es evidente que su entrenador les ha dado la misma charla sobre no beber.

Wes levanta la mano en el aire y la camarera se gira bruscamente en nuestra dirección. Él señala su vaso y ella asiente con la cabeza como si de una orden divina se tratara. Wes le dedica una sonrisa, su divisa favorita para los favores. Entonces, percibo otro destello metálico.

Lleva un *piercing* en la lengua. Eso también es nuevo.

Y ahora estoy pensando en su boca. Maldita sea. Los últimos cuatro años de silencio entre nosotros cobran un poco más de sentido de golpe. Tal vez algunas payasadas de borrachos sí que son capaces de arruinar una amistad.

O quizá eso es una mierda y, si continuásemos siendo amigos, podríamos haber superado una hora de estupideces hace mucho tiempo.

Mientras tanto, hace demasiado calor en este bar. Si la camarera me trae una zarzaparrilla, voy a tener la tentación de echármela por encima. Y el silencio entre mi examigo y yo se alarga cada vez más.

—Está muy lleno —consigo decir apenas.

—Sí. ¿Quieres un trago? —Me ofrece su vaso.

Bebo con avidez y nuestros ojos se encuentran por encima del borde del vaso. Su confianza ha disminuido un milímetro o dos. Me pregunta con la mirada si aguantaremos la próxima media hora.

Al tragar, tomo una decisión.

—Lástima que a los Bruins los destrozaran los Ducks el mes pasado.

Veo que el destello de arrogancia vuelve a la velocidad del rayo.

—Eso fue pura suerte. Y una decisión pésima en el tercer tiempo. Tu ala tropezó con sus propios pies de pato.

—Con un poco de ayuda de tu defensa.

—Oh, a la mierda. Te apuesto veinte dólares a que los Ducks no pasan de la primera ronda este año.

—¿Veinte es todo lo que estás dispuesto a perder? —Jadeo—. Parece que tienes miedo. Veinte y un vídeo en YouTube proclamando mi grandeza.

—Hecho, pero, cuando pierdas, harás ese vídeo con una camiseta de los Bruins.

—Claro. —Me encojo de hombros. La noche se hace más llevadera.

La camarera aparece con dos vasos de zarzaparrilla y le dedica una sonrisa hambrienta a Wes. Él le desliza un billete de veinte.

—Gracias, preciosa.

—Avísame si necesitas cualquier cosa —dice, excediéndose un poco. Por Dios. Los jugadores de *hockey* no se topan con muchos problemas para echar un polvo y, desde luego, es evidente que mi viejo amigo tiene dónde elegir. Además, está muy buena. Buenas tetas y sonrisa agradable.

Ni siquiera le mira el culo perfecto mientras se aleja.

En cuanto desaparece, Wes abre los brazos y sonríe al grupo de jugadores de *hockey* que lo rodean.

—Vaya panda de nenazas estamos hechos, ¿eh? Zarzaparrilla y *ginger ale* un viernes por la noche. Que alguien llame a la policía. Necesitamos una partida de dardos o algo.

—¡*Hockey* de mesa! —grita alguien—. He visto uno en la sala de juegos.

—¡Cassel! —Wes golpea al tipo que está a su lado—. ¿Quién ganó nuestra última partida?

—Tú, imbécil. Porque hiciste trampa durante los penaltis.

—¿Quién, yo?

Todos se ríen. Pero mi mente se queda atascada en los «penaltis».

Cómo no.

5

Wes

La universidad se ha gastado mucho dinero en una *suite* ejecutiva en el TD Garden, un lujoso palco privado con un deslumbrante ventanal con vistas al estadio que va desde el suelo hasta el techo. Sin embargo, las botellas de Dom Pérignon que se entregaron para celebrar la victoria fueron cortesía de mi padre. El muy imbécil disfruta de nuestra victoria como si también hubiera estado en el hielo; incluso lo he oído presumir ante uno de sus amigos de que fue él quien me enseñó ese movimiento de triple salto con el que he marcado el gol de la victoria en el tercer tiempo.

Y una mierda. El viejo no me enseñó nada. Desde el momento en que fui capaz de sostener un palo de *hockey,* se gastó el dinero en entrenadores, preparadores y en cualquiera que pudiera convertir a su único hijo en una superestrella. El único mérito que le reconozco es el de firmar con su nombre en un cheque.

El equipo de Canning se encuentra en estos momentos en la pista de hielo y se enfrenta a la misma presión que nosotros antes. El entrenador nos ha dejado beber una copa de champán a cada uno. Jugaremos la final mañana por la noche y quiere que permanezcamos atentos. Sin embargo, no debe preocuparse por mí. Tengo zarzaparrilla como bebida. No solo para fastidiar a mi padre, sino porque el partido que estoy viendo me provoca un nudo en el estómago y el alcohol solo lo empeoraría.

Quiero que Rainier gane.

Quiero enfrentarme a Canning en la final.

Quiero fingir que no siento nada por él.

Supongo que tendré que conformarme con dos de esos tres deseos, pues no puedo fingir que no me gusta. Verlo de nuevo anoche lo complicó todo.

Joder, qué *sexy* estaba. Muy *sexy*. Es un guaperas californiano: grande, rubio y atractivo. Con unos ojos marrones enternecedores y sorprendentes en un chico rubio. Sin embargo, es una sensualidad discreta. Jamie Canning nunca hizo alarde de su encanto en todo el tiempo que lo conocí. A veces creo que ni siquiera es consciente de su jodido atractivo.

—Oh, mierda —canta uno de los veteranos cuando un jugador de Rainier lanza el que podría ser el tiro de la semana.

Es un golpe limpio, pero hace que el jugador contrario rebote en las tablas como una pelota de goma y caiga de bruces sobre el hielo.

Rainier está dispuesto a ganar. Juegan de forma agresiva, todo el tiempo a la ofensiva. No creo que Yale haya hecho más de una docena de lanzamientos a puerta, y ya ha pasado una buena parte del tercer tiempo. Canning ha parado todos los tiros menos uno, y el que ha dejado pasar ha sido totalmente fortuito, que se ha estrellado en el poste y le ha proporcionado a Yale un rebote que el centro ha vuelto a marcar. Casi he podido oír el silbido del disco cuando ha pasado zumbando por el guante de Canning, apenas un nanosegundo demasiado rápido para que se lo tragara.

Ahora, el marcador está empatado uno a uno, a falta de cinco minutos. Contengo la respiración a la vez que deseo que los delanteros de Rainier hagan algo.

—Tu hombre, Canning, es firme como una roca —comenta Cassel, que toma un pequeño sorbo de su champán como si fuera la maldita reina de Inglaterra.

—Está tranquilo bajo presión —coincido con la mirada clavada en la pista. El ala izquierda de Yale realiza un tiro de muñeca flojo que Canning detiene sin problemas, con un lenguaje corporal casi aburrido mientras mantiene la posesión del disco antes de pasarlo a uno de sus alas.

Los jugadores de Rainier rompen la defensa de Yale y se lanzan al ataque.

Pero mi mente sigue pensando en el último intento de gol, en la forma en que Canning se ha enfrentado al jugador de Yale. Ni siquiera puedo contar las veces que estuve en esa misma posición, volando hacia mi compañero, mandándole tiro tras tiro.

Excepto que la última vez que nos enfrentamos, yo era el que estaba en la red. La última barrera entre Jamie Canning y una mamada.

Me gusta pensar que no le dejé ganar a propósito. Soy competitivo, siempre lo he sido. No importaba lo mucho que deseara tener el miembro de Canning en la boca. No importaba que, si ganaba, sabía que tendría que permitirle retirarse de la apuesta. Defendería esa red con todo lo que tenía. O no...

Porque es innegable que, cuando ese disco pasó volando, una parte de mí se emocionó.

—Dicho esto, no me importaría que perdieran —dice Cassel y se gira para sonreírme. —Sé que es tu mejor amigo y todo eso, pero me sentiría mejor enfrentándome al portero de Yale que al don Temperamento ese de ahí.

Cassel tiene razón. Canning representa una amenaza mayor. ¿Y sus debilidades? Han desaparecido. Ahora es una maldita estrella de *rock*. No me extraña que haya recuperado la titularidad.

Aun así, no quiero que pierda. Quiero que nos enfrentemos en la final. Quiero verlo y punto. Ya he experimentado una derrota aplastante: si su equipo pierde, sé que no estará de humor para pasar el rato, ponerse al día, volver a conectar...

«¿Chupárnosla?».

Ahuyento ese pensamiento. Nunca aprendo, ¿eh? La última vez que «chupar» entró en la ecuación, perdí a mi mejor amigo.

Es curioso, estoy convencido de que todo el mundo se arrepiente de lo que dice: de algún insulto que lanzas sin querer; de una confesión que desearías retirar; o, tal vez, de una broma insensible que en realidad no querías soltar.

¿La única frase que lamento? «Veamos porno».

Una vez pronunciadas esas cinco palabras ya no había vuelta atrás, y ni siquiera puedo echar toda la culpa al alcohol, porque unos cuantos sorbos de una petaca no te convierten en un idiota borracho. Sabía lo que hacía y cómo engatusaba a Canning. Me estaba cobrando la maldita apuesta, lo cual resulta bastante irónico porque el ganador había sido él. El premio era suyo, aunque, en realidad, no; era mío. Porque la necesidad de tocarlo parecía superior a la de respirar.

Todavía recuerdo la cara de sorpresa que puso cuando entré en la página porno de mi portátil. Escogí una escena suave, al menos para mí. Puse el ordenador sobre el colchón y me tumbé en la litera de abajo como si nada.

Durante un largo momento, Canning no se movió. Esperé, tenso, mientras decidía si sentarse a mi lado en la cama o subir a la litera de arriba. Sin mirarlo, le pasé la petaca. Lo oí engullir. Tragó en un suspiro y luego se colocó a mi lado.

No me arriesgué a mirarlo durante varios minutos. Nos tumbamos de espaldas y nos pasamos la petaca de un lado a otro mientras veíamos a dos tíos practicar sexo con una rubia pechugona en la pantalla.

—¿Cómo compararías tu técnica con la de ella? —Canning se desternilló con esta ocurrencia y el estómago se le sacudió incluso mientras miraba el portátil.

Para él, solo era el divertido resultado más reciente de nuestras travesuras competitivas. Iba a burlarse de mí, como siempre hacíamos el uno con el otro.

Pero para mí no era una broma. Acababa de pasar el último año intentando aceptar mi cada vez más evidente atracción por los hombres. La torpe pérdida de mi virginidad con una chica durante el tercer año de instituto significó una señal de alarma bastante grande. No me había sentido atraído por ella, pero necesitaba probarlo. Para estar seguro. Apenas fui capaz de que se me levantara, e incluso entonces, lo conseguí porque me imaginaba a...

Canning. Jamie Canning.

Había estado enamorado de mi mejor amigo hetero desde hacía mucho tiempo. Sin embargo, no podía decírselo. Mi única opción era seguirle el juego.

—Bueno, siempre se me ha dado bien sujetar los palos.

Jamie resopló.

—Solo tú podrías presumir de esto.

—Te lo digo a menudo, Canning. No hay que tener miedo. Pase lo que pase.

Dios, qué cabrón que fui. Porque el miedo ni siquiera entraba en la ecuación. Todo lo que sentía era un deseo puro y doloroso mientras estaba tumbado junto a Jamie. El año anterior había disfrutado de un par de sesiones de morreos borrachos y de un intercambio de pajas con un chico de clase. No obstante, incluso entonces, no había estado seguro al cien por cien.

¿Acostarme en la cama con Canning? Ardía en deseos de hacerlo.

En la pantalla, la rubia gemía como una loca. En medio de un trío y disfrutando. Canning se quedó callado durante un rato. Me quedé tumbado e intenté mantener la respiración uniforme, sin embargo, no pude resistirme a echar un vistazo furtivo a su entrepierna un minuto después. Y entonces se me cortó la respiración, porque, joder, estaba empalmado; una larga y gruesa erección se notaba por debajo de sus pantalones cortos. Yo la tenía igual de dura, y sé que lo notó. Probablemente, pensó que se debía al porno. Maldición, esa sería la única razón por la que él se había excitado.

Pero yo no. Mi polla palpitaba por él.

A mi lado, tragó con fuerza.

—Interesante elección, Wesley. Teniendo en cuenta lo que está en juego. No te obligaré a que me la comas.

Sonrió.

—Prefiero regodearme en la gloria de saber que por fin has extendido un cheque que no has podido cobrar.

Entonces puso esos magníficos ojos en blanco y la piel me ardió.

—¿Qué? —dije con la esperanza de que disimular la lujuria que desprendía mi voz—. ¿Crees que soy demasiado gallina para chupártela?

Giró la cabeza para encontrarse con mis ojos…

—¡No tengo ninguna duda!

Los gritos del capitán de nuestro equipo me sacan de mi ensoñación por los recuerdos. Con todo el estadio alborotado, los aficionados gritan mientras el marcador se ilumina y las pantallas instaladas por todas partes muestran la palabra «¡gol!» en letras enormes amarillas.

Se me cae el alma a los pies cuando me doy cuenta de quién ha marcado: Yale.

Maldita sea. Yale ha marcado y yo estaba demasiado distraído para verlo. Ahora van dos a uno y queda un minuto y medio para acabar.

—Me he despistado —comento a Cassel—. ¿Qué ha pasado?

—Uno de los defensas de Rainier ha provocado el penalti más estúpido de la historia. —Niega con la cabeza, asombrado—. El idiota acaba de regalar la victoria a Yale.

No, aún no han ganado. Todavía hay tiempo para que Rainier se reagrupe. Todavía hay tiempo, maldita sea.

—Tu chico no ha tenido ninguna oportunidad en esa ofensiva —añade Cassel.

Se me revuelven las tripas. Pueden decir muchas cosas sobre Yale, pero lideran la NCAA en cuanto a la ventaja numérica se refiere. Cada vez que jugábamos contra ellos durante la temporada, el entrenador pronunciaba una desalentadora frase antes de salir de los vestuarios: «Si acabas en el banquillo contra Yale, pierdes».

Rezo para que esas palabras no sean proféticas, para que Rainier pueda remontar esto, pero mis oraciones no obtienen respuesta.

El silbato final suena en el TD Garden. Rainier ha perdido.

6

Jamie

Hemos perdido.

Hemos perdido, joder.

Aturdido, avanzo por la rampa hacia los vestuarios. El ambiente que me rodea es sombrío. Asfixiante. Sin embargo, nadie busca culpables.

No hay rabia hacia Barkov, que le ha puesto la zancadilla al delantero de Yale sin ninguna razón aparente: el chico ni siquiera tenía el disco.

No hay recriminaciones hacia nuestra defensa, que inexplicablemente se ha venido abajo durante esa ofensiva.

Y nadie me acusa de no haber sido capaz de detener ese último disparo que ha acabado en gol.

Sin embargo, por dentro..., me culpo a mí mismo.

Debería haberlo parado. Debería haberme lanzado más rápido, haber extendido más el brazo. Debería haberme lanzado sobre ese maldito disco y no haber permitido que se acercara al área.

Me entumezco. Estaba desanimado porque mi familia no había viajado desde California para verme jugar. Ahora agradezco que no me hayan visto perder. Excepto por el televisor. Junto con otros millones de personas...

Maldita sea.

De vuelta a la habitación del hotel, encuentro a Terry sentado en la cama, con el mando en la mano. Pero el televisor se encuentra apagado, de modo que él contempla una pantalla negra.

—¿Terry? ¿Estás bien?

Levanta la vista rápidamente.

—Sí. Es solo que... —La frase muere antes de acabar.

Los próximos días van a ser así. Lo presiento. Teníamos tantas ganas de llevarnos este título a casa, a Rainier. Habríamos demostrado a nuestras familias y a la universidad que todos estos años de sacrificio habían valido la pena.

No hemos demostrado nada.

—Sigue siendo la temporada más *victoriera* en treinta años —dice Terry lentamente.

Me tumbo en la cama.

—¿*Victoriera* es una palabra?

—No, si se trata de nosotros. —Los dos nos reímos, pero su risa termina en un suspiro—. Ese ha sido mi último partido, Canning. El último. No me ha fichado la Liga Nacional de *Hockey,* como a ti. Dentro de tres meses llevaré traje y estaré sentado tras un escritorio.

Mierda. Es realmente deprimente.

—He jugado al *hockey* durante quince años y, desde hace media hora, soy socio junior en la división de banca de inversión de Pine Trust Capital.

Madre mía. Espero que las ventanas de nuestra habitación no se abran porque me da miedo que salga a una cornisa. O que lo haga yo.

—Tío, necesitas alcohol y una chica. Como ayer.

Su risa es sombría.

—Mis primos vienen a recogerme. Habrá bebida y bares llenos de tetas.

—Menos mal. —Me doy la vuelta para estudiar el techo de la habitación—. Sabes, es muy probable que nunca juegue un solo partido de la Liga Nacional de *Hockey.* ¿Portero de tercera? Detroit podría hacer un banquillo con las medidas exactas de mi culo. Con suerte, me permitirán «jugar» como suplente del portero canterano.

—Seguirás teniendo esa camiseta y también a las grupis.

Le suena el teléfono y desliza el dedo por la pantalla para contestar.

—Nací preparado —dice a la persona que llama—. Ahora mismo bajo.

Luego me pregunta:

—¿Vienes con nosotros?

¿Voy? Es evidente que necesito un trago, pero, de momento, mi espalda está pegada a la colcha.

—No estoy listo —admito—. ¿Te envío un mensaje en una hora para ver dónde estáis?

—Más te vale —contesta.

—Hasta luego —me despido mientras la puerta se cierra con un chasquido.

Durante un rato, me regocijo en mi propia miseria.

Mis padres me llaman al teléfono, sin embargo, no respondo. Serán increíbles, como siempre, pero ahora no quiero escuchar palabras bonitas y alentadoras. Necesito sentirme mal. Emborracharme. Correrme, tal vez.

Llaman a la puerta con firmeza y me levanto para abrir. Es probable que sea un compañero de equipo dispuesto a ayudarme con la parte de emborracharme de las actividades de esta noche.

Abro la puerta de un tirón y me encuentro con Holly de pie, con la cara manchada de pintura naranja y negra, una botella de tequila en una mano y limas en la otra.

—¡Sorpresa! —exclama.

—Cielos, Holls. —Me río—. Dijiste que no ibas a venir.

—Mentí.

Me dedica una gran sonrisa y abro más la puerta.

—No podrías haber llegado en mejor momento.

—¿En serio? —me desafía y se escurre por mi lado—. ¿Ni siquiera aquella vez que te eché una mano en el baño del tren justo antes de nuestra parada?

—De acuerdo, tal vez entonces.

Jamás me he alegrado tanto de verla. Necesito una distracción y eso es lo que Holly y yo siempre hemos sido el uno para el otro.

Se pone manos a la obra y corta las limas sobre la mesa del hotel con un cuchillo que ha sacado del bolso. ¿Sé elegir a mis amigos o qué?

—Vasos —ordena Holly por encima del hombro.

Creo que esta noche podría ir directamente a por la botella, no obstante, por su bien, miro a mi alrededor y encuentro un par en el armario junto al televisor. Los saco y ella los llena antes de que me dé cuenta.

—Toma. —Me ofrece un vaso y levanta el otro en el aire—. Por patear culos y superar nuestras decepciones.

Me estudia con esos grandes ojos azules, como si buscara algo.

—Es un buen brindis —murmuro—. Gracias.

Cuando acerco mi vaso al suyo, sonríe como si hubiera ganado algo esta noche. Al menos, uno de los dos lo ha hecho.

—Hasta el fondo, fortachón. Después voy a desnudarte.

Me gusta cómo suena eso. El tequila se desliza por mi garganta y, entonces, le dejo meterme una lima en la boca. Nos reímos y saboreamos el agrio sabor cítrico. Luego, la empujo sobre la cama. Me gustaría desatar toda mi tensión sobre esta chica sonriente, aun así, respiro hondo. Holly es muy pequeñita y la mitad del tiempo me preocupa aplastarla.

Me coloco de rodillas sobre la cama y ella se echa hacia atrás mientras se quita la blusa. Mi camisa cae al suelo antes de que pueda colocarme encima de su cuerpo y procuro que la mayor parte de mi peso no recaiga sobre ella. Excepto mis caderas, que se hunden ligeramente sobre las suyas, y mi miembro se despierta como diciendo: «Mirad lo que tenemos aquí».

Holly me agarra la cabeza y me tira hacia abajo para besarme. Saboreo la lima y el tequila, y a la chica que se ve felizmente dispuesta.

—Mmm —gime—. Lo llevo esperando todo el día.

Yo también, aunque no lo sabía. Cierro los ojos de golpe, me hundo en su boca y en ese hermoso refugio del olvido. No hay partido ni gol justo antes del pitido. No hay decepción, solo una chica *sexy* debajo de mí y algunos chupitos más por beber.

Y un golpe en la puerta.

—Joder —gruñimos Holly y yo al unísono.

—¡Canning! —Una voz me llama desde el pasillo.

La voz de Wes. Oírla me saca del momento.

—¿Tienes que abrir? —Holly jadea.

—Me temo que sí —susurro—. No será más que un momento, lo prometo.

—Vale —resopla y me da un empujoncito en el pecho—. Pero voy a por más tequila.

—Eres increíble —insisto y me agacho para recoger su camiseta. Ignoro la mía en aras del tiempo. En cuanto se tapa, cruzo la habitación y abro la puerta.

—Hola —saludo a Wes.

Espero que se lance a una perorata de «mala suerte». Wes es muy competitivo, aunque nunca metería el dedo en la llaga. Sin embargo, extrañamente, se queda callado y parpadea desde el pasillo.

—Hola —repite tras una larga pausa—. Yo solo...

No dice nada más. Se fija en que voy medio desnudo y en la presencia de mi follamiga sirviendo tequila.

—Esa es Holly —digo con calma—. Holly, este es un viejo amigo, Ryan Wesley.

—¿Un chupito? —ofrece ella desde el otro lado de la habitación. Está sonrojada y con el pelo revuelto.

Quizá me encuentro en el mismo estado, de todos modos, Holly no parece avergonzada, así que no me preocupa.

—Wes, ¿vas a entrar?

—No —contesta enseguida, y la palabra suena como un trozo de piedra que cae sobre una superficie dura—. Solo quería decirte que siento que no nos enfrentemos mañana—. Se mete las manos en los bolsillos en una rara muestra de humildad—. No será lo mismo.

Alza las comisuras de los labios, pese a ello, la sonrisa no se refleja en sus ojos.

—Lo sé. —Mi voz denota la decepción de la que esperaba escapar esta noche—. No como en el campamento.

—Me encantaba ese lugar —dice Wes, que se frota la nuca.

—Todavía entreno allí.

Pretendo terminar la conversación, así que no tengo ni idea de por qué añado:

—No es lo mismo sin ti.

Es cierto, pero este ya es el día más emocionalmente intenso de mi vida y no necesito nada más en lo que pensar.

—Ya me marcho —dice Wes, que señala con un pulgar hacia los ascensores—. Tú, eh, cuídate, si no nos vemos mañana.

Da un paso hacia atrás.

Ahora mismo, no sé qué hacer. Mi equipo volverá a la costa oeste por la mañana. No nos quedaremos para la final. No estoy seguro de que Wes y yo tengamos más que decirnos ahora mismo. Pero ¿se trata de eso? Siento un fuerte impulso por añadir algo más, por retrasar su partida.

No obstante, estoy destrozado, confundido y agotado. Y él se va alejando de mí.

—Nos vemos —digo con brusquedad.

Mira por encima del hombro y se despide con la mano.

Me quedo allí como un idiota un rato más y él dobla la esquina hacia los ascensores.

—Jamie. —Holly me llama en voz baja—. Aquí tienes tu bebida.

De mala gana, cierro la puerta. Cruzo la habitación, le quito el vaso y me lo bebo de un trago.

Ella lo retira vacío.

—Bueno, ¿por dónde íbamos?

Ojalá lo supiera.

7

Wes

—Sabes que acabamos de ganar el campeonato nacional, ¿verdad? —repite Cassel por centésima vez en la última hora. Muestra esa sonrisa engreída de rey del mundo que ha llevado toda la noche. Incluso antes de los cuatro tragos de vodka que se ha tomado.

—Sí, lo sé.

Mi tono es ausente mientras recorro con la mirada el abarrotado y recalentado bar que hemos elegido como cuartel general de la celebración. Las bebidas del bar del hotel son ridículamente caras, así que hemos decidido aventurarnos en otro lugar por la noche. Y, según la búsqueda de Donovan en internet, este pequeño bar de mala muerte tiene bebidas a mitad de precio los domingos y, al parecer, no saben a orina.

Sin embargo, me importa una mierda el sabor del alcohol. Solo me interesan sus efectos. Quiero emborracharme. Quiero ponerme hasta arriba para no pensar en lo idiota que soy, joder.

La voz de Cassel me saca de mis oscuros pensamientos.

—Entonces deja ese humor de perros —ordena—. Somos campeones nacionales, tío. Hoy hemos aplastado a Yale. Les hemos hecho morder el polvo.

Es cierto. El resultado final ha sido de dos a cero a favor de Northern Mass. Hemos barrido el hielo con nuestros oponentes, debería alegrarme. No, debería estar extasiado. Es para lo que entrenamos todo el año. En cambio, en lugar de saborear la victoria, me encuentro demasiado ocupado lamentando que Canning tenga novia.

Sí, amigos, Jamie Canning es heterosexual. Qué sorpresa.

Uno pensaría que ya había aprendido la lección. Pasé seis años esperando que la atracción no fuera unilateral. Quizá un día un interruptor se activaría de repente y él pensaría: «Emmm, me gusta Wes, sin duda».

O tal vez se daría cuenta de que le atraen las dos cosas y se pasearía por la otra acera.

Sin embargo, ninguno de esos escenarios había sucedido. Nunca ocurriría.

A mi alrededor, los chicos ríen, bromean y rememoran sus momentos favoritos del partido de esta noche, y nadie se da cuenta de que estoy callado. No dejo de pensar en Jamie y su chica, ni en el polvo que interrumpí.

—Necesitamos otra ronda —anuncia Cassel, que busca a nuestra camarera en la sala principal.

Cuando la localizo, detrás del mostrador, echo la silla hacia atrás con brusquedad.

—Voy a pedirla —anuncio a los chicos y me alejo de la mesa antes de que pregunten por qué me he vuelto tan caritativo.

En la barra, pido otra ronda de chupitos para el grupo, luego apoyo los antebrazos en el mostrador de madera astillada y estudio las botellas de licor de los estantes. Llevo toda la noche bebiendo cerveza, pero no me sirve de nada. Tengo que emborracharme más. Necesito algo más fuerte.

Se me revuelven las tripas cuando poso la mirada en una reluciente botella de *bourbon,* la bebida preferida de mi padre. Aunque el suyo es mil veces más caro.

Desplazo la mirada hacia la fila de botellas de tequila. Canning bebía tequila anoche. Sigo observando. Jack Daniel's.

Oh, mierda. Es como si cada frasco del maldito bar estuviera lleno de recuerdos.

Antes de que pueda detenerme, mi mente regresa a ese último día en el campamento, a la petaca de plata que le pasé a Canning y a la pregunta burlona que le lancé.

—¿Crees que soy demasiado cobarde para chupártela?

Lo pensó durante un minuto.

—Creo que es una mala idea decir que Ryan Wesley es demasiado cobarde para hacer algo.

—Eso es cierto.

Se rio, pero sus ojos volvieron a la pantalla. Una vez más, dejó que me librara, si bien yo no quería que me dejara libre. Quería liberarme. Cuanto más hablábamos de sexo, más seguro estaba. Únicamente pensaba en tocar a mi mejor amigo. Para mí, no se trataba de un reto, sino de puro deseo.

En la pantalla, la rubia estaba de rodillas mientras se la comía a uno de los chicos y se la meneaba al otro. Jamie dio un sorbo a la petaca antes de pasármela. A mi lado, movió las caderas y tuve que reprimir un escalofrío. Lo que más deseaba mi corazón estaba sentado a mi lado.

Y, además, excitado.

Su mano se había movido y ahora descansaba justo por encima de la cintura de los pantalones cortos. Acarició el punto bajo sus abdominales, como si le picara, pero era obvio que quería hacer algún reajuste estratégico.

Bebí un trago de *whisky* en busca de valor. Luego me lleve una mano a la entrepierna.

—Esto me está matando —dije. Fue la declaración más sincera que había hecho en todo el día. Deslicé la mano lentamente por mi pene duro y la volví a subir. Sentía sus ojos en mí y en mi mano. Y eso me volvió aún más loco. Me olvidé de la pantalla. Prefería protagonizar mi propio acto en solitario aquí mismo, con mi par de ojos marrones favoritos como único público.

Mi corazón comenzó a latir con fuerza, consciente de lo que estaba a punto de hacer.

Había un acantilado en la piscina que nos gustaba, una caída de seis metros hasta el lago, y esa noche era como si estuviera de pie sobre él. Como si me arrastrara hacia el borde y lo llevara conmigo. Recuerdo que un año, cuando Canning tardaba tanto en saltar, perdí la paciencia y lo empujé entre risas mientras lo veía caer hasta el agua.

Pero esta vez no podía hacerlo. No podía empujarle. Él tenía que saltar.

Me lamí los labios secos.

—De verdad que necesito cascármela. ¿Te importa?

El momento de vacilación que tuvo casi me mata.

—Adelante. Nos duchamos en el mismo sitio, ¿verdad? —Se rio—. Cagamos en el mismo lugar, aunque hay paredes.

Aquí no había ninguna.

Metí la mano en el pantalón y me agarré ansioso la polla. Sin embargo, no la saqué. Solo le di un lento repaso por debajo de los calzoncillos.

La sorpresa se reflejó en sus ojos y luego brilló en ellos algo que me dejó sin aliento. No era ira. No era molestia.

Era excitación.

Santo cielo, le gustaba ver cómo me masturbaba. Y ninguno de los dos miraba ahora el portátil. La mirada de Canning permanecía pegada al lento movimiento de mi mano bajo los pantalones cortos.

—Tú también puedes—. Odié el sonido ronco de mi voz en ese momento, porque sabía que tenía un objetivo—. Adelante. Así será menos raro para mí.

Demonios. Era como la serpiente que le arrojó la manzana a Eva. O más bien el plátano...

Las malas analogías desaparecieron de mi estúpido cerebro un momento después, cuando Jamie se metió la mano en los calzoncillos y se sacó el miembro.

Mi corazón se agitó en mi pecho al verla. Era rosada, gruesa y perfecta. Con los dedos de una mano, acarició la parte inferior, de arriba abajo. Un toque muy ligero. Envidié esos dedos.

Sostuve mis sensibles testículos y traté de respirar profundamente. Tenía el pecho tenso a causa del deseo. Estaba justo ahí, su cadera me rozaba. Quería agacharme y llevármelo a la boca. Lo deseaba tanto que hasta podía saborearlo.

Sus ojos volvieron a la pantalla. Sentí que se hundía un poco más en la cama. Ahora, los dos nos masturbábamos en serio. Su respiración se hizo más superficial y ese sonido me provocó otra descarga de lujuria. Quería ser yo quien le hiciera jadear así. Entonces su ritmo decayó y levanté la vista para averiguar por qué.

El vídeo había terminado. Había elegido uno que solo duraba unos minutos y ahora la pantalla permanecía congelada en un menú de vídeos, donde destacaba la foto en miniatura de un plano horrible del culo gigantesco de una mujer.

—Eh... —Jamie soltó una carcajada—. Eso no me sirve.

Entonces, algo se apoderó de mí.

En el *hockey,* cuando se presenta una oportunidad de gol, un buen jugador tiene que reaccionar de inmediato. Es exactamente lo que sucedía aquí. La puerta se había abierto un poco, y pretendía entrar.

—Podrías reclamar tu premio —espeté.

Sin dejar de acariciarse, dejó escapar un suspiro acalorado.

—¿Me estás retando?

—Ajá.

Le costó tragar. Parpadeó y en sus ojos se reflejaron un desfile de emociones que no pude seguir. Reticencia. Excitación. Confusión. Excitación. Irritación. Excitación.

—Yo... —Se rio, con la voz ronca. Se detuvo y se aclaró la garganta—. Te reto a hacerlo.

Su mirada se fijó de nuevo en la mía y casi me corrí allí mismo. Mi miembro se había hinchado en la mano y palpitaba. Me dolía, pero de alguna manera me las arreglé para poner un tono despreocupado, mi característico tono de voz que la mitad de las veces es una absoluta fachada.

—En fin. Esto debería ser interesante.

El leve indicio de pánico en su rostro era inconfundible, pero no le di tiempo para que echarse atrás. Lo deseaba muchísimo. Siempre lo había deseado.

Me solté y me acerqué para cubrirle la mano con la mía. Se tensó y, por una fracción de segundo, pensé que iba a apartarme.

No lo habría culpado.

Entonces me soltó y dejó mi mano allí sola. Estaba sujetando su miembro. Por fin. Estaba caliente y duro, y las puntas de su suave vello púbico rubio me hacían cosquillas en las yemas de los dedos. Apreté y todo el aire pareció salir de su cuerpo; su torso casi se fundía con el colchón. Mi boca era un desierto, mi pulso, un fuerte tambor que resonaba en mis oídos.

Pasé la palma de la mano por todo su paquete y actué como si lo que hacía no fuera gran cosa. Entonces dije:

—Joder, creo que estoy borracho.

Parecía lo correcto. Como si el alcohol fuera la razón por la que hacíamos aquello. El alcohol era nuestro pase.

Funcionó, porque se atragantó:

—Yo también.

Pero su voz era ahumada y distraída.

Y tal vez estaba borracho. Quizá el rubor de sus mejillas se debía al *whisky* y no a la sensación de mi otra mano mientras le bajaba más los calzoncillos. Tal vez, su respiración se aceleró debido al alcohol que circulaba por sus venas y no porque mis dedos se enroscasen alrededor de su pene.

Me moví en el colchón y me arrodillé frente a él mientras realizaba movimientos lentos arriba y abajo. El cuerpo me palpitaba con una necesidad incontrolable; una erección me pesaba entre las piernas. Sin embargo, la ignoré. Jamie parpadeó dos veces cuando me levanté por encima de él, y observé su cara para analizar su reacción. No parecía horrorizado, sino excitado.

Había fantaseado con aquel momento durante años y no podía creer que de verdad estuviera aquí.

—¿A qué esperas, Ryan? Chúpamela ya.

Me quedé sorprendido. Solo me llamaba Ryan cuando se burlaba de mí, y ahora mismo lo estaba haciendo para que le hiciera una mamada.

Madre mía.

Mi bravata vaciló por un segundo hasta que vi cómo el pulso le martilleaba en el hueco de la garganta, y me di cuenta de que se encontraba tan nervioso y excitado como yo.

Tomé aire y bajé la cabeza.

Luego cerré la boca sobre la punta hinchada y chupé.

Jamie alzó las caderas al instante y soltó un gemido al estremecerse.

—Oh, joder.

Recuerdo que me pregunté si alguna vez se la habían chupado. La conmoción y el asombro en su voz habían sido tan crudos. Tan *sexy*. Me lo pregunté, pero no por mucho tiempo, pues pronto empezó a susurrarme órdenes más calientes y sucias.

—Más —murmuró—. Toma más. Tómalo todo.

Lo metí más profundamente en mi boca, casi hasta el fondo y, justo cuando gimió, lo solté. Deslicé la lengua a lo largo de su larga y dura longitud hasta que esta brilló. Lamí la humedad que goteaba de su punta y su sabor me impregnó la lengua e hizo que me mareara.

Se la estaba chupando a mi mejor amigo. Era tan surrealista. Era lo que había soñado durante tanto tiempo, y la fantasía no era nada comparada con la realidad.

—Joder, sí.

Las caderas de Canning se mecieron mientras lo tomaba en mi boca de nuevo.

Lamí la cabeza de su miembro, provocando, saboreando, y luego me la volví a tragar hasta el fondo. No me atreví a mirar hacia arriba. Tenía demasiado miedo de mirarlo a los ojos, de que viera en mi cara cuánto lo deseaba.

—Joder, Wes, se te da demasiado bien.

El elogio consiguió que me encendiera. Santo cielo. Le excitaba penetrarme por la boca.

De repente, enredó los dedos en mi pelo y apretó mi rostro contra su cuerpo cuando me lo metí lo más profundo que pude.

—Oh, mierda. Sigue así, hombre. Deja que te folle la boca.

Cada palabra ronca que decía me hacía arder. Sabía que yo disfrutaba con aquello. Pero ¿y si él también? Qué locura. Aceleré el ritmo y apreté su miembro en cada embestida, más fuerte de lo que creía que le gustaría, con todo, él seguía murmurando: «más fuerte, más rápido».

Apreté los ojos mientras le daba vueltas, decidido a que perdiera el control y sintiera la misma necesidad urgente que causaba estragos en mi cuerpo.

—Wes... —Un sonido ahogado salió de sus labios—. Joder, Wes, vas a hacer que me corra.

Me tiró del pelo hasta hacerme daño y los abdominales se le tensaron mientras sus caderas se movían más rápido. Unos segundos después, gimió. Un sonido ronco vibró contra mis labios cuando se quedó quieto, empujó profundamente y se corrió dentro de mi boca mientras yo me tragaba hasta la última gota.

—¿Esperas que una de esas botellas te levante un cartelito que diga «pídeme»?

Una voz masculina me devuelve al presente. Parpadeo, desorientado. Sigo en el bar, de pie junto al mostrador, sin dejar de mirar las botellas de licor. Mierda. Me he distraído por completo. Y ahora estoy medio empalmado, gracias al recuerdo de mi última noche con Jamie Canning.

Trago saliva y me doy la vuelta para encontrarme junto a un extraño que me sonríe.

—En serio —añade, y amplía la sonrisa—. Llevas casi cinco minutos mirando esas botellas. El camarero se ha rendido al intentar preguntarte qué querías.

¿El camarero había hablado conmigo? Pensará que soy un bicho raro.

Sin embargo, el tipo que se encuentra a mi lado no parece un bicho raro. Es muy guapo, en realidad. Tendrá unos veinte años, lleva unos vaqueros desteñidos, una camiseta de los Ramones y un tatuaje que le cubre la manga del brazo derecho. Una mierda tribal, mezclada con calaveras, dragones y algunas otras imágenes brutales. Es más delgado de lo que suele gustarme, pero tampoco está escuchimizado. No es del todo mi tipo, aunque no puedo decir que no me atraiga en absoluto. Definitivamente, es material para ligar y, por la forma en que me mira, sé que le gustaría.

—¿Estás con esos chicos? —Señala la mesa de los que llevan las chaquetas de *hockey*.

Asiento.

—¿Qué celebráis?

—Hemos ganado el campeonato nacional esta noche. —Hago una pausa—. El campeonato de *hockey* universitario.

—No me digas. Enhorabuena, tío. Así que juegas al *hockey*, ¿eh? —Su mirada se detiene en mi pecho y mis brazos antes de deslizarse de nuevo a mi cara—. Se nota.

Sí que le gustaría.

Miro hacia la mesa y Cassel capta mi atención. Sonríe al ver a mi acompañante. Acto seguido, se vuelve hacia los chicos, riéndose de algo que acaba de decir Landon.

—¿Y cómo te llamas? —pregunta mi desconocido.

—Ryan.

—Yo soy Dane.

Vuelvo a asentir. Me siento incapaz de mostrar algún encanto. Ni comentarios chulescos ni insinuaciones descaradas. Esta noche he ganado un campeonato y debería celebrarlo. Debería invitar a este tipo tan atractivo a mi hotel, colgar el cartel de «no molestar» en la puerta para que Cassel entienda la indirecta y follarme a Dane.

Sin embargo, no quiero hacerlo. Solo estaría tratando de sacar a Canning de mi sistema y después me sentiría fatal.

—Lo siento, tengo que volver con los chicos —digo bruscamente—. Ha sido un placer charlar contigo, tío.

Cruzo el bar antes de que pueda decir otra palabra. No me giro para ver si parece decepcionado o para asegurarme de que no me sigue. Me limito a tocar a Cassel en el hombro y decirle que me marcho.

Pasan otros cinco minutos antes de que pueda convencerle de que no he sido abducido por extraterrestres. Alego que me duele la cabeza, culpo a la adrenalina, a las cervezas, a la temperatura y a todo lo que se me ocurre hasta que al final desiste de convencerme de que me quede y consigo irme del bar.

Hay veinte manzanas hasta el hotel, pero decido caminar en lugar de ir en taxi. Me vendrá bien un poco de aire fresco y tiempo para despejarme. No obstante, ya he recorrido diez manzanas y mi cabeza sigue sin relajarse. Permanece empañada con imágenes de Canning.

No logro dejar de recordar cómo lo encontré anoche. Su pelo *sexy,* el rubor en sus mejillas. Si no había echado un polvo, estaba a punto de hacerlo. Y la chica estaba muy buena: un pequeño duendecillo con grandes ojos azules. Siempre le han gustado las más bajitas.

Rechino los dientes, me quito a la chica de la cabeza y pienso en la despedida que compartimos Canning y yo.

«El lugar no es lo mismo sin ti».

Sonó como si hubiera querido decir eso. Diablos, tal vez era su intención. Habíamos pasado los mejores veranos de nuestras vidas en Elites. Resultaba evidente que una mamada no le había arruinado todos los buenos recuerdos.

Me meto las manos en los bolsillos, me detengo en un paso de peatones y espero a que el semáforo se ponga en verde. Me pregunto si volveré a verlo. Quizá no. Los dos nos hemos graduado, estamos a punto de empezar nuestras vidas después de la universidad. Él vive en la costa oeste; yo me dirijo al norte, a Toronto. Es poco probable que nuestros caminos se crucen.

Tal vez sea lo mejor. Dos míseros encuentros este fin de semana, apenas dos, y, sin embargo, de alguna manera, han conseguido borrar los cuatro años que me ha llevado superarlo. Es obvio que no puedo estar cerca de Canning sin desearlo. Sin querer algo más.

Pero este fin de semana no ha sido suficiente para mí, maldita sea.

Tomo el teléfono antes de que pueda darme cuenta, me detengo ante un expendedor de periódicos y me apoyo en la caja metálica mientras abro el navegador. La página tarda en cargarse, aunque, una vez que lo hace, encuentro los contactos bastante rápido. Ojeo el listado del personal hasta que doy con el número de teléfono del director del campamento. Me conoce. Le gusto. Además, durante los últimos cuatro años, me ha acosado para que vuelva.

Me haría el favor si se lo pidiera.

Pulso el número. Luego vacilo con el dedo sobre el botón de llamada.

Soy un bastardo egoísta. O tal vez un maldito masoquista. Canning no puede darme lo que necesito, pero, aun así, lo deseo. Quiero todo lo que pueda conseguir: una conversación, un regalo de broma, una sonrisa, lo que sea. Quizá no logre tener el filete, no obstante, me conformo con algunas sobras.

No puedo... No puedo olvidarlo todavía.

8

Jamie

Junio

—Oye, ¿Canning?

—¿Sí?

Pat, el director del campamento, se ha acercado al área para hablar conmigo. No quito los ojos del partido que estoy supervisando, aun así, no resulta grosero.

—Te he conseguido un compañero —dice.

—¿En serio? —Son buenas noticias. Cada verano, Pat se pelea por los entrenadores. Este año también. Los chicos como yo se gradúan y se van. Quiere a los mejores instructores en su campamento, pero los mejores están muy solicitados.

Este año soy uno de ellos. Debo ir a Detroit para el campo de entrenamiento dentro de seis semanas, lo que significa que Pat tendrá que encontrar a alguien que me sustituya. Lo miro durante una fracción de segundo, antes de centrarme en el partido de los chicos.

Me evalúa, y no sé por qué.

—Sé amable con él, ¿vale?

Tardo un momento en contestar, porque no me gusta la dirección que lleva el partido. Los chicos están a punto de estallar. Puedo sentir que la tensión aumenta.

—¿Cuándo no soy amable? —pregunto distraído.

Una mano firme se posa en mi hombro.

—Eres el mejor, chico. Aunque tu portero va a saltar de un momento a otro.

—Ya lo veo.

Es como ver un accidente. Sé lo que va a ocurrir, pero las fuerzas ya se encuentran en movimiento y no puedo detenerlas.

Mi mejor portero, Mark Killfeather, ha parado veinte lanzamientos en este escarceo. Con rápidos reflejos y un cuerpo grande y ágil, Killfeather posee todas las características físicas que requiere un buen guardameta.

Por desgracia, también tiene un temperamento fulminante. Y el talentoso delantero francocanadiense del otro equipo ha estado jugando con él, como si de un violín se tratara, todo el día, provocando y burlándose en cada ataque.

Veo la jugada que prepara el canadiense. Da un pase atrás para su amigo en la línea azul y retoma el disco mientras los defensas del otro equipo se atascan en las esquinas. Finta hacia la izquierda, luego a la derecha... y envía un platillo volante que pasa por delante de Killfeather. Es una jugada preciosa hasta que el chico canadiense rocía al portero con virutas de hielo y lo llama *stupide*.

Como si se tratara de un bumerán, Killfeather lanza su palo con la fuerza suficiente para romperlo como una cerilla contra las tablas. Cae sobre el hielo, astillado.

«La cuenta, por favor». Hago sonar el silbato.

—Se terminó el partido, se acabó el tiempo.

—*¿Pourquoi?* —protesta el agresivo delantero—. ¡Queda tiempo en el reloj!

—Habla con tu entrenador ofensivo —digo, y hago un gesto para que se vaya. Luego me acerco a Killfeather, que jadea en la red y se ha quitado el casco para dejar al descubierto esa sudorosa cabeza. Solo tiene dieciséis años y los aparenta. Mientras otros chicos de su edad descansan bajo el sol o se entretienen con videojuegos, él se ha pasado las horas en la pista de patinaje.

Yo era igual. Fue una buena vida y no la cambiaría por nada, además, me sirve para recordar que todavía son niños. Así que no empiezo con un: «Oye, imbécil, acabas de destrozar un palo de cien dólares».

—¿Quién es tu portero favorito, chico? —pregunto en su lugar.

—Tuukka Rask —responde de inmediato.

—Buena elección. —No soy fan de los Bruins, pero el hombre tiene un excelente historial—. ¿Qué cara pone después de que le metan un gol?

Killfeather enarca una ceja.

—¿Por qué? Solo bebe un trago y se vuelve a poner la máscara.

—No pierde la cabeza y tira el palo —comento con una sonrisa.

El chico pone los ojos en blanco.

—Lo entiendo, pero ese tipo es un imbécil.

Me inclino y arranco la red del pincho para que el hielo vuelva a salir a la superficie.

—Hoy has hecho un gran trabajo. Realmente excepcional.

Killfeather sonríe.

—No obstante, tienes que aprender a mantener la calma y te voy a decir por qué. —Su sonrisa se desvanece—. Rask permanece tranquilo cuando mete la pata. Sin embargo, no es porque sea mejor persona que nosotros, tampoco es que medite o no se enfade nunca. Simplemente, sabe que dejar todo atrás es la única manera de ganar. De verdad: cuando bebe ese trago de agua, ya ha pasado página. En lugar de decir: «Tío, ojalá no lo hubiera hecho», dice: «Muy bien, ahora tengo una nueva oportunidad para detenerlo».

El chico fija la mirada en los patines.

—¿Sabes eso que dicen de los peces de colores? Sus recuerdos son tan cortos que, cada vez que nadan alrededor de la pecera, todo vuelve a ser nuevo.

Sonríe.

—Entrenador Canning, eso es muy profundo.

Oh. Me mata ser el entrenador Canning durante unas semanas al año. Aunque me encanta este trabajo.

—Sé mi pez de colores, Killfeather. —Le doy un golpecito en las almohadillas del pecho—. Olvida todas las estupideces que te dice ese tipo, el mundo está repleto de imbéciles que te irritarán por diversión. Tienes las habilidades. Puedes hacer el trabajo, pero solo si no dejas que te lo arruine.

Al fin, me mira.

—De acuerdo. Gracias.

—Vete a las duchas —digo y me alejo patinando hacia atrás—. Luego saca la tarjeta de crédito y compra otro palo.

Lo dejo, me desabrocho los patines y me pongo las Converse. Cuando eres el entrenador, no tienes que equiparte. Basta con los patines y el casco. Llevo pantalones cortos de montaña y una sudadera de la Universidad de Rainier. Y me dan de comer tres veces al día en el comedor del campamento.

¿He mencionado que este es un buen trabajo?

Al salir de la pista de patinaje, paso por delante de todo tipo de recuerdos deportivos olímpicos. La pista en la que estaba hace un minuto intentando hacer entrar en razón a un portero de dieciséis años es la misma en la que el equipo de Estados Unidos ganó en 1980 el oro olímpico. Así que hay fotos del «milagro sobre el hielo» por todas partes. Durante los meses de invierno, hay más atletas per cápita en esta pequeña ciudad que en cualquier otra. La gente se traslada aquí para entrenar *hockey,* patinaje, saltos de esquí y pruebas alpinas.

Pero, cuando abro las puertas de cristal, es un cálido día de junio. El lago Mirror brilla en la distancia y tengo que cubrirme los ojos. El pueblo de Lake Placid se encuentra a cinco horas de Nueva York o Boston. La ciudad más cercana es Montreal, a dos horas. En medio de la nada, se ubica este bonito pueblo turístico rodeado de lagos vírgenes y la cordillera de los Adirondack.

El paraíso, a menos que necesites acceso al aeropuerto.

Pero hoy no es mi caso. Paso por delante de una tienda de esquí y una heladería, contando las horas hasta la cena. Esta ciudad me produce mucha nostalgia, tal vez por ser la mía. Cuando eres el más joven de seis hijos, nada es solo tuyo. Por esa razón, quise jugar al *hockey:* en mi familia todo se reduce al fútbol. Ningún Canning había pisado los Adirondacks hasta que me invitaron al campamento. De hecho, dejar el nido familiar para venir siendo un adolescente fue como aventurarme en un viaje a la luna.

Son las cuatro. Tengo tiempo para ir a correr o a nadar, no obstante, tendré que cambiarme de ropa.

Todos los campistas y entrenadores duermen en una antigua residencia que se construyó para alojar a los atletas europeos en los Juegos Olímpicos de invierno de 1980. El edificio se encuentra a cinco minutos a pie de las pistas. Subo las escaleras y paso por una placa que describe a los ocupantes originales, así como las medallas que ganaron, pero no me detengo. Tras unos años en el lugar, dejas de impresionarte.

Mi habitación está en el segundo piso y siempre subo por las escaleras en lugar de por el viejo y chirriante ascensor. El tenue pasillo huele a friegasuelos y a las lilas que florecen fuera. Además de un tufillo a calcetines viejos. No se puede tener un edificio lleno de jugadores de *hockey* sin eso.

Estoy a tres metros de mi puerta, con las llaves en la mano, cuando percibo que hay alguien parado junto a ella. Eso basta para sobresaltarme. Y entonces me doy cuenta de quién es.

—¡Jesús!

—Todavía me llamo Wes —dice, y se aparta de la pared—. O Ryan. O imbécil.

—¿Eres…? —Casi me da miedo decir las palabras, porque me ha dejado fuera de su vida durante mucho tiempo—. ¿Mi compañero de cuarto?

Abro la puerta de la habitación para hacer algo con las manos. Una oleada de alegría se acumula en mi estómago. La sola idea de pasar otro verano loco con Wesley… No puede ser verdad.

—Bueno… —Su voz es inusualmente cautelosa. Y gracias a que la luz de la puerta abierta se derrama en el pasillo, veo bien su cara por primera vez. Parece preocupado. Tiene la mandíbula tensa y los ojos hundidos.

Qué raro.

Entro en la habitación y arrojo las llaves sobre la cama.

—Iba a salir a correr. ¿Te apetece venir? Puedes ponerme al día. Supongo que entrenas para Pat, de lo contrario, no estarías aquí.

Asiente y, cuando me quito la camiseta, se mete las manos en los bolsillos y se da la vuelta.

—Pero tenemos que hablar.

—De acuerdo. —¿Sobre qué?—. Podemos hacerlo mientras corremos. A no ser que estés engordando después de tu gran victoria.

Se ríe.
—Vale.
Desde el pasillo toma una gran bolsa de lona.
—Pat acaba de decirme algo en el entrenamiento sobre encontrarme un compañero de cuarto. Se refería a ti, ¿verdad? ¿Me tomaba el pelo?
Sin dejar de darme la espalda, Wes asiente. Luego, se quita la camiseta desteñida por encima de la cabeza. Y, madre mía, es enorme. Tiene tatuajes y los músculos marcados hasta donde alcanza la vista.
Había olvidado que la última vez que estuvimos aquí juntos éramos tan solo unos chicos. Adolescentes. Parece que fue ayer.
—Tienes una buena habitación —comenta a la par que se pone un jersey y un pantalón de deporte.
Es cierto. En lugar de unas literas, hay camas gemelas empotradas en las paredes y, además, una amplia porción de suelo entre ellas.
—Los entrenadores disponen de un poco más de espacio para respirar. He vivido aquí los últimos tres años.
Se da la vuelta.
—¿Te sueles alojar con alguien en particular?
—Con quien sea. —Me pongo una camiseta de deporte y las zapatillas de correr. Atármelas me lleva unos segundos más, y estoy ansioso por salir de aquí y correr. Tal vez Wes deje de actuar como un bicho raro y me diga lo que le ronda la mente—. ¿Vamos?
Le da una patada a su bolsa.
—Dejaré esto aquí.
—¿Dónde lo guardarías sino?
Hace una mueca, y no sé por qué.

9

Wes

Una vez fuera, Jamie se dirige hacia el lago Mirror y yo lo sigo. ¿Cuántas veces he recorrido esta ruta con él? Unas cien, por lo menos.

—¿Recuerdas aquel verano en el que dijimos que haríamos ocho kilómetros al día, pasara lo que pasara? —pregunto.

Nos ha puesto un ritmo fácil mientras nos alejamos del dormitorio.

—Claro que sí.

—Luego hizo aquel día tan caluroso en el que tuvimos dos entrenamientos y la sesión de levantamiento de pesas. Pero dijiste: «Todavía tenemos que ir a correr, o el verano no contará». —Resoplo solo de pensarlo.

—Nadie te dijo que te comieras ese cono de helado primero.

—Me moría de hambre. Por supuesto, no he podido pedir pistacho desde entonces.

Jamie se ríe mientras giramos hacia el lago.

—Había vómito verde claro por todo el césped.

—Los buenos tiempos.

Pero lo fueron. Vomitaría en la hierba todos los días si eso me permitiera volver a esa época fácil. Perseguir el cuerpo grande y rubio de Jamie alrededor del lago era todo lo que quería de la vida.

Vale, eso es mentira. Preferiría tirarlo al suelo y quitarle la ropa. Verlo de nuevo me está matando.

Sin embargo, tengo algo que decir y ha de ser pronto. Corremos el siguiente kilómetro en silencio al tiempo que lo vuelvo a ensayar. Mi gran disculpa. Si Jamie se horroriza, me dolerá.

Hay gente haciendo kayak en el lago. Sus embarcaciones se inclinan cada vez que reman. Me siento tan firme como ellos.

—¿De qué querías hablar? —pregunta Jamie.

Ya no se puede eludir.

—Solo me quedaré aquí durante el mes de julio.

Es mejor quitarse los preliminares de encima.

—Yo también. Necesito estar en Detroit antes del día 1 de agosto. Te vas a Toronto, ¿verdad? ¿Estás preparado?

—Claro. Pero escucha... Solo quiero decirte que, si no quieres alojarte conmigo este verano, le pediré a Pat que me cambie de habitación. Ni siquiera me ofenderé.

Jamie deja de correr y yo me paro en seco para no chocar con su espalda.

—¿Por qué? —pregunta.

Allá va. Todo sale de golpe.

—Canning, soy gay. Y sí... quizá eso no sea tan importante en el gran esquema de las cosas. Sin embargo, la última vez que nos vimos aquí, te empujé para que te enrollaras conmigo. No estuvo bien, y me he sentido fatal por ello los últimos cuatro años.

Durante un largo momento, me mira boquiabierto. Y, cuando finalmente habla, no dice lo que esperaba.

—¿Y?

¿Y?

—Y... lo siento.

Se sonroja.

—Sabes que soy del norte de California, ¿verdad? ¿Entiendes que conozco a un gay o diez?

—Eh, ¿vale?

La boca de Jamie se abre y luego se cierra. Y se abre de nuevo.

—¿Por eso no me has llamado durante cuatro años? ¿Por eso has ignorado mis mensajes?

—Bueno... sí.

Estoy muy confundido. Acabo de declararme culpable de una agresión en primer grado y prácticamente de abuso sexual. Y él se preocupa por unos mensajes.

Enrojece más y echa a correr de nuevo. Me siento tan anonadado que tardo un segundo en perseguirlo.

Ahora corre más rápido. Da largas zancadas y mueve los brazos con fuerza. La camiseta deportiva se le ciñe a cada músculo cuando se mueve. Tengo envidia de ese pedazo de poliéster.

La ruta alrededor del lago Mirror es de algo menos de cinco kilómetros. No sé qué tiene en la cabeza mientras recorre el resto. Yo voy unos pasos por detrás, confundido y desanimado. En nuestro camino de vuelta por la ciudad, pasamos por todos nuestros viejos lugares: la tienda de caramelos, la juguetería que vende pistolas de goma y una panadería llamada Miracle on Icing.

No veo la cara de Jamie hasta que se detiene frente a la rampa para trineos, que permanece cerrada de nuevo por el verano. Me gustaría volver a esa sencilla época en la que mi mayor problema era trepar por el eslabón de una cadena.

Cuando vuelve su rostro sudoroso, todavía se percibe la rabia en él.

—No me has hablado en cuatro años porque pensabas que perdería los papeles por chupármela.

—Eh... sí.

El resentimiento en su voz me indica que he metido la pata de alguna otra manera que no había entrado en mis cálculos.

Cierra ambas manos.

—¿Es así como me ves? ¿Cómo un imbécil estirado?

En un banco cercano, veo que una joven madre agarra a su hijo pequeño y se aleja de nosotros con el ceño fruncido.

Pero Jamie está en racha.

—Solo fue algo de sexo, por favor. No murió nadie.

Tal vez me trague mis palabras.

—Yo... fue deshonesto.

—Ah. Gracias por haberme castigado por tu deshonestidad. Una sentencia de cuatro años. Fui a una universidad extraña, donde no conocía a nadie, sin dejar de preguntarme en qué habría sido un amigo de mierda.

Bueno, joder.

—Lo siento —murmuro. Suena inadecuado para los dos.

Jamie da una patada a una papelera.

—Necesito una ducha.

Mi polla traicionera se ofrece a acompañarlo, pero mantengo el pico cerrado mientras recorremos la última manzana y subimos las escaleras. Esto no había salido según lo previsto. En el peor de los casos, Jamie se horrorizaba ante mi homosexualidad y me acusaba de haberle manipulado para que tonteara con él.

He pasado cuatro años avergonzado por aquello y resulta que debería haberme arrepentido por algo totalmente distinto. A Jamie no le importaba que se la hubiera chupado, sino que lo hubiera abandonado. Y saber que había herido a mi mejor amigo mucho más hondo de lo que me había dado cuenta, me tortura.

En la parte superior de los escalones, dudo antes de llamarlo tras su espalda rígida.

—Eh, ¿Canning?

—¿Qué? —murmura sin darse la vuelta—. ¿Me busco otro sitio para dormir esta noche?

Suspira.

—No, imbécil.

10

Jamie

Creo que a los veintidós años uno ya es demasiado mayor para hacer el vacío a alguien. No es que entrase en ese tipo de jueguecitos cuando era más joven. Siempre he preferido hablar las cosas; abordar los problemas de frente y no mantener a la otra persona al margen.

Esa es la especialidad de Wes, excluir a las personas. Suena a algo parecido a «todavía resentido», ¿no?

No hemos hablado en serio desde que salimos a correr. En la cena, se ha sentado con Pat y se han puesto al día sobre los últimos años. Entonces, Pat ha golpeado el vaso con una cuchara para presentar a Wes a los campistas. «Campeón de los Frozen Four...», «goleador número dos del país» y «tiene garantizado estar en el hielo en Toronto el año que viene».

Los ojos de los chicos que me rodean se han agrandado cada vez más. Estaban pendientes de cada palabra. Mientras tanto, Wes ha permanecido sentado con una media sonrisa de «ay, gracias», con aspecto arrogante y despreocupado.

«Tal vez no es tan despreocupado como parece», sugiere mi conciencia.

«¡Vete a la mierda, conciencia!». Estoy ocupado con mi enfado.

Ahora nos encontramos en nuestras respectivas camas, pero ninguno de los dos duerme. Una fina capa de rabia me cubre como la sábana con la que estoy tapado.

Le oigo suspirar desde la otra cama y miro al techo mientras me pregunto si debería superarlo ya.

Su voz ronca rompe el silencio.

—Tenía miedo.

Se oye un crujido y, por el rabillo del ojo, veo que se ha puesto de lado para observarme en la oscuridad.

—¿Tú? —pregunto—. No sabía que eso fuera posible.

—No muy a menudo —admite, y resoplo.

Se hace el silencio, aunque finalmente cedo.

—¿Miedo de qué?

—De haberte utilizado y de que me odiaras por ello.

Suelto un suspiro. Yo también me pongo de lado, aunque es difícil distinguir su expresión en las sombras.

—Nunca podría odiarte, idiota. —Lo considero—. Bueno, a menos que hicieras algo digno de odio, como atropellar a mi madre con un coche a propósito o algo así. Pero ¿odiarte por ser gay? ¿O por hacerme una mamada sin decirme que eras homosexual?

Joder, todavía me resiento por que me considere tan estrecho de miras.

—No estaba preparado para contarte la verdad —admite—. Tampoco sé si puedo aceptarlo. No obstante, en el fondo lo sabía y me sentí como una mierda después. Como si, no sé, como si me hubiera aprovechado de ti.

No consigo evitar reírme.

—Tío, no me ataste a la cama ni me forzaste. No sé si te acuerdas, pero esa noche me corrí como nunca.

Mierda. No sé por qué he dicho eso. Y el fogonazo de calor que baja hasta mi miembro es igual de desconcertante.

Rara vez me permito imaginar aquello. Sin duda, fue la experiencia sexual más excitante que Jamie Canning, de dieciocho años, había tenido nunca. Sin embargo, recordarla me confunde, porque la asocio con ser desterrado de la amistad que más valoraba.

—Oh, lo recuerdo todo sobre aquella noche.

Su voz se espesa y el revuelo en mi pantalón se intensifica.

Cambio de tema a toda prisa, porque hablar de sexo oral confunde a mi cuerpo.

—Entonces, ¿ya has salido del armario? ¿Oficialmente? ¿Lo saben tus padres?

Al responder, su respiración se vuelve pesada.

—Sí, lo saben.

Espero que continúe, pero no lo hace, aunque no me sorprende, pues a Wes nunca le ha gustado hablar de su familia. Sé que su padre es un importante inversor bancario y que su madre forma parte de un montón de comités de caridad. La única vez que el padre de Wes lo llevó al campamento, recuerdo que le di la mano y pensé que era la persona más fría que había conocido.

Tengo mucha curiosidad por saber qué piensan de tener un hijo gay, pero sé que no me contestará si se lo pregunto. Con Wes, todo funciona bajo sus condiciones.

—¿Y tus compañeros de equipo? —Intento que siga—. ¿Toronto?

—Con los chicos de Northern Mass, tenía una política de «no preguntes, no cuentes». No lo ocultaba, si bien tampoco hablaba del tema. Los demás tampoco lo hacían. Pero Toronto... —se queja—. No estoy seguro de cómo funcionará. Mi plan es eludir la pregunta todo lo que pueda. Supongo que volveré a meterme en el armario durante un tiempo hasta que sienta que conozco a esos tipos. Hasta que sea tan valioso para ellos que no les importe con quién me acuesto en mi tiempo libre. Supongo que no debería de durar más de tres años, cuatro como máximo.

Parece muy duro.

—Lo siento.

—No, yo lo siento. Siento haber fastidiado nuestra amistad, Jamie.

Mierda, me ha llamado Jamie. Solo lo hace cuando habla en serio. El arrepentimiento brota de su cuerpo y vuela hacia mí en ondas palpables. Noto que mi ira se desmorona como un castillo de arena cuando sube la marea. No puedo seguir enfadado con él. Incluso cuando creía que había tirado nuestra amistad a la basura, no era capaz de odiarlo.

Trago saliva.

—Agua pasada, tío. ¿Vale?

—Sí. —Dejo escapar una lenta respiración, doblo el brazo por debajo de la cabeza y lo miro—. ¿Cómo te ha ido? Ponme al día de los últimos cuatro años.

Se ríe.

—¿Cuatro años de travesuras de Ryan Wesley? Eso me llevará toda la noche, amigo. —Luego hace una pausa y su tono se vuelve incómodo—. De todos modos, prefiero que me hables de ti. ¿Cómo está el clan Canning? ¿Todavía reina el caos por allí?

Sonrío en la oscuridad.

—Siempre. Mamá vendió su galería de arte y abrió uno de esos lugares de alfarería donde llegas y te pasas el día creando jarrones, ceniceros y esas cosas.

—¿Cuántas veces crees que ha pillado a la gente interpretando esa escena de *Ghost?* —pregunta.

—Al menos una vez al día —respondo en tono solemne—. No es broma. —Pienso en qué más ha sucedido, pero es difícil cribar cuatro años de acontecimientos—. Oh, mi hermana Tammy tuvo un bebé, así que ahora soy tío... Eh, qué más... Joe, mi hermano mayor, se ha divorciado.

—No me digas. —Wes suena genuinamente afectado—. ¿No fuiste el padrino de su boda? —De repente se ríe—. Oye, ¿recuerdas la pajarita que te envié para que la llevaras en la ceremonia?

Ahogo un gemido.

—¿Te refieres a la de color rojo brillante con pollas rosas por todas partes? Sí, me acuerdo. Y que te den por culo, por cierto. Joe estaba en la habitación cuando abrí la caja, y casi le da un infarto cuando pensó que eso era lo que me pondría.

—¿Así que dejaste que mi regalo se desperdiciara? Qué imbécil.

—No, me la puse en la despedida de soltero.

Los dos nos reímos. Una sensación cálida y familiar me presiona el pecho. He echado de menos esto. Hablar con Wes. Reírme con él.

—La boda resultó divertida —añado—. Scott, Brady y yo fuimos los padrinos y Tammy, una de las damas de honor de Samantha. Mi hermana Jess se ordenó y celebró la ceremonia. Estuvo muy graciosa ahí arriba.

Wes se ríe.

—¿Cómo no te has vuelto loco todavía, amigo? No creo que sobreviviera a cinco hermanos.

—Me encanta. Además, soy el más joven; cuando llegué, mis padres me dejaban hacer lo que quería. Estaban agotados de tanto regañar a mis hermanos.

Se calla y vuelvo a sentir la tensión en el aire, como si quisiera decir algo más pero tuviera demasiado miedo.

—Suéltalo ya —ordeno cuando su silencio se prolonga.

Suspira.

—¿Estamos bien?

—Sí, Wes, estamos bien.

Y lo digo de verdad. Hemos tardado cuatro años en volver a este punto, sin embargo, ya estamos aquí y soy feliz.

He recuperado a mi mejor amigo, al menos durante las próximas seis semanas.

11

Wes

¿Que qué tal esto de ser entrenador? Es más difícil de lo que parece.

Cuando empieza la sesión de la mañana, parece fácil. Preparo algunos ejercicios para los jugadores ofensivos más jóvenes y los pongo a correr como locos. Llevo un silbato al cuello y tienen que hacer todo lo que les diga. Dinero fácil, ¿verdad?

No tan rápido.

Cuando me encargo de una sesión de entrenamiento para los adolescentes más mayores, todo se desmorona. No es que los chicos no sean buenos. Sus niveles de habilidad varían de asombroso a virtuoso. Sin embargo, no trabajan en sincronía como un equipo universitario. Son tozudos e irracionales. Escuchan lo que digo y luego hacen lo contrario.

Son adolescentes. Y después de diez minutos de juego estoy básicamente dando cabezazos contra el plexo mientras rezo por mi propia muerte.

—Pat —ruego—. Por favor, dime que yo no era así.

—No —contesta y sacude la cabeza—. Eras tres veces peor.

Entonces, ese traidor tiene el valor de salir del edificio y dejarme a cargo de treinta jugadores de *hockey* gamberros, sudorosos y enloquecidos por las hormonas.

Hago sonar el silbato por millonésima vez.

—¡Fuera de juego! Otra vez. ¿En serio? —pregunto a Shen, un arrogante defensa que lleva toda la sesión torturando al portero. Los dos tienen una especie de *vendetta* el uno contra el otro y el caos general no ayuda—. ¡Competición! —exclamo.

El juego comienza de nuevo cuando dejo caer el disco. Levanto la vista para ver a Canning bajar por la rampa para ayudarme con el ejercicio. Menos mal. Su rostro tranquilo es como un soplo de aire fresco.

Me acerco patinando y salto la pared para saludarlo.

—¿Por qué no me contaste que este trabajo era tan y tan difícil?

Sonríe, y mi corazón se derrite un poco, como siempre.

—¿Qué es lo difícil? Ni siquiera estás sudando.

Sin embargo, sí que estoy sudado, pues, incluso cuando giro la cabeza para observar a mis jugadores, Shen se desliza hacia atrás contra el portero del que se ha estado burlando y lo derriba. Parece intencionado y Canning habrá pensado lo mismo porque ambos corremos a zancadas y saltamos la pared para llegar hasta allí.

—¿Qué...? —comienza Killfeather, el portero.

Shen sonríe.

—Lo siento.

—Puto amarillo —maldice Killfeather.

—Maricón —replica Shen.

Mi silbato suena tan fuerte que Canning se cubre las orejas con las manos.

—Dos minutos de penalización —ruge—. Para ambos.

—¿Qué? —grita Killfeather—. No le he tocado ni un pelo.

—Por tu boca —gruño—. En mi pista no se usa ningún tipo de insulto. —Señalo hacia la jaula—. Ve.

Pero Killfeather no se mueve.

—No puedes crear nuevas reglas.

Su sonrisa de desprecio es tan grande como los carteles publicitarios que cubren los tableros.

Todos los jugadores están atentos, así que no puedo hacerlo mal.

—Señoritas, es una regla. Dos minutos en el banquillo por conducta antideportiva. Si hubieras mantenido la boca cerrada después de que te golpeara, tu equipo ahora mismo tendría la ofensiva. Lo hago por vuestro propio bien.

—Claro que sí.

A pesar de esa última réplica, mis dos alborotadores se dirigen finalmente hacia el área de castigo. Así que les lanzo mi última palabra y me aseguro de que lo oiga todo el mundo.

—Por cierto, la correlación entre llamar a alguien maricón y tener un pene muy pequeño está científicamente probada. No te conviene anunciar eso. Piénsalo.

Canning no dice nada, pero también se marcha. Lo veo tomar asiento a un lado y, después, agacharse como si se estuviera atando los patines de nuevo. No importa, ¿verdad? En ese momento, noto que le tiembla la espalda.

Al menos alguien entiende mis bromas.

El resto de la práctica parece durar una década. Cuando por fin hacemos un descanso para comer, Jamie me alcanza de camino a los vestuarios.

—¿Científicamente probada? —Se ríe.

—Me dedico a la ciencia en mis ratos libres.

—Seguro. Estoy pensando en no ir al comedor hoy y tomar una hamburguesa en el *pub* de la ciudad. ¿Te apuntas?

—Joder, sí —respondo. Después hago una mueca y echo un vistazo a mi alrededor para asegurarme de que no hay ningún niño merodeando. No sé si valgo como figura de autoridad. He pasado cuatro años rodeado de jugadores de *hockey* de Northern Mass que sueltan palabrotas en cada frase, y sigo olvidando que tengo que censurarme mientras estoy en Elites. Los adolescentes de aquí maldicen como marineros, al menos cuando Pat y los otros entrenadores no andan cerca, de cualquier forma, me niego a corromper a los más jóvenes con mis malas costumbres—. Hombre, sí —corrijo.

Canning señala el vacío que nos rodea.

—Somos los únicos aquí. Puedes decir «joder», idiota. Puedes decir cualquier cosa, en realidad. —Con una sonrisa, suelta una sarta de improperios—: Joder, mierda, polla, coño...

—¡Por el amor de Dios! —Una voz fuerte retumba desde atrás—. ¿Tengo que lavarte la boca con jabón, Canning?

Me reprimo la risa cuando aparece Pat. Niega incrédulo con la cabeza a la vez que mira a Jamie, acto seguido entrecierra los ojos y se vuelve hacia mí.

—En realidad, ¿qué estoy diciendo? Canning ni siquiera conocería esas palabras si no fuera por ti, Wesley. Qué vergüenza.

Muestro a Pat una sonrisa inocente.

—Soy puro como la nieve, entrenador. Canning fue quien me corrompió.

Los dos resoplan. Pat me da una palmada en el hombro y pasa junto a nosotros.

—Sí, sigue diciéndote eso, chico —comenta por encima del hombro—. Y, vosotros dos, vigilad esas bocas con los campistas u os daré una paliza.

Jamie y yo seguimos riendo mientras nos metemos en los vestuarios para dejar los patines y ponernos las zapatillas. Cuando salimos del edificio unos minutos más tarde, me siento como si acabara de salir de una piscina helada y entrara en una sauna. La humedad del aire es asfixiante y el sudor me recorre la espalda. La camiseta se me pega al pecho como si fuera de plástico.

Me encojo de hombros, me la quito y meto la tela en la cintura de los pantalones de gimnasia. El ambiente en Lake Placid es de lo más informal: a nadie le importará que vaya por la ciudad con el pecho al aire.

Canning no imita mi gesto, y creo que lo prefiero, porque su camiseta es fina como el papel y también se le pega al cuerpo, lo que me da una visión deliciosa de cada una de las curvas de su amplio pecho. Maldición, otra vez celoso de su camiseta. Yo quiero ser el que se pegue a su pecho, y el dolor que siento por él me provoca una chispa de culpa.

Ahora estamos bien. Volvemos a ser amigos. Aunque, en ese caso, ¿por qué mi cuerpo traidor no se queda tranquilo? ¿Por qué no puedo mirarlo sin imaginar todas las guarradas que quiero hacerle?

—Entonces, ¿qué tenéis esa chica y tú? —me oigo preguntar. No quiero saber la respuesta, pero necesito la llamada de atención que me dará, el recordatorio de que desear a este tipo supone un desastre asegurado.

—¿Holly? —Se encoge de hombros—. Nada, en realidad. Solo nos enrollamos. O, más bien, solíamos hacerlo. No creo que la vea mucho ahora que nos hemos graduado.

Arqueo una ceja.

—¿Solo un rollo? ¿Desde cuándo te gusta eso de ser amigos con beneficios?

Repite el gesto con los hombros.

—Me venía bien. Era divertido. No lo sé. Es solo que no busco sentar la cabeza con nadie ahora mismo. Holly lo entendía. —Su voz adquiere una nota de desafío—. ¿Qué, lo desapruebas?

—No, yo estoy a favor de los follamigos.

Pasamos por delante de la juguetería y nos apartamos del camino de dos madres que empujan unos carritos. Ambas mujeres giran la cabeza en mi dirección y se quedan mirando mis tatuajes. No con desprecio, sino intrigadas. Vuelve a ocurrir en la siguiente manzana, cuando un grupo de adolescentes se detiene al verme. Las palabras «bombón tatuado» nos provocan escalofríos al pasar.

Jamie se ríe.

—¿Seguro que no quieres seguir por el camino de la bisexualidad? Me parece que no tendrías ningún problema con las chicas.

—Estoy bien. No sería justo para los heterosexuales si me lanzara al ruedo de los coños. No les daría ninguna oportunidad.

Su expresión se vuelve pensativa.

—Te he visto tontear con chicas antes. Se te veía interesado.

Sé que está pensando en todas las noches en las que nos colamos en la ciudad y coqueteamos con los lugareños. Pero entonces teníamos quince, quizá dieciséis, y yo todavía estaba experimentando y descubriendo cosas.

—¿Solo fingías que lo disfrutabas? —pregunta con curiosidad.

—No tanto fingiendo como tratando de disfrutarlo —admito—. Y no fue horrible. No volví a casa y me raspé la piel en la ducha. Besarse con esas chicas fue… No sé…, simplemente fue. Lo hice, estuvo bien, sin embargo, no es que me muriera por arrancarles la ropa y penetrarlas.

«Como me muero por arrancarte la ropa y penetrarte».

Rechino los dientes, molesto conmigo mismo. Ya basta. No va a pasar con Canning. Tengo que parar con esto.

—Entendido. —Asiente y luego inclina la cabeza—. ¿Quién te pone, entonces? Quiero decir, ¿cuál es tu tipo, en cuanto a la apariencia?

«Tú».

—Eh..., no soy exigente.

Llegamos al *pub* de la esquina, pero él no hace ademán de abrir la puerta. Se queda en la acera y se ríe.

—¿En serio? ¿Así que le metes la polla a cualquiera?

—No —reconozco. Me siento tan jodidamente raro hablando de esto con él—. No me apasionan los gemelos, supongo. No me gustan los chicos flacos y jovencitos.

—Así que te gustan grandotes. —Una amplia sonrisa le llena el rostro mientras me guiña un ojo—. Por así decirlo.

Pongo los ojos en blanco.

—Sí, que sean grandes es una ventaja. Alto, atlético, no demasiado peludo... —Eso le hace reír—. Y, no sé... —Ahora empiezo a reírme yo—. ¿De verdad quieres oír todo esto?

El dolor se le refleja en los ojos.

—¿Por qué, porque estás hablando de chicos en lugar de chicas? Ya te he dicho que no soy un puritano estirado que...

—No me refería a eso —me apresuro a decir y se tranquiliza un poco—. Sería raro incluso si describiera a una chica. ¿Desde cuándo dos tipos se paran a describir a su pareja sexual perfecta? —Pongo los ojos como platos y miro a mi alrededor—. ¿Hemos entrado en el plató de *Sexo en Nueva York*? Si es así, soy Samantha. Me la pido.

La tensión se difumina al instante, mientras los labios de Canning se mueven sin control.

—¿Conoces hasta los nombres de los personajes de *Sexo en Nueva York*? Madre mía, si no me hubieras dicho que eras gay, me habría dado cuenta ahora mismo.

—Eso ha sido un caso extremadamente insensible de estereotipos, Jamie —digo con desprecio—. Solo por eso llegarás a la comida de una patada, imbécil.

Pero sonrío para mí a la vez que le doy la espalda y entro en el bar a grandes zancadas.

12

Jamie

El domingo es el día libre de los entrenadores y la mujer de Pat lleva a los niños de excursión. Mañana por la mañana irán todos a pescar al lago East. Mientras tanto, los entrenadores pasaremos una noche de borrachera el sábado seguida de un domingo de dormir hasta tarde.

Acabamos de cenar a las seis de la tarde con todos nuestros pupilos adolescentes, así que ya somos oficialmente libres. Wes lleva cuatro días en el campamento, pero, por lo general, estamos demasiado agotados por la noche como para hacer algo más que relajarnos en nuestra habitación. Así que me estoy volviendo loco.

—¿Qué hacemos esta noche? —pregunto a Wes, que se encuentra tumbado en su cama—. Tienes coche, ¿verdad? Aprovechémosla.

—Mi coche es un tío —dice, a la vez que desliza el dedo por alguna aplicación del móvil.

—Por supuesto que lo es. ¿Qué haces, de todos modos?

El sonido de las notificaciones de la aplicación no me resulta nada familiar.

—Echo un vistazo a Brandr. Es bastante entretenido en una ciudad pequeña.

Eso me hace callar por un momento. Brandr es una aplicación de ligue gay. De repente, me molesto porque había supuesto que saldríamos esta noche. Juntos. Tal vez fue una suposición estúpida, pero antes siempre era así.

—Así que... —Me aclaro la garganta—. ¿Cómo funciona eso?

Se ríe.

—Ven aquí y verás. Es una locura. Los peores rasgos de la humanidad recogidos en un solo lugar.

Intrigado, me siento en su cama y él se apoya en un codo para mostrármelo. Nos inclinamos juntos sobre el teléfono, igual que cuando éramos adolescentes. Excepto que no hemos estado juntos en una cama desde... bueno. Esa noche. Y soy consciente de que no encajamos tan bien. Ocupamos la mayor parte de la superficie, pero estoy prácticamente sentado sobre él. Siento cómo el vello de sus piernas roza las mías cuando se inclina para mostrarme la pantalla.

—Es como un menú. Cada imagen es un tipo.

Algunas de las fotos son primeros planos, pero otras son imposibles de ver. También hay un número que etiqueta cada una: 1,3 kilómetros y 2 kilómetros.

—¿Te dice lo cerca que está todo el mundo? Eso da un poco de miedo.

—Es parte de la diversión. Si alguien se comporta de forma espeluznante, puedes bloquearlo para siempre. Un clic y son historia. Las biografías son la parte divertida. Mira.

Toca uno de los mosaicos y la foto de un tipo llena la pantalla. Dice: «En línea ahora, a un kilómetro y medio».

—Es demasiado viejo para ti —comento de inmediato—. ¿Y por qué lleva esos calcetines?

El tipo tiene el pelo gris y se apoya sobre un descapotable rojo. Está en buena forma, pero nadie debería llevar calcetines tan altos con pantalones cortos. Eso no se hace.

No voy a mentir. El hecho de que este hombre mire su pantalla en algún lugar de la otra punta de la ciudad, y pinche en la foto de Wes, me desconcierta.

Wes se ríe.

—Meterse en Brandr en una ciudad pequeña siempre es divertido. Las probabilidades son buenas, pero la mercancía es extraña.

Desplaza la foto hasta la parte inferior, donde el tipo ha añadido sus ciento cuarenta caracteres o lo que sea. El titular es: «Buscando desnudarme con músculos». Y debajo de eso: «Si me ves en línea, estoy dispuesto a desnudarme. Besos, contacto corporal y más, solo pregunta. Mujeres no. Lo siento, solo me atraen los blancos».

—¿Qué coño? —tartamudeo.

—Parece un encanto, ¿no? Así es internet.

Wes sale del perfil de ese imbécil. Pero entonces su teléfono suena y aparece una ventanita.

«Hola» aparece escrito, y hay una miniatura de otro tipo al lado.

—Alguien te está hablando —murmuro. Y ahora odio la aplicación más de lo que creía posible. Competir por la atención de mi amigo no resulta divertido, así que me pongo de pie y me quito la camiseta de los Elites. Voy a salir de aquí esta noche, ya sea con Wes o sin él. Me pongo un polo, que es lo más elegante que puedes ir en Lake Placid.

—¿Quieres salir? —pregunta desde la cama.

—Sí.

Me doy la vuelta y él también se cambia de ropa. Menos mal.

—Y pensar que podemos salir después del anochecer sin tener que escapar por las ventanas —se queja Wes—. Qué raro.

Viste con unos pantalones cortos y unas botas de montaña. Se pone un jersey negro sobre la cabeza, pero sin cubrirse los brazos desnudos.

—Puedes saltar por la salida de incendios si quieres —digo—. Pero yo voy por las escaleras.

—¿Dónde vamos?

Tomo las llaves y el teléfono.

—Si el machote de tu coche está disponible, vamos a Owl's Head.

Se detiene para atarse los cordones de los zapatos.

—¿Ah sí? Pensaba que iríamos a un bar.

—Vamos a hacer las dos cosas —digo—. Pero solo si puedes sacar el culo por esa puerta.

Wes conduce un Honda Pilot nuevo con un buen equipo de música y asientos de cuero. Sin embargo, está hecho un desastre. Tengo que quitar varios ejemplares de la revista *USA Hockey* del asiento del copiloto y tirar una vieja bolsa de McDonald's.

—Esto es... pintoresco —bromeo mientras persigo una taza vacía por el suelo.

—No voy a arreglar mi coche por ti, Canning. Vamos. Echémosle una carrera a la luz del día.

Owl's Head es una corta caminata que solíamos hacer con el grupo cuando acampábamos. Está a unos pocos kilómetros de la ciudad, y no hay otros coches al principio del sendero cuando llegamos. Wes cierra el coche, y nos encaminamos cuesta arriba atravesando rocas y raíces.

Me encanta esto. El *hockey* es genial, aunque te mantiene encerrado. Mi deporte de verano es el surf, no obstante, siempre me ha gustado una buena caminata.

¿He mencionado que soy de California?

—Más despacio —me pide Wes en un momento dado.

Me detengo y me agarro a un árbol para esperarle.

—¿Es demasiado para el recluta de Toronto? Será mejor que llame a mi corredor de apuestas. ¿Contra quién juegas primero?

Me da una palmada en el culo.

—Me he parado a hacer una foto, idiota. Continúa.

Las vistas son realmente espectaculares. Estamos subiendo por una cornisa, y los picos de los Adirondack se alzan a nuestro alrededor, oscuros contra el cielo de las primeras horas del atardecer.

—Solo quedan dos curvas más —aseguro.

Tardamos treinta minutos en llegar a las calvas rocosas de la cima, justo cuando el sol se prepara para ponerse detrás de un pico lejano. Jadeando un poco por la subida, me tumbo en una roca caliente por el sol y lo asimilo.

—Vaya mierda —bromea Wes, que se sienta a mi lado—. ¿No crees?

Es posible que haya subido esta colina cada verano durante los últimos nueve años. Cuando teníamos catorce años, nos divertía darnos sustos cuando estábamos sentados en la cornisa. Con diecisiete, es posible que llegáramos hasta aquí sin verlo de verdad. Wes y yo habríamos hablado sobre *hockey.* O sobre fútbol. O sobre alguna película tonta. Subíamos porque esa era la actividad en el itinerario del día.

El año pasado me sorprendió darme cuenta de que todo lo que había hecho hasta ese momento, había sido por mí mismo. Graduarme en la universidad es el final de la ruta. A partir de ahora, es territorio inexplorado, y yo soy el que lleva las riendas.

Las nubes lejanas se tiñen de un rosa anaranjado mientras las observo. Mi amigo se sienta a mi lado, perdido en sus propios pensamientos.

—Vamos a quedarnos sin luz —añade finalmente.

—Todavía tenemos tiempo. —Tras un largo silencio, pregunto—: ¿En qué piensas?

Se ríe.

—En el primer año de universidad y en lo idiota que fui con todo el mundo.

—Ah, ¿sí?

Me sorprende que Wes se ponga introspectivo como yo. Pensaría que buscaba la mejor manera de gastar una broma a Pat y culpar a los chicos.

—Sí. Fue un año duro, muchas novatadas.

Lo miro furtivamente por primera vez desde que nos hemos sentado.

—Lo mismo digo. Los de último año eran unos psicópatas, en serio. Nunca he visto nada igual. —Me aclaro la garganta—. Ese otoño pensé en que alucinarías cuando te contara...

Dejo morir la frase. A lo mejor he sido demasiado duro. Si volvemos a ser amigos, no debería dejar que mi ira salga a la superficie.

Hace un sonido gutural de irritación.

—Lo siento.

—Lo sé —me apresuro a decir.

—Pero me pasé el primer semestre rezando para que esos imbéciles no descubrieran que me gustaban las pollas. Y como yo mismo me sentía algo incómodo con esa idea... —suspira—. No fui muy buena compañía ese año, de todos modos.

Algo se me revuelve en el estómago ante la idea de que Wes tenga miedo. Toda mi vida había pensado en él como en alguien que no siente miedo. Nadie lo es. A nivel intelectual lo sé. Pero incluso la otra noche, cuando me dijo que había tenido problemas para aceptar que era gay, creo que no lo entendí.

—Qué putada —susurro.

Se encoge de hombros.

—No me mató. Solo me hizo trabajar el doble. Tal vez no habría acabado como delantero titular si esos imbéciles no me hubieran atemorizado cada maldito día.

—Eso es ver el lado bueno.

—Canning, vamos a quedarnos sin sol —me recuerda.

Tiene razón. El cielo azul ya se ha fundido hasta alcanzar un suave color púrpura en algunos lugares. Me levanto rápido.

—Vamos, entonces.

Es ilógico, pero en una caminata empinada, el camino de bajada es mucho más complicado que el de subida. Con cada paso te arriesgas a tropezar y caer de bruces al suelo. No hablamos durante el descenso. Estamos demasiado concentrados en dónde colocar cada pie y en qué ramas nos servirán de apoyo.

La oscuridad nos acecha. Ya casi hemos llegado cuando el camino apenas se distingue. Oigo las pisadas de Wes detrás de mí y el sonido de los guijarros que desplaza con cada paso. Apostaría dinero en efectivo a que, ahora mismo, Wes está tan centrado como yo en la tarea que tiene entre manos. Cuando el cuerpo está ocupado, la mente se apaga por un tiempo.

Casi ha oscurecido por completo, pero sé que estamos a pocos metros del inicio del sendero. Entonces, Wes tropieza. A un gruñido le sigue el sonido de los pies que se deslizan sobre la tierra. Se me para el corazón cuando lo oigo caer unos pasos detrás de mí.

—Joder —refunfuña.

Me doy la vuelta y lo encuentro tirado en el suelo. Mierda. He arrastrado al nuevo delantero de Toronto por una maldita montaña en la oscuridad. Espero que no se haya hecho un esguince por mi culpa.

—¿Te encuentras bien?

Me siento fatal y me dirijo de nuevo cuesta arriba en su dirección.

—Sí —responde, aunque no es ninguna prueba. Un jugador de *hockey* siempre dice lo mismo, incluso cuando no es cierto.

Wes se levanta entre las sombras. Extiendo una mano y él la rodea con los dedos y aprieta. La presión de su agarre me tranquiliza. Tiro de él, se pone de nuevo en pie y el calor de su mano abandona la mía. No obstante, todavía no me doy la vuelta para descender.

—En serio, ¿te has torcido algo?

La sombra de Wes cambia el peso de un pie al otro y viceversa.

—No. Me he golpeado la rodilla con una roca, pero no es nada.

Se frota las manos para quitarse el polvo. Dejo escapar un suspiro que ni siquiera sabía que estaba conteniendo, me giro y bajo la colina aún más despacio.

El coche de Wes nos espera en la oscuridad. Me subo al asiento del copiloto, aliviado de que mi caminata no haya herido a nadie. La luz del techo me muestra a un Wes sonriente con tierra en la camisa. Me acerco y se la quito con intención de deshacer el daño.

Me guiña un ojo.

—¿Me quieres meter mano? —Se ríe de su propia broma y arranca el motor—. ¿Dónde vamos?

—A cualquier sitio. Tú eliges.

Wes da un pequeño giro con el coche y se dirige de nuevo a la carretera principal.

—Hemos pasado por un bar antes de este desvío. Lou's, o algo así. ¿Alguna vez has estado?

Sacudo la cabeza.

—Nunca voy sobre ruedas, así que siempre bebo en la ciudad.

—Vamos a ver qué tal —dice.

13

Jamie

Hay un millón de coches frente al Lou's porque el local comparte aparcamiento con un restaurante de comida rápida. Aparcamos en la carretera y caminamos por la oscuridad plagada de grillos hasta el bar de carretera de tamaño decente.

Lou's tiene un estilo a lo Adirondack, y se lo han currado bastante. De las paredes con paneles cuelgan los típicos remos de madera, una canoa invertida está suspendida y sujeta a unos ganchos del techo y las bebidas llevan el nombre de los picos cercanos.

Por supuesto.

—Bien, tú tomarás el Nippletop y yo el Dix Mountain.

Wes ya está disfrutando.

—Tío, si el Nippletop lleva aguardiente de melocotón, te haré daño.

Me muestra una sonrisa perversa.

—¿Qué te parece el vodka de flor de saúco?

—No tiene gracia. —Le hago un gesto al camarero para que se acerque—. Tomaré una Saranac IPA, gracias.

Wes le da la vuelta al menú de bebidas en la barra.

—Que sean dos, por favor. —Saca un billete de veinte y, cuando busco la cartera, me hace un gesto para que no me moleste—. Yo invito.

Caminamos con las cervezas hasta una mesa alta y observamos un poco a la gente. No veo a ninguna chica con la que quiera charlar, pero no pasa nada porque, de todas formas, no he venido a eso.

Wes saca el móvil del bolsillo.

—Debería haber apagado esta cosa —dice. Luego mira la pantalla con los ojos entornados.

—¿Qué pasa?

—Es una notificación de Brandr. Alguien quiere chatear conmigo. Y dice «a menos de treinta metros».

Casi me ahogo con un trago de cerveza.

—¿Alguien de aquí?

Giro la cabeza en todas direcciones a la vez que me pregunto quién será.

Wes me da una patada por debajo de la mesa.

—Deja de hacer eso.

Pero es demasiado tarde. En el otro extremo de la sala, hay un tipo con una camiseta de los Fugees que mira hacia aquí y me observa. Entonces sonríe.

—Oh, joder —musito.

Wes se ríe.

—Tío, acabas de ligar con un tío.

—¿¡Qué!?

Estoy sudando. Y no puedo darle una paliza a mi mejor amigo porque el tipo casi ha llegado a nuestra mesa.

—Hola —dice con una sonrisa. Luego mira a Wes—. Espera —se ríe—. ¿Cuál de vosotros...?

Oh, Dios mío.

—El perfil es mío —añade Wes, y me doy cuenta de que se esfuerza por no estallar en carcajadas—. ¿Te gusta?

—¿Estás buscando cumplidos? —El tipo guiña un ojo. Es unos años mayor que nosotros, con el pelo oscuro y brillante—. Necesito otra cerveza. ¿Os puedo invitar a una ronda?

—Estoy bien —contesto apresurado.

—Una para ti, entonces. —Señala a Wes. Luego se escabulle hacia la barra.

Cuando se va, Wes se echa las manos a la cara y se ríe.

—¡Deberías verte!

Puaj.

—¿Por qué ha pensado que era yo, de todos modos?

—Mi cara no sale en la foto de perfil.

Mientras Wes apenas puede hablar entre las carcajadas, me doy cuenta de algo.

—No me has enseñado tu perfil.

—Ni hablar —dice, y por fin recupera la compostura—. No voy a ensenártelo.

—¿Por qué no? —Se encoge de hombros y, de repente, me pregunto si...—. ¿Una foto de tu pene?

Suelta otra carcajada.

—Abdominales —responde—. Salen mis abdominales.

Cómo no.

El nuevo «amigo» de Wes vuelve a nuestra mesa y desliza un botellín delante de él, que apenas ha bebido del que ya tenía. Pasamos los siguientes minutos charlando. Bueno, ellos hablan, yo solo escucho, incómodo. Hay algo un poco... sórdido en todo el asunto, en este tipo, pero tal vez solo es porque me he puesto de mal humor. Quería salir con mi mejor amigo esta noche, no ver cómo se tiraba a otro tío con los ojos.

—Enseño segundo curso en la escuela pública —dice el tipo a Wes. Se llama Sam y resulta difícil odiarlo ahora que sé que trabaja con niños. Parece decente. Y es muy guapo. No como Wes ni nada por el estilo, pero...

Dios mío. ¿De verdad me encuentro aquí sentado comparando lo atractivos que son los dos tipos que están a mi lado?

Doy un profundo trago a mi cerveza. Que le den. Si voy a ser el sujetavelas, como mínimo quiero emborracharme.

—La mesa de billar está disponible —dice Sam, mirando al otro lado de la habitación—. ¿Os apetece jugar?

—Claro —responde Wes por nosotros y me trago mi irritación con otro sorbo de cerveza.

—Miraré —murmuro cuando llegamos a la mesa—. No estoy de humor para jugar al billar.

Wes me mira por un momento.

—De acuerdo.

Sam coloca las bolas y sonríe a Wes.

—Parece que solo quedamos tú y yo. Para que no haya dudas, voy a patearte el culo.

Sin embargo, este tipo no conoce a Wes. Mi amigo se lleva por delante a todos los incautos que lo retan a jugar una partida.

Wes sonríe con timidez.

—Sí, puede que tengas razón en eso. No soy muy bueno.

Reprimo un bufido.

—¿Quieres que saque yo? —ofrece Sam.

Wes asiente. Su mirada se cruza con la mía un instante, y veo el brillo en sus ojos antes de que se dé la vuelta.

Me apoyo en la pared con paneles de madera mientras Sam se inclina en el extremo de la mesa, con el taco de billar colocado con habilidad entre las manos. Su primer tiro hace que las bolas se dispersen en un vertiginoso torbellino, pero solo mete una, de color rojo sólido, en la tronera lateral. Se queda con las lisas tras meter una más antes de fallar el siguiente tiro.

Wes se levanta. Estudia la mesa con el ceño fruncido y poco decidido. Mentira. Como si su astuto cerebro no hubiera planeado ya cada uno de los golpes hasta la caída de la bola número ocho.

Sam se acerca a él y le apoya una mano en el hombro.

Entrecierro los ojos. Al imbécil le gusta manosear.

—Ve a por la once —aconseja Sam—. En la esquina.

Wes se muerde el labio.

—Estaba pensando en la trece.

Lo que requeriría un tiro combinado que haría sudar incluso a los jugadores de billar más avanzados.

Sam se ríe.

—Eso podría ser demasiado difícil teniendo en cuenta que no eres...

Wes hace el tiro antes de que Sam termine la frase. Mete la trece, la nueve y la doce. En un combo impresionante que hace que Sam se quede boquiabierto.

No puedo evitarlo. Me echo a reír.

—Así que no eres muy bueno, ¿eh? —Sam suspira con fuerza.

La boca de Wes se tuerce:

—Puede que haya subestimado mi nivel de destreza.

Una parte de mí espera que Sam sea uno de esos ególatras sensibles que no soportan perder, pero el señor Maestro de Primaria parece encantado con la genialidad de Wes. Tan solo se queda allí y silba mientras mi amigo rodea la mesa como el tiburón del billar que es, incluso rompe en aplausos después de que Wes limpie la mesa sin dejar que Sam haga otro tiro.

Sam acepta la derrota, se bebe el resto de la cerveza de un trago y golpea la botella vacía en la repisa detrás de la mesa de billar.

—¿Otra? —pregunta a Wes.

Wes me mira como para comprobar si me parece bien. Me encojo de hombros. Sé que no hay forma de alejar a Sam de Wes. Está demasiado enamorado de mi amigo.

Juegan otra partida.

Pido otra cerveza.

Juegan una tercera partida.

Pido una tercera cerveza.

Cuanto más me emborracho, más lo hacen ellos. Sam roza la espalda de Wes con la palma de la mano cuando el primero se inclina para preparar su próximo golpe. Wes lo mira por encima del hombro y, con un brillo en esos ojos grises, le guiña un ojo.

Al cabo de un rato, vuelvo a la mesa, con el alcohol zumbando en mi sangre y el fastidio creciendo en mis entrañas. Que le den a ese tal Sam. Me retracto: no es un buen tipo. Parece que no tiene problema en monopolizar el tiempo de mi mejor amigo. Ni siquiera le importa que ambos me ignoren.

Y no deja de tocar a Wes.

Enrosco los dedos alrededor de la botella de cerveza. Cuando Sam se acerca a Wes y le susurra algo al oído, los nudillos se me ponen blancos y mi agarre se hace más fuerte. ¿Le pregunta a Wes si quiere salir de aquí? ¿Le dice lo mucho que quiere follar con él ahora mismo? ¿Se habrá ofrecido a chupársela en el baño?

Me bebo el resto de la cerveza. Sí, me encuentro muy alterado y el alcohol le ha hecho algo a mi cerebro. Lo ha cortocircuitado de algún modo y lo ha inundado de recuerdos que no suelo dejar aflorar.

La banda sonora de aquel último día de campamento de hace cuatro años pasa por mi mente.

«¿A qué esperas, Ryan? Chúpamela ya».

«Joder, Wes, vas a hacer que me corra».

Me molesta recordar cada palabra que le dije. He recibido algunas mamadas bastante fenomenales durante estos últimos cuatro años, pero ¿podría recordar lo que se habló durante ellas? ¿Podría repetir, palabra por palabra, todo lo que dije a esas chicas? ¿Con Holly? ¿Cada sucia propuesta que salió de mi boca?

No, no puedo.

Vuelvo a mirar la mesa de billar y no puedo evitar fijarme en la boca de Wes. Mi polla se agita al recordar esos labios a su alrededor.

Mierda, quizá estoy más borracho que mareado.

Las risas de Sam y Wes se acercan.

Parece que Sam por fin ha ganado una partida y, conociendo a Wes, se está burlando del chico porque es una casualidad. O, diablos, tal vez Wes se ha dejado ganar. Tal vez haya decidido lanzarle un hueso al tipo antes de... «lanzarle un hueso».

Mi pecho se pone rígido. La idea de que Wes se enrolle con alguien me enfada.

«¿Celoso?», se burla una vocecita.

Que le zurzan. No estoy celoso, joder. No me importa lo que haga Wes —o con quién lo haga—, pero se suponía que íbamos a salir esta noche. Él y yo. No él y un tipo cualquiera que ha conocido a través de una aplicación para ligar.

Me bajo con brusquedad del taburete y me dirijo a la mesa de billar. Ya ni siquiera juegan; solo están juntos riéndose de algo. Sam apoya la mano en la cadera de Wes. Un gesto casual. Ligero, inofensivo.

Sin embargo, despierta el resentimiento en mis entrañas. ¿Por qué demonios lo toca? Ni siquiera se conocen. Imbécil presuntuoso.

—¿Listo para irnos? —Levanto la voz, pues ninguno de los dos se da cuenta de que sigo allí.

Wes parpadea.

—¿Ahora?

Respondo con la mandíbula tensa.

—Sí. Quiero irme. —Me sale una mirada fría—. Vuelvo en tu coche, ¿recuerdas?

Me mira con desconfianza. Luego asiente rápidamente y se vuelve hacia Sam.

—Gracias por las partidas, tío. Nos marchamos ya.

La decepción del otro tipo es imposible de ignorar. Me mira y acto seguido se centra en Wes.

—Eh, sí... claro. ¿Me das tu número antes de irte?

Imbécil.

Me rechinan las muelas mientras los veo intercambiar números. Genial. Supongo que volverán a quedar. No puedo pasar el verano reconectando con mi mejor amigo.

Wes no dice nada durante el camino hacia la salida. La música del bar está demasiado alta para oír lo que ocurre fuera, pero, cuando salimos por la puerta, nos encontramos en medio de un aguacero.

Una fría ráfaga de lluvia me abofetea en la cara y me cala hasta los huesos en pocos segundos.

—Mierda. ¿Corremos hasta el coche? —grito por encima del ensordecedor golpeteo de la lluvia contra la calzada.

Wes se queda quieto. Su expresión es tan atronadora como el tiempo.

—¿Qué coño ha sido eso?

Apenas lo escucho por encima del viento y la lluvia.

—¿El qué?

—Te has comportado como un auténtico imbécil ahí dentro.

Luego se aleja y sus botas chapotean en los charcos que se forman en el asfalto.

El pequeño toldo que abarca el lateral del edificio no hace nada para protegernos de la lluvia. La ropa se nos pega al cuerpo. El agua se me adhiere al pelo y me gotea por la cara mientras me apresuro a seguirle.

—¿Yo soy el que se ha comportado como un imbécil? —grito.

Se detiene y se da la vuelta para mirarme.

—Sí. Joder, tío, por la forma en que has tratado a ese tipo, uno pensaría que tenía el ébola.

—¡Quizá no me ha gustado la forma en que te ha manoseado delante de mí! —respondo.

Wes se queda boquiabierto.

—¿Qué?

Cierro la boca de golpe. Maldición. ¿Por qué he dicho eso?

—Quiero decir... —Trago saliva—. Ha sido de mala educación.

Wes me mira fijamente. Las gotas le caen por el rostro cincelado y se enredan en la barba que le cubre la mandíbula. Tiene los labios ligeramente separados. No logro dejar de mirarlos.

—¿Qué está pasando? —pregunta con cautela.

La tristeza se me acumula en la garganta. No lo sé. La verdad, no sé qué ocurre. La lluvia cae con más fuerza. Un relámpago atraviesa el cielo negro. Debería tener frío, pero no. Tengo la sensación de que mi cuerpo es un horno. Tres cervezas no deberían tener este efecto en mí.

¿Tal vez sea él? ¿Quizá él me pone cachondo?

Wes se lame las gotas de lluvia del labio inferior y me fijo en el *piercing* de su lengua. No lo llevaba cuando teníamos dieciocho años. Ni cuando sus labios rodearon la cabeza de mi polla en la noche de la mejor mamada de mi vida.

Y ahí está.

Ryan Wesley me hizo la mejor chupada de la historia.

—Canning... —añade y me observa de nuevo. Parece inquieto, pero... hay algo más en su mirada. Un parpadeo de confusión. Una pizca de interés.

Me acerco un poco más, aunque no sé por qué. El corazón me late con más fuerza que la lluvia. Tengo la mirada clavada en su boca.

—Jamie. —Esta vez hay una nota de advertencia en su voz.

Tomo una bocanada de aire.

Luego ignoro la advertencia.

Wes abre los ojos de par en par cuando le clavo los dedos en el pelo y le acerco la cabeza.

—¿Qué...?

No termina la frase porque aplasto mi boca contra la suya.

14

Wes

Jamie me está besando.

Jamie me está besando.

Jamie me está besando a mí.

No, no importa cómo lo mire, todavía no le encuentro sentido. ¿La presión de su boca? No tiene sentido. ¿El escandaloso paso de su lengua por mi labio inferior? No tiene sentido.

Pero, joder, lo deseo.

La lluvia cae del toldo y se desliza sobre nuestras cabezas mientras los labios de mi mejor amigo se aferran a los míos. Saboreo la lluvia, la cerveza, algo adictivamente masculino. Su boca roza la mía, una y otra vez, y cuando separo los labios para respirar, él aprovecha y desliza la lengua en ella.

Es como una punzada en la columna vertebral. El deseo me recorre y baja en espiral hasta mis testículos, haciendo que se tensen. Cuando su lengua toca la mía, casi me desplomo. Me agarro de la parte delantera de su camisa con fuerza para no dejarme arrastrar por la tormenta. No la que ilumina el cielo, sino la que ruge en mi interior.

Lo sé en el momento en que siente el *piercing* de mi lengua y enrosca la suya alrededor del perno metálico y gime contra mis labios. Profundo y ronco.

Es ese sonido empapado de lujuria el que me devuelve a la realidad. Puede que me parezca bien, pero está mal. Está borracho otra vez. No piensa con claridad. Por alguna razón, ha decidido que meterme la lengua hasta la garganta es una buena idea, pero no lo es, joder. Después de todo, sigo siendo gay y él, heterosexual. Y lo que es peor, sigo enamorado de él.

Con un gemido tortuoso, aparto la boca. No puedo volver a hacer esto. No puedo permitirme desearlo ni ilusionarme con la idea de nosotros dos. Es mi amigo. Siempre será mi amigo y nada más.

Sus ojos, empañados por la pasión, me destrozan por completo. Parpadea como si estuviera desorientado, como si no entendiera por qué he roto el beso.

—Tu *piercing*... —Su voz suena ronca por la excitación—. Quiero sentirlo en la polla.

Ay, madre.

Vale, está más borracho de lo que pensaba. No lo he visto beber más de un par de cervezas, pero habrá pedido algunas más.

—Sí... —Suelto una risa apresurada—. Eso no va a pasar, tío.

Jamie entrecierra los ojos.

La lluvia amaina un poco, haciendo más fácil hablar sin tener que levantar la voz.

—No vamos a volver a pasar por eso, Canning. —Trago con fuerza—. La última vez que lo hicimos, se arruinó nuestra maldita amistad.

Ladea la cabeza, esos grandes ojos marrones brillan desafiantes.

—¿Quieres decir que no me deseas?

Oh, mierda.

—No, estoy diciendo que esto es una mala idea.

Jamie se acerca y me empuja contra la pared hasta que mi espalda golpea los ladrillos húmedos. Ahora me tiene inmovilizado. Hay un muro duro detrás de mí y otro igual de duro frente a mí. Y subrayo lo de «duro», porque, madre mía, la tiene más dura que una roca. La presiona contra mi muslo mientras se acerca todavía más, hasta que sus labios están a escasos centímetros de los míos.

—Eres el rey de las malas ideas —me recuerda—. Al menos, esta termina con los dos pasando un buen rato.

Me va a matar. El cambio de roles me derrite el cerebro, porque yo soy el que suele mandar, el que lleva las riendas, el que pone los límites.

Jamie mueve las caderas y jadea mientras su erección roza mi pierna. Si estuviera sobrio, seguro que se horrorizaría. Cuando se recupere, se horrorizará. Se disculpará por haberse insinuado y acabaremos metidos en esa incómoda conversación que deberíamos haber tenido después de que se la chupara hace cuatro años. Me dirá que es heterosexual, que solo era una broma y que no le gusto.

Y yo me quedaré destrozado.

Lo sé, pero no me impide saborearlo una vez más. He mencionado que soy masoquista, ¿verdad? Es la única explicación de por qué enrosco una mano alrededor de su nuca y lo atraigo hacia mí de nuevo.

Nuestras bocas se encuentran en otro beso. Esta vez, suave. Agonizantemente lento. No es suficiente. Lo dejaré pronto, en cualquier momento, pero aún no. No hasta que me dé más.

Entre gemidos, aprieto mi pecho contra él y nos doy la vuelta para que Jamie acabe con la espalda contra la pared y yo pueda abalanzarme sobre él. Hace un ruido de sorpresa, que se convierte en un rugido ronco cuando profundizo el beso y le meto la lengua en la boca.

Ahora estoy ávido. Desesperado. Le penetro la boca con la lengua como me gustaría hacer con mi miembro. Nos damos caricias profundas y hambrientas que nos dejan a los dos sin aliento y entonces es él quien se agarra a mi camisa.

A mi derecha, la puerta del bar se abre de golpe. Se oye un grito femenino. Probablemente exclama por el tiempo que hace, no por los dos tipos que intentan comerse la cara contra la pared. En cualquier caso, su grito me hace volver a la realidad. Retrocedo a trompicones y jadeo como si acabara de correr tres maratones.

Ahora estoy bajo el aguacero, pero Jamie no. Así que puedo ver perfectamente su expresión: el pánico en su cara. La incredulidad.

Joder. Mi amigo heterosexual está a punto de perder los nervios. Dentro de una hora, tendrá una brutal crisis de identidad y ¿para qué? El mejor beso de mi vida no vale la pena si va a fastidiarle la suya.

He pasado por la confusión. No es agradable.

Ahora tengo que mirar hacia otro lado. Si no lo hago, él verá mis ojos y sabrá que me muero por dentro. Lo quiero más que a nada en el maldito mundo. Me cuesta toda mi fuerza de voluntad, pero me doy la vuelta y me alejo bajo la lluvia hacia el coche.

Llueve a cántaros, así que corro hacia él. Ni siquiera sé que me ha seguido hasta que se desliza en el asiento del copiloto junto a mí y cierra la puerta.

En menos de treinta segundos, tengo el motor en marcha. En menos de un minuto, estamos subiendo por la 73 hacia Lake Placid. Hay un silencio terrible en el coche. Si no estuviera lloviendo, probablemente doblaría el límite de velocidad para llevar a Jamie a la ciudad cuanto antes.

Todavía no ha dicho ni una sola palabra.

—Lo siento —declaro—. No era mi intención dejar que eso sucediera.

Hace un ruido de irritación. Me muero por saber qué significa, no obstante, soy demasiado cobarde para preguntar. No volveremos a hablar de esta noche. Nunca. Aunque nos emborrachemos la noche previa a la boda de Jamie. Incluso si estamos atrapados en una mina con treinta minutos de oxígeno. Ni siquiera entonces.

Antes, le dije que había actuado como un idiota. Pero eso es mentira. Soy yo el que está enamorado de mi mejor amigo y finge que no es así.

La lluvia cesa. Unos minutos más tarde (aunque parecen horas), me detengo frente al edificio de la residencia y piso el freno. Jamie no se mueve.

—Voy a buscar un sitio para aparcar y luego daré un paseo —digo. Ni en broma puedo volver a nuestra habitación ahora mismo. Necesitamos un tiempo muerto. Espero que lo entienda.

Más tarde, cuando esté dormido, quizá pueda volver a respirar el mismo aire que Jamie Canning.

No se mueve.

«Por favor —ruego en mi mente—. Por favor, vete a dormir». Ya es bastante difícil ver su cara cada día y no sentir angustia. No quiero estar cerca de él ahora mismo. Tengo miedo de ceder y volver a besarlo. La forma en que su duro cuerpo se alineaba a la perfección con el mío ha quedado grabada a fuego en mi conciencia. Intentaré no pensar en ello durante semanas.

Espero y sufro.

Al final, la puerta se abre con un clic. Le oigo salir del coche. Cuando la puerta se cierra de golpe, siento un mazazo en el corazón. «No mires», me advierto.

Pero mi autocontrol no es infinito. El pelo rubio le brilla bajo la luz de la calle mientras da largas zancadas por el camino. Verlo alejarse de mí hace que algo se astille en mi interior.

15

Jamie

Subo los escalones del edificio a saltos con el corazón desbocado y la piel mojada por la lluvia, el sudor y los nervios.

—Jamie.

Mierda, casi había conseguido llegar a la habitación. Pero Pat se encuentra sentado en la oscuridad, sigiloso en una de las mecedoras del porche delantero. Probablemente esté de guardia vigilando si hay adolescentes que se escabullen. En cambio, me ha pillado entrando a hurtadillas y, al oír su voz, siento, al menos, el mismo terror que un niño que se ha escapado.

Tropiezo y me detengo antes de llegar a la puerta.

—Hola. —Trato de sonar sobrio. Al menos está oscuro. No me fío de mi cara ahora mismo.

—¿Tienes un minuto?

¿Lo tengo? Necesito quedarme solo durante varias horas para darme cabezazos contra la pared. Para tratar de entender qué coño acaba de pasar. Sin embargo, Pat es como un segundo padre para mí, y no quiero ser grosero con él.

No respondo, aunque me siento en la mecedora que está al lado de la suya. Me tiemblan las manos, así que las doblo alrededor de los brazos de la silla. Un par de respiraciones muy lentas me ayudan a calmarme.

Al otro lado de la carretera, el lago es un vacío oscuro. Las luces de los restaurantes de Lake Placid centellean en el brumoso aire nocturno. Todo parece tan tranquilo y ordinario. El mundo tendría más sentido para mí si los edificios se derrumbaran hacia el lago o si las tiendas de dulces ardiesen, en cambio, el único que tiembla soy yo.

—¿Estás bien, hijo?

—Sí —digo, con la voz temblorosa—. Me ha pillado la lluvia.

—Ya lo veo. —Se queda callado un momento—. Solo quería preguntarte cómo está Wesley. ¿Crees que la primera semana le ha ido bien?

Solo oír su nombre hace que se me revuelva el estómago.

«Bueno, Pat, acabo de ofrecerme en bandeja. Nos hemos dado el lote como estrellas del porno contra la pared de un bar. Luego me ha rechazado y no tengo ni puñetera idea de lo que significa nada de eso».

—Está, eh, bien —tartamudeo. Ni siquiera recuerdo qué me ha preguntado.

—Si tiene problemas ahí fuera, espero que me lo digas. No lo despediré, solo le conseguiré refuerzos.

Me recompongo y trato de concentrarme en la conversación.

—Entrenar requiere práctica.

Pat sonríe.

—Eso es muy diplomático por tu parte. Entrenar requiere práctica, sí, pero no todo el mundo tiene un talento natural para ello como tú.

—Gracias. —El cumplido me toma por sorpresa.

—Y creo que los niños sacarán partido de su tiempo con Wes; no lo habría contratado si no estuviera seguro de ello. —La silla de Pat chirría mientras se balancea con suavidad—. Me sorprendió, sin embargo, que me llamara. Fue unas horas después de la victoria en la Frozen Four. Había visto el partido, me alegro cada vez que puedo veros por la tele. Pero es curioso porque, cuando vi quién llamaba, se me ocurrió que diría: «Te lo debo todo a ti». —Se ríe—. Ese no es el estilo de Wes, de modo que no sé por qué esperaba escuchar algo así. No obstante, cuando me dijo que me llamaba para aceptar el trabajo que le ofrezco cada año, me sorprendió mucho.

A mí también. De hecho, me asombran muchas de las cosas que me cuenta.

—¿Lo has estado reclutando todos estos años?

—Claro. Todos mis chicos que se convierten en jugadores universitarios de éxito reciben una llamada mía. Sin embargo,

Wes nunca había aceptado y, de pronto, llegó esa llamada... —Hace una pausa—. Tuvo muchas agallas, la verdad. Me dijo: «Quiero ser tu entrenador este verano, pero debes saber que soy gay. Nadie lo sabe y, si te resulta un problema —por lo de dirigir un campamento—, lo entiendo».

Una gota de sudor me recorre la espalda.

—¿Qué le dijiste?

Aunque sé que Pat lo contrató, se me corta la respiración al pensar en el Wes del otro lado del teléfono, esperando que lo juzgaran.

Tal vez se necesitan más pelotas para ser Wes de lo que imaginaba.

—Le dije que eso era cosa suya y que me importaba una mierda mientras se presentara cada mañana dispuesto a entrenar. Más tarde le pregunté si quería volver a compartir habitación contigo después de todos estos años. Me dijo: «Claro, pero también tengo que contárselo a Jamie. Si le resulta un problema, quizá haya que hacer algún cambio».

Un problema. Sí que tengo uno. Mi problema es la enorme erección que me ha provocado esta noche. Dios, estoy haciendo un gran esfuerzo por no enterrar la cabeza entre las manos y gritar a causa de la confusión.

Es la noche más extraña de mi vida. Justo aquí. ¡Bingo!

Y el entrenador Pat sigue esperando que diga algo.

—Tan solo le dije que soy del norte de California.

Pat se ríe.

—Ya veo. No pensé que tuvieras problemas. Durante todos esos años, fuisteis inseparables.

Inseparables. Hace un rato mi lengua y la suya eran inseparables. Todo ha sido obra mía. He abordado a mi mejor amigo y su sabor permanece en mis labios.

Necesito salir de esta conversación antes de perder la cabeza.

—No hay ningún problema —digo con brusquedad—. Creo que ya es hora de me vaya a dormir.

—Buenas noches, chico.

—Buenas noches.

Subo las escaleras y camino por el pasillo hacia nuestra habitación. No veo luz por debajo de las puertas que dejo atrás, pero oigo el sonido de voces y risas masculinas al pasar. Wes y yo habíamos sido iguales a su edad; nos pasábamos las noches hablando.

¿Ahora? No estoy seguro de si nos seguimos hablando.

Hago una parada en el baño para lavarme los dientes. Cuando me miro en el espejo, veo mi rostro como siempre. La misma mandíbula cuadrada. Los mismos ojos marrones. Mi piel está un poco pálida bajo las luces fluorescentes del baño. No hay nada raro, pero me quedo observando como un idiota durante un rato con la esperanza de encontrar quién sabe qué. Un cambio. Una señal.

¿Qué aspecto tiene un tipo que no es tan heterosexual como creía?

—El tuyo, al parecer. —Mis labios se mueven al pronunciar estas palabras y no entiendo lo que ha pasado.

Continúo hablando conmigo mismo. Perfecto. No puedo evitarlo más, así que voy a nuestra habitación. Enciendo la luz, que me deslumbra y, con los ojos entrecerrados, la apago. Me desnudo hasta quedar en calzoncillos y me meto en la cama. Ya estoy sobrio, menudo fastidio, porque no me ayudará a dormir. Al menos he dejado de temblar como una hoja.

Wes no está aquí, aunque siento su presencia. Me quedo despierto, esperando oír su voz áspera y engreída por el pasillo. No exagero si digo que siempre me he sentido un poco más vivo con él cerca. La vida es algo más brillante y ruidosa con Wes.

Pero ahora es tentador reexaminar mis impresiones sobre él. Estoy casi seguro de que siempre le he querido como a un amigo y que el impulso de esta noche no ha sido más que un nuevo antojo nacido de la cerveza, los celos ordinarios, la excitación y algún tipo de sobrecarga emocional amistosa. La tormenta perfecta. Mi deseo es una extraña criatura de la noche, traída a la vida por un rayo en el lugar exacto.

¿Verdad?

Suspiro.

No soy egocéntrico. No me siento a inventar complejas teorías para explicar mi comportamiento. Pero, esta noche, me resulta imposible no acostarme y reflexionar… Todas esas veces que lo vi volar por la pista con el disco bajo su mando, ¿fue simple admiración? Todas esas veces que vi su llamativo patinaje con un sentimiento cálido en el pecho. O cuando me sonreía desde el otro lado de la mesa. ¿Estaba ocultando algo de mí mismo? ¿O no había nada que reprimir?

Joder, ¿acaso importa?

El deseo es pura química. Una vez en una clase de bioquímica nos enseñaron que esta no es más que electricidad. Todos somos bolsas de átomos cargados que caminan por ahí y chocan unas con otras.

Sin embargo, mis electrones se han vuelto locos por los suyos esta noche. Las partículas han chocado.

Empujo las caderas contra el colchón; desearía poder sentir de nuevo la presión de su cuerpo y el roce de sus manos ásperas en los antebrazos.

No sé por qué lo quiero ni tampoco si el deseo desaparecerá con la lluvia de esta noche, pero ahora mismo está aquí y es real.

La noche parece interminable. Y mañana será una eternidad incómoda.

Hurra.

No puedo ni imaginar lo que Wes estará pensando ahora mismo. Él me deseaba, lo sentía, pero se detuvo porque arruinaría nuestra amistad. El mismo hombre que se acuesta con extraños a través de una aplicación.

Sigo tumbado bocabajo sobre la almohada cuando oigo que introduce la llave en la cerradura. Me quedo helado, por supuesto. Entra de puntillas. Oigo el ruido sordo de las botas de montaña contra el suelo y el suave movimiento de la ropa mientras se desviste.

Mi polla se endurece contra el colchón. La tengo muy dura, y solo ha entrado y se ha desvestido. «Interesante».

Las sábanas crujen cuando se mete en la cama. Luego se hace el silencio. Pasa un minuto. No estoy dormido, pero seguro que no lo ha notado. Lo que significa que somos como dos adolescentes después de una pelea en una fiesta de pijamas: nos ignoramos el uno al otro.

Me doy la vuelta para mirarlo.

—Si intentas evitarme, tendrás que dar otras diecisiete vueltas por la ciudad. Todavía estoy despierto.

Wes suspira.

—¿Cómo te encuentras?

—Cachondo.

Resopla.

—Es la cerveza la que habla. ¿Sabes que te vuelves gay cuando te emborrachas?

Cuando oigo la palabra «gay», casi se lo discuto, sin embargo, ese no es el tema.

—No estoy borracho, Wes.

Lo que tengo es mucha, mucha curiosidad. Wes cree que me ha hecho un favor esta noche al desviarnos de ese camino, no obstante, ahora tengo esta enorme pregunta dentro de mí, y no creo que haya desaparecido por la mañana. Pero hará que las cosas sean incómodas entre nosotros. Me fijaré en él frente al espejo mientras nos afeitamos y me preguntaré sin parar cómo habría sido, si es algo que podría gustarme de verdad, o solo un extraño accidente.

—No quiero que te comas la cabeza —susurra—. Ojalá no hubiera hecho eso.

Pero no me quiero comer la cabeza, precisamente.

—Ven aquí —pido—. Por favor.

—Ni de broma —responde.

—Puedo obligarte.

Se ríe.

—¿Has fumado hierba mientras no estaba, Canning?

Yo también me río y es un alivio. Significa que no lo he destrozado todo. En ese momento, levanto las caderas, me quito los calzoncillos y se los tiro a la cabeza. Él los aparta y sonríe en la oscuridad.

Aparto la sábana de una patada, me llevo la mano a la polla y él deja de reírse.

16

Wes

No me fastidies. Soy un tipo fuerte. Soy un tipo duro. Pero no estoy hecho para soportar ver a Jamie Canning masturbándose.

La luz de la luna que brilla a través del hueco de las cortinas lo muestra recostado de espaldas, con la rodilla más lejana doblada. Tiene un cuerpo perfecto: fuerte y esbelto sobre la cama. Se agarra la polla con la mano y se acaricia el glande con la yema de los dedos. Respira hondo y expulsa el aire despacio a la vez que arquea un poco la espalda y mueve las caderas.

Y yo me muero en silencio. Se me hace la boca agua y tengo que tragar con fuerza. Está ahí mismo. A dos pasos, podría tenerlo en mi boca. Es como si Jamie Canning hubiera entrado en mi sucia mente y extraído mis fantasías. Bueno, el primer capítulo, al menos.

No gira la cabeza para mirarme, no tiene por qué hacerlo. Ambos sabemos dónde está mi atención. Se aprieta el miembro una vez. Dos. Luego, abre la mano y desciende los dedos hasta los testículos y mueve el pulgar sobre la piel.

Oigo un jadeo de excitación y me doy cuenta de que viene de mí.

¿Y entonces? El cabrón sonríe.

Eso me hace reaccionar, al menos un poco.

—¿Qué coño estás haciendo?

—Necesito masturbarme. ¿Te importa?

¡Mierda...! Me arrepiento del maldito día en que le dije esas mismas palabras. Tenía dieciocho años y creía que era delicado, pero solo estaba desencadenando un intenso dolor para todos. Y sigue sucediendo. La sangre me zumba en los oídos.

Y en otros lugares.

Arrastro la mano hasta mis bóxeres en contra de mi voluntad. Jamie mueve la mano por su pene. Poco a poco, arriba y abajo. Hace una pausa para frotarse la punta con el pulgar y se me cierra la garganta.

—Wes. —Su voz es como grava—. Necesito tu ayuda.

Es un milagro que sea capaz de responder con un tono casi normal.

—Parece que te va bien por tu cuenta.

Por fin gira la cabeza para mirarme. A la par que se frota, traga y la nuez sube y baja con brusquedad.

—Necesito saberlo.

«¿Saber el qué?». Casi se lo pregunto. Ahora me está estudiando. Me recorre el pecho y el brazo con la mirada y se fija en que tengo la mano en los pantalones cortos. Y lo entiendo. Quiere saber por qué se siente así, si es atracción o el efecto de la cerveza o locura temporal.

Esta noche le he dicho la verdad cuando le he confesado que no quería ayudarle con este descubrimiento. No me queda claro que vaya a sobrevivir a ello.

Todo esto es, por supuesto, culpa mía.

Nos miramos a los ojos. Los suyos están cerrados con fuerza. Siempre he soñado con tener otra oportunidad para ver su cara llena de lujuria. Ahora, abre los labios al subir la mano y es casi suficiente para que vaya al otro lado de la habitación. Pero todavía tengo dudas, y no porque tema a su arrepentimiento de mañana.

Porque sé que yo lo haré.

—Por favor —suplica.

Esas dos palabras son suficientes para que me levante de la cama.

Ahora estoy de pie en el centro de la habitación, con las manos en la cintura de los bóxeres. Tiro de ellos y los dejo caer al suelo.

Él me mira el pene sin dejar de acariciar el suyo.

—¿Qué quieres? —pregunto. Y necesito que sea concreto. Estamos jugando a un juego muy peligroso. Es posible que termine en desastre, no obstante, si hay alguna forma de evitarlo, lo haré.

Se mueve en la cama para hacerme sitio y me hace una seña. No hay suficiente dinero, fama o fortuna en el mundo que me impida obedecer. Un segundo después, me hallo en su cama, donde me alcanza con los brazos y me atrae hacia sí.

Estamos uno al lado del otro, pecho con pecho. Y Jamie Canning me besa de nuevo.

Ya no sabe a cerveza, sino a pasta de dientes. No hay manera de que mañana ninguno de los dos pueda culpar de esto al alcohol. Su lengua está en mi boca y doy golosos tirones, disfrutando de cada segundo.

Nuestros cuerpos chocan y él suelta un suave gemido antes de introducir más la lengua entre mis labios. Su miembro se desliza por mi vientre y se alinea con mi propio pene palpitante. Ese roce me hace ver las estrellas.

—¡Joder! —exclamo.

Abre los ojos de par en par y me examina el rostro al tiempo que se lame el labio inferior.

—Si paras ahora mismo, te mato.

¿Parar? ¿Eso es una palabra? ¿Qué significa? Seguro que lo contrario de lo que hago cuando deslizo la mano entre nuestros cuerpos y agarro las pollas de ambos.

La columna de Jamie se arquea con otro gemido ronco.

—Oh, mierda. Esto va muy bien.

Nos masturbo despacio y aprieto en cada subida. Su boca vuelve a encontrar la mía. Me roza la mejilla con la barba cuando inclina la cabeza para profundizar el beso. Esa lengua mágica vuelve a deslizarse entre mis labios, hambrienta y ansiosa. No puedo creer que estemos haciéndolo. No puedo creer que me deje.

Los dos goteamos, lo que facilita que deslice el puño sobre nuestras resbaladizas pollas. Los testículos me pesan y hormiguean por la necesidad de descargarse. Con unas pocas caricias más voy a estallar, pero Jamie no lo permite.

Se suelta de mi agarre y me pone las palmas en el pecho para empujarme sobre la espalda. Mi polla se eleva y me golpea en el ombligo. Él gime al verla antes de rodearla con los dedos.

—¿Puedo…? —pregunta de forma precipitada—. ¿Puedo chupártela?

¡Madre mía! Estoy atrapado en una especie de sueño febril. Tiene que serlo, porque no hay otra explicación para que mi mejor amigo se haya ofrecido a comérmela.

Imaginé que esta sesión para explorar si le gustan los tíos implicaría que yo haría todo el trabajo y lo devoraría de la forma en que siempre he fantaseado. En cambio, si hay algo que sé sobre Jamie Canning, es que está lleno de sorpresas. Cada vez que aceptaba uno de mis locos retos, me impresionaba, pues era incapaz de comprender cómo este relajado chico de California, que siempre seguía las reglas, se mostraba tan dispuesto a seguirme por cualquier madriguera a la que lo llevara.

Sin embargo, esta noche no voy a inducirlo a nada. Es todo cosa suya. Son sus dedos los que acarician mi dura erección. Su aliento caliente el que me roza la punta del paquete mientras se desliza hacia abajo y acerca la boca a pocos centímetros de mí.

—¿Alguna vez has...? —Trago, a pesar de lo seca que tengo la garganta—. ¿Habías hecho esto antes?

—No. —Sus labios dudan al rozar el glande—. Podría ser malo.

Se me escapa una risa.

—Ahora estás siendo un chico malo.

Levanta la cabeza, con un brillo en sus ojos marrones.

—Puede que se me dé mal —corrige.

—Ya verás que no.

Es imposible que se le dé mal. Me siento a muy poco de correrme, tan solo por estar en la misma cama que él. No necesita habilidad, basta con permanecer aquí. Él. Aquí. Conmigo.

Casi pierdo la cabeza cuando su lengua me toca. Cada centímetro de mí está caliente, apretado, punzante de necesidad. Realiza un lento círculo alrededor de la punta con la lengua y luego recorre mi miembro con besos. Me besa la polla y, con la boca abierta, me acaricia de tal forma que pierdo la cabeza. Mierda. Jamie Canning es un calientapollas. ¿Quién lo hubiera imaginado?

—¿Intentas volverme loco? —gruño después de que vuelva a recorrer mi pene a besos.

Mi cuerpo vibra con su risa.

—¿Funciona?

—Sí. —Deslizo las dos manos por su pelo, ahuecando su cabeza—. ¿Y tú? ¿Disfrutas de tu primera degustación de un tío?

Se ríe más fuerte y los anchos hombros le tiemblan mientras se agacha entre mis muslos.

—Es... —Su lengua me encuentra de nuevo y me hace cosquillas en la parte inferior del pene—. Diferente.

Me rodea la base con la mano y cierra la boca alrededor del glande antes de dar una lenta y placentera chupada.

—Es...

Vuelve a succionar, esta vez más profundo, y mi miembro palpita sin control. Debe sentirlo en la lengua porque gime fuerte y desesperado. Levanta la cabeza con una expresión de lujuria y confusión.

La alegría me invade. Y la aprensión, pues no sé cómo actuar ante su desconcierto. ¿Le aseguro que tampoco es para tanto? ¿Que está bien que a un heterosexual le guste mamársela a otro hombre?

Pero no me da la oportunidad de decir nada. Inclina la cabeza y su boca caliente y húmeda vuelve a rodearme.

Muevo las caderas sobre el colchón. Lujuria pura crepita en mi polla y en mi escroto, mientras mi mejor amigo se encarga de mí. Tengo una mano enredada en su pelo y, con la otra, me aferro a la sábana con fuerza. El corazón me late con fuerza y es lo único que oigo: un frenético golpeteo que me sacude la caja torácica. Bueno, eso y los sonidos que Jamie hace; gemidos roncos, chasquidos húmedos y un gruñido profundo cuando me lleva casi hasta el fondo de la garganta.

Por Dios. Me está destrozando. Estoy destrozado. Estoy...

—Me voy a correr —anuncio.

El clímax se apodera de mis testículos y sale disparado. Unos chorros calientes salen de la polla justo cuando Jamie me libera. Me acaricia mientras descargo, con la respiración agitada y los ojos brillantes al ver cómo el semen me cae sobre los abdominales y el pecho.

No puedo respirar. Soy un desastre jadeante y tembloroso, y él sigue mirando. Entonces, el cabrón lo hace de nuevo: sonríe. El muy cabrón sonríe mientras baja la cabeza y lame una gota perlada de mi estómago.

—Eso ha sido bastante excitante —comenta.

¿Excitante? Prueba con ardiente. Abrasador. Un maldito infierno.

Soy incapaz de hacer nada, aparte de quedarme tumbado como un saco de patatas y luchar por respirar. Parpadeo como un búho mientras veo al hombre más hermoso del mundo coger mi camisa arrugada del suelo y limpiarme. Una vez que ha terminado, la tira y se inclina para besarme la clavícula. Luego mi hombro. Mi otro hombro.

Sigue besando mi cuerpo febril, me lame y me mordisquea. Dejo que me explore como si fuera su conejillo de indias sexual. Saborea cada centímetro de mí. Mueve la boca con timidez sobre las ondulaciones de mis abdominales, caderas y pectorales. Gimo cuando me chupa un pezón y me mira con una sonrisa.

—¿Te gusta?

Asiento.

Lo repite, pero esta vez cierra los labios alrededor del pezón y lo succiona. Siento su erección contra el muslo, que me deja vetas de humedad en la piel. Tomo aire y me agarro a él. Ahora yo también sonrío, porque su lengua se congela en mi pecho mientras todo su cuerpo se tensa.

Empuja su pene contra mi mano y eso es todo lo que necesito.

—Túmbate —murmuro.

Jamie se gira tan rápido que me hace reír. Coloca los brazos detrás de la cabeza y, con una ceja arqueada, eleva las caderas provocándome con su polla perfecta.

—A ver si todavía conservas tu talento —bromea.

Mi risa se amortigua contra su estómago.

—Sabes, eres un cabrón engreído cuando eres gay.

—Si tú lo dices.

Me arrastro lentamente por su cuerpo con los codos apoyados a ambos lados de su cabeza. Nuestras miradas se cruzan. Separa los labios y me mira con la vista nublada. Trago saliva y bajo mi boca hasta la suya en un suave beso. Joder, saboreo su lengua. Suficiente para sentir que me mareo. Este tío… maldita sea, este tío. Nunca he deseado a nadie como a Canning. Jamás he anhelado tanto a nadie.

Cuatro años de encuentros sexuales sin sentido pasan por mi cabeza mientras rompo el beso y vuelvo a deslizarme por su cuerpo. Todos esos tipos con los que me enrollé en el pasado... son un borrón. No poseen rostro. A veces ni siquiera lo tenían cuando estaba con ellos. Yo me corría, ellos se corrían, pero no estaba del todo presente. Siempre les ocultaba algo.

No con Jamie. No puedo contenerme con él, nunca pude.

—Confía en mí, quien tuvo retuvo —susurro mientras desciendo hacia su polla. Y voy a demostrárselo. Le mostraré lo mucho que lo quiero, joder, porque seguro que no puedo decírselo.

Respiro. Su erección está a unos milímetros y es mía. Esta noche, es mío. Agarro su pene y le doy un ligero apretón. Se estremece en respuesta sin dejar de mirarme. A la espera.

Me relamo, me inclino y paso la lengua por la pequeña hendidura de la punta. Antes me ha provocado y pretendo vengarme. Voy a adorar cada centímetro de su miembro. Voy a atormentarlo con mi lengua hasta que no pueda recordar un momento en el que mi boca no le haya dado placer. Voy a...

Jamie se corre en cuanto lo rodeo con los labios.

Sí, se corre, y no sé si reírme o gemir cuando empieza a temblar de placer. Al final, no hago ni lo uno ni lo otro: lo chupo hasta la base y le arranco un grito ahogado de los labios mientras me trago las gotas saladas que bajan por mi garganta.

Cuando por fin se queda quieto, levanto la cabeza con un suspiro.

—¿De verdad, tío? No has durado ni dos segundos. Tienes el aguante de un preadolescente.

Le tiemblan los hombros mientras se revuelve de lado, fuera de sí.

—Supongo que tú lo has conseguido —dice entre risas.

Trepo por el colchón, me deslizo detrás de él y tiro de su gran cuerpo hacia mí. Se pone rígido durante un segundo y luego se relaja, con el trasero tenso pegado a mi ingle y la espalda, a mi pecho.

Rodeo su cintura con un brazo. Si soy sincero, deseaba esto tanto como la mamada: el derecho a tocarlo. Apoyarme en él, piel contra piel.

Pero permanece callado. Tal vez demasiado silencioso.

—Jamie —murmuro en su oído y le planto un beso en el hombro—. ¿Ahora vas a entrar en pánico?

Su pausa antes de hablar me destroza.

—¿Quieres que lo haga? —Hay humor en su voz.

—No. —Es mi turno para realizar una pausa—. ¿Quieres que vuelva a mi cama?

Se acurruca todavía más y se pega a mi cuerpo como una cálida manta.

—No —suspira satisfecho—. Buenas noches, Wes.

Se me hace un nudo en la garganta.

—Buenas noches, Canning.

17

Jamie

No encuentro a Wes a mi lado cuando abro los ojos a la mañana siguiente. Me doy la vuelta y examino la habitación. Su cama está vacía. Parece que no ha dormido en ella y no creo que haya salido de la mía durante la noche. Recuerdo que me desperté a las seis de la mañana y me topé con el brazo de Wes rodeándome con fuerza. Luego volví a quedarme dormido, así que debió irse después.

Quizá me convierta, pero me siento aliviado. No estoy seguro de lo que habría dicho si me hubiera despertado y nos hubiera encontrado acurrucados.

Según el despertador de la mesita de noche, son casi las once y media. El comedor deja de servir el desayuno a las once. Me he quedado dormido, aunque no importa. Es nuestro día libre, así que no me necesitan en la pista.

Por otro lado, como es nuestro día libre, dispongo de horas y horas para mí. Tiempo que muy probablemente pasaré con Wes. Con quien me enrollé anoche.

De todas formas, no me siento diferente. Ayer me acosté con un chico, ¿no debería encontrarme raro?

«¿Sentirte gay, quieres decir?».

Una risa burbujea en mi garganta. ¿Puede uno sentirse homosexual?

Y, maldita sea, alucino al descubrir que la tengo dura y es algo más que un caso típico de erección matutina. Se trata de una erección por culpa de Wes; el resultado de pensar en nosotros tonteando.

Yo... creo que podría querer hacerlo de nuevo. ¿Y cómo de jodido es eso? Estaba preparado para considerar lo de anoche como un experimento. Una prueba. No esperaba que la puñetera cosa fuera un éxito.

La puerta se abre de repente y Wes entra a trompicones con la cara roja y respirando con dificultad. Lleva ropa de correr y tiene la camiseta sin mangas empapada de sudor. Se la quita para mostrar ese pecho musculoso y la tira a un lado.

—Hace mucho calor ahí fuera —murmura sin mirarme.

Oh, mierda. Esto va a ser incómodo. Ni siquiera puede mirarme a los ojos.

—¿Por qué no me has despertado? —pregunto—. Habría ido a correr contigo.

Se encoge de hombros.

—Prefería dejarte dormir.

Se quita los zapatos, los calcetines y los pantalones. Se ha quedado desnudo y yo, aún más duro.

Todavía no me ha mirado, así que no sabe que estoy admirando sus músculos delgados y esculpidos y la tinta negra que le rodea los gruesos bíceps. Me doy cuenta de que es la primera vez que lo veo desnudo a la luz del día y la piel le brilla con el sol que asoma por las cortinas. Es todo músculo. Todo un hombre.

Y esas preguntas que me hice anoche: «¿De verdad me atrae?», «¿Quiero liarme con él?», «¿Me he vuelto loco?». Ahora sé las respuestas. Sí, sí y tal vez.

Pero no esperaba despertarme con más preguntas.

Me deslizo fuera de la cama y noto su esfuerzo por no mirarme. Porque… sí, yo también estoy desnudo. Hemos dormido así. En los brazos del otro.

Me da la espalda mientras se acerca a la cómoda.

—Wes —lo llamo en voz baja.

No reacciona. Toma unos pantalones cortos azules del cajón de arriba y se los sube hasta las caderas.

—Wes.

Tensa los hombros. Se da la vuelta muy despacio y sus ojos grises se centran en mi cara. Hay una pregunta tácita en el aire: ¿y ahora qué?

Que me cuelguen si lo sé.

¿Qué es lo que sé? No me siento preparado para tener esta conversación. No hasta que lo haya pensado un poco y descubra lo que quiero de esto. De él.

Con tono despreocupado, pregunto:

—¿Qué hacemos hoy?

Permanece callado durante un rato. Me doy cuenta de que esperaba que me pusiera histérico y le exigiera que habláramos de lo ocurrido anoche. También me percato de que se siente aliviado de que haya decidido optar por la vía masculina e ignorarlo.

Mueve ligeramente los labios.

—Bueno, tenemos que comer algo y luego ir al campo de fútbol. Los chicos ya han vuelto del pozo de pesca porque no pica nada, excepto los mosquitos. De modo que Pat quiere organizar un partido.

Y así, sin más, volvemos a estar tranquilos. Claro, seguimos fingiendo que no perdimos la cabeza anoche, pero, por ahora, estoy feliz así. No estoy listo para lidiar con eso todavía.

—¿Para los niños? —pregunto con el ceño fruncido.

—No, para los entrenadores. Pero un grupo de chicos ya se encuentra allí haciendo apuestas sobre qué equipo ganará.

—¿Ya hay equipos? —¿Cuánto tiempo he dormido?

Wes vuelve a sonreír.

—Pat lo llama chicos contra hombres. Él y los entrenadores mayores contra nosotros los jóvenes.

—Genial.

No soy un entusiasta del fútbol, si bien cualquier tipo de competición me sube la adrenalina.

—Los perdedores tendrán que interpretar una canción para los campistas en el comedor esta noche —dice Wes.

Entrecierro los ojos.

—¿Qué canción?

—La que elijan los ganadores —sonríe.

—Solo por curiosidad, ¿a quién se le han ocurrido las apuestas?

Mi mejor amigo parpadea con la mayor inocencia.

Tal y como pensaba.

—Sabes que, si perdemos, Pat nos hará cantar a Mariah Carey o alguna mierda así, ¿no? —refunfuño mientras busco los pantalones cortos.

—Por eso no perderemos —dice con alegría.

Paramos en la panadería de la ciudad para tomar un café y comer algo, y me zampo dos magdalenas de plátano de camino al campo de fútbol. Es otro día espléndido y los turistas salen en tropel, bajan por la acera y llenan los patios exteriores de las casas por los que pasamos.

Dos chicas se detienen en cuanto caminamos junto a ellas. Tienen poco más de veinte años y son rubias y despampanantes. Una de ellas lleva un top tan escotado que casi se le salen las tetas, entonces, una chispa de calor me enciende la ingle. Mierda. Ese par de tetas es espectacular.

Wes les guiña un ojo y sigue su camino. Lo alcanzo mientras intento no mirar por encima del hombro para ver si las chicas nos observan.

«Vale, solo echaré un vistazo». Giro la cabeza para mirar rápido y una de las chicas empuja a su amiga.

Ups.

—¿Ves algo que te guste? —pregunta Wes.

La sensación de incomodidad, que me golpea como una bofetada, no habría estado aquí hace veinticuatro horas.

—Solo medito —murmuro.

—Seguro que es eso —susurra.

No hablamos más del tema, porque no necesito involucrar a Wes en mi confusión. Pero estoy bastante seguro de que mi pene es defensor de la igualdad de oportunidades. Porque me encantan las mujeres. Me gusta lo suaves que son, cómo huelen y la sensación que me provoca tenerlas entre mis brazos. Me encanta follármelas y practicar sexo oral, y nunca finjo.

Anoche tampoco fingía. Y ahora no tengo ni idea de lo que significa todo esto.

Wes me da un codazo y apunta a una señal de la calle por la que pasamos: «Cummings Road».

—Como si ese chiste fuera nuevo. ¿Quién es el preadolescente ahora?

Se pone tenso por un momento, como si no esperara que hiciera una referencia a lo sucedido anoche. Luego resopla.

—Vamos a jugar al fútbol, Canning.

Vamos.

Primero, Pat reúne a todos a su alrededor. No se puede pedir a un grupo de atletas muy competitivos que jueguen un partido amistoso de fútbol sin repasar primero algunas reglas. Habrá dos tiempos de veinte minutos. ¿Y contará la regla del fuera de juego? Sí. ¿Son legales las entradas por deslizamiento? No.

—Porque voy a matar a cualquiera que se lesione —añade Pat.

Es bueno saberlo.

Jugamos cinco contra cinco, conmigo en la portería, por supuesto. Veo a Killfeather en el lateral, que me observa con una sonrisa en el rostro. No es un mal chico cuando olvida el estrés.

Yo tampoco estoy nervioso, sino aburridísimo, porque Wes y los demás chicos les están dando caña en el otro extremo del campo. Vamos ganando uno a cero cuando hago mi primera parada. Una portería de fútbol es mucho más grande que una de *hockey,* así que cubrirla parece más difícil. Pero detengo el tiro de Pat con las manos y mi equipo aplaude.

Coloco la pelota en la línea, retrocedo y la pateo hacia abajo. Antes de que llegue a Wes, me dedica una pequeña sonrisa y atrapa el balón con el pecho. El balón cae al suelo entre sus musculosas piernas y sale corriendo, controlando el balón. Es pura belleza masculina en movimiento.

De repente, vuelvo a pensar en el sexo. En medio de un partido.

Eso nunca me había ocurrido.

La siguiente vez que el balón amenaza nuestra portería, las cosas no van tan bien. Nuestra defensa se desmorona cuando Pat engaña a mi compañero Georgie, el entrenador más veterano, y este queda desprotegido. El hombre me lanza un tiro muy rápido.

Salto, sin embargo, el balón pasa por encima de mi pulgar y entra por la escuadra.

Wes hace un ruido molesto y veo que va a regañar a Georgie por habernos dejado al descubierto.

Mientras tanto, Killfeather y el resto nos miran. Me acerco a Wes y le pongo una mano en el hombro.

—Oye —digo, y levanto la mano para chocar los cinco—. Marcaremos el siguiente.

Wes es rápido de entendimiento, por lo que no me sorprende que lo capte. Me choca la mano.

—Claro, tío.

¿Entonces? Se acerca por detrás de mí y me da un rápido pellizco en el culo.

¡La madre...!

No puedo evitar mirar a nuestro alrededor para comprobar la cara de todos en busca de una reacción, pero no hay ninguna, porque nadie lo ha visto. Y, aunque lo hubieran hecho, es un movimiento tan típico de Wes que nadie le buscaría un significado.

No obstante, yo sí. Por mucho que alucine con lo de anoche, no quiero que nadie más lo sepa.

Sin embargo, si Wes fuera una chica, no me importaría.

«¿Y por qué, exactamente?», se pregunta mi conciencia. Es una buena pregunta que no sé responder. De todos modos, quedan diez minutos más de partido.

El marcador sigue uno a uno hasta que solo quedan dos minutos. Entonces, Georgie lanza un córner y, con gran fortuna, Wes golpea el balón y lo envía dentro de la red. Hemos ganado. Me dejo caer en la hierba y le grito a Killfeather que me traiga una botella de agua.

Lo hace, pero me echa un poco en la cara antes de darme el resto.

—Eres un gamberro —me quejo y se ríe.

El camino de vuelta al campamento es más largo de lo que debería, los entrenadores estamos sudados y cansados.

—Entonces, ¿con quién te alojas? —pregunto a Killfeather.

—Oh, con Davies.

—¿De verdad? ¿Cómo os va?

—Bien —dice—. No es tan malo fuera del hielo.

Archivo eso para darle vueltas más tarde. Y dejo que mis ojos se centren en Wes. Su forma de caminar me resulta muy familiar. La manera en que pone los hombros no ha cambiado en los nueve años que lo conozco. La forma en que tensa los abductores con cada paso me resulta tan conocida como mi propia mano.

Una sensación cálida me invade el vientre cuando lo miro. Y no es solo sexual. Es... cómoda. Como si estuviéramos cerca incluso cuando él va veinte metros por delante de mí. Lo llevo conmigo como una segunda piel.

Vale, eso suena un poco espeluznante. Parece sacado de *El silencio de los corderos*. El sol y la confusión sexual se me han subido a la cabeza.

Justo antes de llegar al dormitorio, veo que Wes responde el teléfono. Y, cuando llego a nuestra habitación un minuto después de él, tiene el ceño fruncido mientras habla por la ventana.

—¿Y si no quiero hacer una entrevista? —pregunta. Su tono es imprudentemente beligerante para hablar con alguien de relaciones públicas. Me dan ganas de decirle que se ande con cuidado.

—No es una buena idea. ¿Por qué me tenderían una trampa solo por mentir? —Wes hace una pausa. Se quita los zapatos de una patada con más fuerza de la necesaria y estos vuelan hasta caer con un golpe furioso sobre el escritorio que nunca usamos—. Papá, si les digo que hay una novia, van a preguntar su nombre. ¿Qué quieres que cuente entonces?

Ah, la conversación cobra sentido. Wes nunca se ha llevado bien con su padre. Cada llamada telefónica a casa terminaba con Wes rojo e irritado. La única vez que conocí a Wesley padre, lo encontré demasiado arrogante y exigente para alguien que se sienta tras un escritorio todo el día.

El hecho de que el señor Wesley no acepte la orientación sexual de su hijo no me sorprende en absoluto.

Frente a mí, Wes encorva los hombros. Sin pensarlo, doy un paso adelante y le poso ambas manos encima para masajearlo. Le clavo los pulgares en el cuello y presiono.

Al principio, se queda rígido, pero luego se esfuerza por relajarse. Y, cuando me echa una mirada por encima del hombro, lo agradece.

—Tengo que colgar —dice Wes, todavía malhumorado—. Lo pensaré, pero no te atrevas a programar nada sin mi permiso.

Termina la llamada y deja caer el teléfono sobre el escritorio. Luego baja la cabeza y se inclina hacia mi tacto.

—Gracias, tío. —Su voz suena áspera.

—¿Qué quiere de ti? —Subo las manos a su nuca. ¿Lo habría tocado así ayer? ¿Quizá? No lo creo. Pero no es sexual. Sin embargo, me gusta la sensación de su piel en mis manos. Cálido y vivo.

Wes gime.

—Tiene un amigo en *Sports Illustrated.* Ya lo conoces, tiene amigos en todas partes. Mi padre salió del útero con tarjetas de visita en las manos. Ha convencido al tipo para que me entreviste sobre mi temporada de novato. Para seguir los altibajos.

Me horrorizo.

—Es una idea terrible. —En primer lugar, las temporadas de novato son impredecibles por completo. Wes podría pasar inadvertido durante dos docenas de partidos y de repente toparse con horas de juego como titular. ¿Y quién quiere sentir la presión de hablar con un periodista todo el maldito tiempo?—. A nadie le interesa ser ese novato del equipo, con un periodista que te persigue todo el maldito día.

Wes suspira y su espalda se desinfla bajo mis manos.

—¿Tú crees?

Siento un torrente de... algo por él. Solidaridad.

Afecto. Tal vez no necesite un título, pero desearía que su padre no se entrometiera.

—¿Qué vas a hacer?

—Mentir —dice, su tono es plano—. Le diré que he hablado con el equipo de relaciones públicas de los Panthers y que han vetado la idea.

—¿Te creerá?

—¿Importa?

—Sí —respondo en voz baja—. Porque no quieres hacer enfadar a *Sports Illustrated* antes de haber afilado los patines en Toronto.

Wes emite un sonido de frustración mientras le paso las manos por la columna vertebral. —El imbécil de mi padre tenía que entrometerse donde no debe otra vez. Él también cree que me ayuda. Quiere que su colega escriba una historia del tipo «joven estadounidense modelo». Un ejemplo a seguir para los estudiantes estadounidenses y todo eso. Como si saliendo en una revista pudiera hacerlo realidad.

Wes se da la vuelta de golpe e interrumpe el maravilloso masaje que le estaba dando. Estoy extrañamente decepcionado. He disfrutado echándole las manos encima. Sé que él también lo ha gozado, no obstante, vuelve a estar serio, como esta mañana.

Abro la boca. Luego la cierro. No, todavía no estoy preparado para tener esta conversación.

Al parecer, él tampoco.

—Vamos a comer —sugiere.

Dudo y niego con la cabeza.

—Ve tú. Creo que me echaré un rato. Estoy… cansado después del partido.

Es una excusa poco convincente y sé que lo nota cuando lo digo, pero, aun así, asiente.

—Sí, claro, luego nos vemos.

Un instante después, ya no está.

18

Wes

Al final no voy a comer. En lugar de eso, camino sin rumbo durante casi una hora. Luego me siento en un banco del parque y observo a la gente.

Canning ha perdido la cabeza; no necesito leerle la mente para saberlo. Si bien me gustaría poder hacerlo porque quiero saber hasta qué punto he vuelto a fastidiar nuestra amistad.

¿Lo he hecho? Ni siquiera lo sé. Una parte ha asumido que sí, que lo he vuelto a perder, en cambio, la otra no hace más que repetir que me acaba de dar un masaje. Eso significa que seguimos siendo amigos, ¿no? Excepto... ¿los amigos se dan masajes en la espalda? La única vez que sufrí un calambre en el cuello y le pedí a Cassel que me lo aliviara, casi se le escapa una carcajada.

Y, hablando de Cassel, a principios de la semana recibí dos mensajes suyos. He estado demasiado ocupado adaptándome a la rutina de Lake Placid como para contestarle.

Escribo una respuesta rápida: «El campamento es genial. Hay mucho talento aquí. ¿Cómo está tu hermana? ¿Se ha hecho amiga de alguna langosta?». Me río solo. Cassel está pasando el verano con su hermana mayor en Maine, donde atiende las mesas de su marisquería.

Responde más rápido de lo que espero: «Todo bien por aquí. Mi hermana te manda saludos».

Más tarde, aparece un segundo mensaje: «He roto con Em».

Sentado en el banco, suelto un grito de alegría. Ya era hora. Esto es demasiado importante para hablarlo a través de mensajes, así que busco su número y lo llamo.

Responde al segundo toque, su voz familiar se desliza en mi oído.

—Ey.

—¿Y cómo se lo ha tomado? —exijo saber.

—Como era de esperar.

—¿Quieres decir que se puso histérica y te abofeteó?

Un fuerte suspiro resuena en la línea.

—Más o menos. Me acusó de haberla engañado durante cuatro años. Le recordé que solo llevábamos saliendo uno y entonces me llamó cabrón insensible y se marchó enfadada.

—Qué marrón. Lo siento, tío. ¿Estás bien?

—Oh, sí. Nunca me había dado cuenta de lo exigente que era esa chica hasta que la he dejado ir. Ahora estoy disfrutando de mi libertad. He tomado una página del libro de estrategias de Ryan Wesley y me estoy acostando con cualquier cosa que camine.

—El año que viene no podré usarlo.

Guarda silencio por un segundo.

—¿Vas a tratar de mantener tus extracurriculares al margen?

—Creo que debería mantener la bragueta en su lugar. Un novato no puede permitirse que haya rumores sobre él. En la universidad... era diferente. Las apuestas eran menores.

—Sí. Supongo que sí. Lo siento, tío. Suena solitario.

Intento reírme de ello.

—Suena desesperado.

—Será mejor que te diviertas este verano antes de que seas famoso y todo eso. —Cassel se ríe de su propio chiste.

—Ahora mismo me pongo a ello.

—¿Cómo está el panorama en cuanto a ligues en Lake Placid? No creo que haya un bar gay allí. Tendrás que convertir a algún que otro deportista.

Mi estómago se estremece. Si no lo hubiera intentado ya.

—Tengo que colgar —digo. Hoy no me encuentro en condiciones para hablar con nadie.

—Un gusto hablar contigo, tío.

—Mantente firme si Em te llama —advierto.

—No te preocupes —suspira—, lo haré.

19

Jamie

Miro la puerta por centésima vez en diez minutos para asegurarme de que los pequeños *gremlins* no han salido de algún respiradero y la han abierto. Pero no, sigue cerrada.

Me siento como si estuviera haciendo algo mal. Como si hubiera metido la mano en el tarro de las galletas en cuanto mi madre me ha dado la espalda. Quizá estoy siendo demasiado duro conmigo mismo. No hay nada de malo en ver porno. Soy un hombre de veintidós años con sangre en las venas. No una virgen. No soy un mojigato. Solo un tipo que intenta descubrir qué le gusta.

Con un suspiro, me recuesto contra las almohadas con el portátil apoyado sobre los muslos mientras recorro las miniaturas de la pantalla. Paso el ratón por encima de una de las imágenes que muestra una vista previa de lo que puedo esperar. De acuerdo. Parece que está bien.

Clico en el título: «Deportistas buenorros mamando y follando».

¿He mencionado que estoy buscando porno gay?

Sí, soy un mentiroso asqueroso: le dije a Wes que iba a echar una siesta y mírame ahora.

Dejo escapar un suspiro cuando se carga el vídeo. Es un vídeo corto y comienza en medio de una escena de la película de la que se sacó el clip. He bajado el sonido, pero puedo escuchar cada palabra con claridad. Bueno, solo uno de los tipos está hablando. El otro solo es capaz de dar sorbos húmedos y gemidos profundos mientras se lanza a por el pene del primero.

—Joder, sí… Oh, joder, sí… Chupa esa gran polla…

Vale, eso es muy cursi. Me río al imaginarme ordenándole a Wes que «chupe esa gran polla».

Siguiente vídeo. Este no me convence.

Hago clic en algo etiquetado como «Polvo en la piscina». Suena prometedor. Me gustan las piscinas y me gusta el sexo. No puedo equivocarme con eso, ¿verdad?

«¿Quieres esta gran polla en tu agujero, muchacho? Eso es, chico, tómala...».

Y lo paro enseguida. No, eso no.

Me toca el premio gordo en la siguiente selección. Dos tipos muy atractivos se besan acostados y sus miembros chocan.

El mío reacciona.

Interesante. Hay algo en la forma en la que se agarran que me excita. No es suave. Hay una energía hambrienta y contundente en sus besos que aprecio. Que mi polla aprecia.

Mierda, lo aprecia y mucho. Estoy empalmado, con la mirada fija en la pantalla mientras un tipo besa el estómago del otro. Cuando engulle la erección de su compañero, una sacudida de calor me asciende por la columna vertebral.

Respiro, me inclino y me agarro el miembro dolorido. Joder, qué bien sienta.

Sigo mirando. Sigo acariciando.

Y lo peor es que ni siquiera estoy sustituyendo la cara del tipo por la de Wes. Ese había sido uno de los motivos de este pequeño experimento, averiguar si es solo él quien me excita o los tíos en general.

El tipo que recibe la mamada suelta un gemido ronco. Ese sonido masculino me hace sentir algo. Su compañero chupa con más fuerza.

Estoy literalmente a cinco segundos de correrme.

«Tranquilo», ordeno mentalmente a mi pene. «Acabamos de empezar».

Pero el pequeño portero tiene mente propia. No deja de palpitar, así que pulso el botón de avance rápido para pasar a la verdadera prueba.

El sexo anal.

Y, joder, eso sí que es penetrar con fuerza. Me estremezco cuando el sonido de la carne golpeando la carne sale de los altavoces del portátil. Dios mío, ¿cómo no grita de dolor?

Pero está gritando. Bueno, gimiendo. Y hay gruñidos. No son cuidadosos el uno con el otro, pero todo ese entusiasmo sin gracia parece divertido. No dejo de mirar al tipo que está siendo penetrado. Sus bíceps sobresalen mientras se masturba, con los ojos cerrados y el cuello tenso por el placer.

Entonces se corre y yo no me quedo atrás. El ordenador cae de mi regazo mientras me acaricio más rápido y me ahueco los huevos con la otra mano. Jadeo, con los ojos pegados a la pantalla, a la visión de dos hombres practicando sexo. Arqueo la espalda mientras mi polla se retuerce en mi mano y el semen se derrama por todo mi estómago.

Madre... mía.

Tardo casi un minuto entero en regular los latidos de mi corazón. Una vez que mis miembros dejan de temblar, tomo la caja de pañuelos de papel que tengo al lado y me limpio. Luego, miro al techo durante un rato.

Pero no he terminado. Esa era solo la primera parte del experimento. Vuelvo a tomar el portátil y hago clic en una nueva categoría. El porno lésbico de toda la vida.

Estoy demasiado cansado para volver a masturbarme, pero presiono en una miniatura que muestra a dos morenas muy sexis enredadas en un sofá blanco. Vuelvo a subirme los calzoncillos, con una mano apoyada en la entrepierna mientras me acomodo para disfrutar de la vista.

Y lo disfruto. Se me vuelve a poner dura. La lujuria no es tan fuerte como antes, no obstante, eso se debe al orgasmo que acabo de tener, no a que las chicas no me exciten. Lo hacen. Y mucho. Sus suaves curvas, sus bonitos sexos y esos dulces gemidos.

Me atraen las mujeres, sin duda.

También los hombres, por lo visto. Maravilloso. Mi miembro es complicado.

Cuando unos pasos resuenan en el pasillo, cierro el portátil y casi me arranco los dedos. Luego empujo el ordenador a un lado y me pongo de pie a la vez que tiro el pañuelo usado en la papelera que hay cerca de la cómoda.

Un segundo después, una llave tintinea en la cerradura y Wes entra a grandes zancadas por la puerta. Me ve de pie en medio de la habitación, levanta una ceja y pregunta:

—¿Qué tal la siesta?

Tengo la sensación de que sabe justo lo que he estado haciendo, aun así, me limito a encogerme de hombros.

—Justo lo que necesitaba. ¿Qué tal la comida?

—No he comido. He dado un paseo.

—¿Tienes hambre? —Recojo la camiseta del suelo y me la pongo—. Porque yo sí.

Cuando mi cabeza asoma por el agujero del cuello de la camiseta, veo que Wes me mira con recelo.

—¿Te encuentras bien, Canning?

—Sí. —Me dirijo a la puerta y lo miro por encima del hombro—. Entonces... ¿vamos a almorzar?

Frunce el ceño y la barra metálica de su ceja izquierda llama mi atención. Le da un aire de chico malo que me pone un poco... cachondo.

—¿Wes?

Abandona cualquier pensamiento que le esté preocupando.

—Uh, sí. Almorzar suena bien.

Salgo de la habitación sin comprobar si me sigue, pero sé que lo hace. Siento como su mirada perpleja me cosquillea en la espalda.

Después de cómo he pasado la tarde, seguro que no está ni de lejos tan perplejo como yo.

20

Wes

Compramos unos burritos y nos los comemos junto al lago. Después, vamos a por un helado a uno de los muchos locales de la calle principal. Al parecer, Jamie quiere hablar sobre el entrenamiento, así que eso es lo hacemos.

—Muchos de estos chicos todavía no entienden el «primer toque» —teoriza—. Si pudiera hacer que se llevaran a casa algo de aquí, sería eso. En un partido de alto nivel, solo tienes una oportunidad con el disco. Si pierden el tiempo posicionándose, se acabó.

—Seguro.

Cada vez que dice «primer toque», mi mente piensa en un tipo de toque totalmente diferente. Gesticula mucho con las manos y me fijo en sus bíceps, y en el fino vello rubio de sus brazos, que ahora sé que es muy suave al tacto. Pienso en quitarle la camiseta para besarle el pecho. Mi pene empieza a pesar.

Y con estos pantalones cortos de nylon no es buena idea. Además, la excitación ni siquiera es mi único problema.

Anoche le pregunté a Jamie si estaba histérico. Es curioso, he pasado un día entero haciendo justo eso.

Me vuelve loco. Primero actúa como si nada hubiera pasado. Luego me deja para echarse una «siesta», pero ni de broma se ha echado a dormir. Quiero decir, no nací ayer. He vuelto a nuestra habitación y lo he visto de pie, todo culpable, y resultaba obvio lo que había estado haciendo. El muy cabrón se había masturbado.

Me habría encantado ayudarlo, sin embargo, está claro que prefería apañárselas solo antes que dejarme tocar otra vez.

Aunque... me ha mirado de arriba abajo. De nuevo, no nací ayer. He visto la forma en que me ha mirado antes de salir.

Dios mío. Menos mal que no controla el tráfico, porque está enviando suficientes señales confusas como para provocar un choque de diez coches.

Me he hecho el interesante, pero por dentro estoy destrozado. Porque una vez no ha sido suficiente y, aun así, no tengo ni idea de lo que piensa Jamie.

Ni idea.

Me como lo último que queda del cucurucho, pues lo único que quiero es arrastrarlo a nuestra guarida y hacerle guarradas. Pero ¿es esa una opción? Hasta ahora estoy seguro de dos cosas. Primero, pongo cachondo a Jamie Canning; lo vi anoche. Y, segundo, no le horroriza lo que hicimos.

Es increíble y siento ganas de pellizcarme por haber podido disfrutar de una noche así con el amor de mi vida, aunque solo haya sido una. De todas formas, eso no me garantiza nada, no me debe nada. Podría cansarse de este pequeño experimento. Lo más probable es que ya lo haya hecho.

Es aterrador. Porque quiero otra muestra. Diablos, quiero atiborrarme de él. Tengo ganas de Jamie Canning.

—¿Wes?

—¿Qué?

Oh, mierda. Estaba mirándole a los ojos y no tengo ni idea de lo que estamos hablando.

—Te he preguntado si quieres nadar. Todavía hace calor.

—Oh. —Solo quiero ir a casa y desnudarme del todo—. No llevo bañador.

Entrecierra los ojos.

—¿Quién eres y que has hecho con Wes?

Sí, es cierto. Cuando te pasas la vida sin preocuparte por llevar vestimenta adecuada, la gente lo nota.

—De acuerdo —cedo—. Vamos a nadar.

El teléfono de Jamie emite un zumbido.

—Oh. ¿Me esperas dos minutos? Si no contesto, no dejarán de llamar. —Desliza la pantalla, pero aleja el teléfono de su cuerpo—. ¡Hola a todos!

Un coro de voces sale de su teléfono, que está en Skype o algo así.

—¡Jamie!

—¡Jamester!

—¡Hola, cariño!

Lo había olvidado. La familia de Jamie come junta todos los domingos y se ve que es un sacrilegio perderse la reunión. Así que mientras el más joven estaba en el campamento, recibía esas llamadas cada semana. Seguramente también le ocurrió durante la universidad.

—Necesitas un corte de pelo —dice una voz femenina.

—Sí —afirma él, que se pasa una mano por el pelo dorado. Estoy celoso de esa mano—. ¿Qué hay de nuevo en California?

Escucho mientras sus familiares intentan hablar todos a la vez.

—¿Adivina quién está preñada de nuevo? —pregunta una voz masculina.

—¡Habla bien!

Al parecer, la hermana de Jamie vuelve a estar embarazada. Y uno de sus hermanos ha conseguido un ascenso. Otro hermano ha roto con su novia de toda la vida.

—Lo siento por eso —dice Jamie.

—¡No lo sentimos! —grita una de las hermanas.

—¡Vete a la mierda!

—¡Habla bien!

Basta con decir que la llamada familiar de Jamie no se parece en nada a la mía.

—Así que, hijo —resuena una voz mayor. El padre de Jamie siempre se las arregla para sonar imponente sin parecer un imbécil. Mi padre podría recibir algunos consejos—. ¿Qué has hecho esta semana?

Resoplo tan fuerte que Jamie me mira antes de volver rápidamente a la pantalla.

—Lo de siempre. —Me da una patada por debajo de la mesa—. Mucho tiempo en el hielo. Fuimos de excursión.

«Se la chupé a mi amigo Wes, que es gay».

Mantiene la mirada fija en la pantalla, así que no puedo saber si le cuesta iniciar esa conversación.

—Suena bien —gruñe su padre—. Tu madre está ocupada en la cocina, pero me ha dicho que te diga que te asegures de pasar por casa antes de ir a Detroit.

—Lo intentaré —promete—. Depende de si Pat puede sustituirme esa semana.

—Tu madre también te recuerda que intentes tomar suficiente fibra y comer orgánico.

Se oye una carcajada desde el teléfono al oír eso.

Jamie sonríe.

—Ahora mismo me pongo a ello.

—¡Pórtate bien, Jamie!

—¡Te quiero!

—¡No te olvides de la coquilla!

Más risitas. Más palabras de cariño.

Y entonces Jamie termina la llamada, se guarda el teléfono en el bolsillo de la camisa y niega con la cabeza.

—Lo siento.

—No es para tanto. ¿Todavía quieres nadar? —«Por favor, di que no».

—Sí, vamos.

La playa del pueblo se ubica en el extremo sur del lago Mirror, muy cerca de la residencia. En Lake Placid, todo está cerca. Esta ciudad había sido un lugar de veraneo para gente rica mucho antes de ser un destino para realizar deportes de invierno. Así que pasamos por toda clase de atractivos edificios antiguos en el corto paseo hasta la pequeña playa.

Jamie se quita las chanclas y la camiseta. Se adentra en el agua, donde los pantalones cortos se le pegan al cuerpo incluso antes de que se sumerja.

Lo sigo, por supuesto. Podría llevarme a cualquier sitio ahora mismo y no se lo discutiría.

Con todo, el agua fresca me sienta bien. Cuando me llega a los muslos, me sumerjo y me alejo de la arena para perseguir a Jamie. Hay una balsa a unos cien metros y nadamos hasta ella.

Jamie me sonríe cuando salgo a la superficie. Con una mano lo salpico con un montón de agua y vuelvo a sumergirme para evitar el castigo. Paso por delante de él y me dirijo al lado más alejado de la balsa.

Cuando subo a tomar aire, una gran mano me empuja de nuevo hacia abajo. Así que, por supuesto, estoy tosiendo cuando emerjo un segundo después.

—Serás cabrón —balbuceo, a pesar de que hemos pasado la mayor parte de nuestros veranos intentando ahogarnos el uno al otro cada tarde después de los entrenamientos.

Ahora también tiene un codo en la balsa, lo que me impide ahogarlo, así que hago lo mismo y me coloco a su lado.

Nuestros hombros se tocan. Solo tiene que girar la cabeza y su boca estará a centímetros de la mía. Después, tendría que inclinarse hacia delante y su boca quedaría sobre la mía.

Pero no se gira, sino que mira fijamente al frente.

Maldición. No lo soporto más, necesito saber a qué atenerme. Porque la idea de pasar un minuto más tratando de adivinar lo que quiere de mí es una auténtica tortura.

Bajo el agua, alargo la mano y le rozo el vientre con las yemas de los dedos.

Jamie abre los ojos, pero no dice nada. Me inclino para estar un poco más cerca. Luego presiono la palma de la mano sobre su piel fría y húmeda, y me abro paso con el meñique por el elástico de sus pantalones cortos. No creo que nadie pueda verme, si bien los ojos de Jamie recorren el lago. Se preocupa.

Joder, no quiero asustarlo.

—¿Te apetece volver al campamento? —pregunto. Es un código para decir, ¿vamos a enrollarnos otra vez? Si no es así, me gustaría que me lo dijera. Que acabe con mi sufrimiento.

Se pasa la lengua por los labios.

—Sí —dice, y me aparta la mano—. Pero deja eso, o no podré salir del agua.

Obedezco de inmediato.

Cinco minutos más tarde entramos en el dormitorio, con la ropa goteando sobre el viejo suelo de baldosas. Así es como la gente se mueve por aquí en verano. El lugar parece tranquilo, lo que significa que todos los niños están cenando.

Sin mediar palabra, entramos en nuestra habitación y cerramos la puerta. Lo primero que hago es quitarme los pantalones cortos y los bóxeres, que caen en el suelo como una bofetada húmeda. Jamie sigue mi ejemplo. Nos quedamos de pie, desnudos, y nos miramos fijamente. Sus ojos reflejan sorpresa y mi corazón se estremece con el temor de que esté a punto de decir: «No puedo hacerlo».

—Tenemos que ser silenciosos —advierte, en su lugar.

Mi sonrisa es del tamaño del lago Mirror.

—Puedes morder la almohada cuando te haga gritar.

Se le entrecorta la respiración en cuanto me acerco a él y me detengo al instante.

—¿Seguro que quieres? —Me muerdo el interior de la mejilla—. Llevas todo el día dándome una de cal y otra de arena.

Él asiente.

—Necesitaba entender algunas cosas.

Resoplo ante su elección de palabras.

—Así que entender, ¿eh?

Le dirijo una mirada de soslayo a su notable erección y tuerce la boca.

—Mi pene y yo hemos llegado a un acuerdo.

—¿Sí? ¿Y qué habéis decidido? —pregunto con curiosidad.

Se encoge de hombros.

—Nos gustas a los dos.

«Di que sí».

Cierro el resto de la distancia que nos separa. Ya me estoy endureciendo, lo cual no me sorprende porque he pensado en esto todo el día. Poso las manos sobre su piel fría por el agua. Le rozo los pezones con las yemas de los dedos y se ponen rígidos de inmediato. Tengo su oreja justo al lado de mi boca, así que introduzco la lengua y él jadea.

—Ven a la maldita cama —susurro.

Dos segundos después, está aquí. Me extiendo sobre él como una manta y le meto la lengua en la boca. Jamie gime, pero estoy demasiado inmerso en su sabor como para preocuparme por ello. Tengo los dedos enredados en su pelo. Su cuerpo caliente y duro se encuentra bajo el mío. Es todo lo que siempre he querido.

Él tampoco lo está pasando mal. Mueve las caderas debajo de mí y su miembro choca y roza el mío. Me duele. Ya tengo los testículos apretados. Frotarme con él es increíble y me encanta que su dulce boca sea prisionera de la mía. No obstante, todavía no quiero correrme.

Así que me obligo a retirarme. Cuando miro a Jamie, tiene los ojos vidriosos de lujuria y los labios hinchados y rojos. Hago la señal de «tiempo muerto». Él inclina la cabeza hacia la almohada y suspira, y no puedo evitar sumergirme para besarle la garganta.

«Te quiero». Mi lengua traviesa siempre amenaza con decirle esas dos palabras. Me las trago como es debido y en su lugar digo algo mucho más simple.

—¿Alguna vez has intimado con tu próstata?

Niega con la cabeza.

—¿Confías en mí?

Jamie asiente de inmediato y mi corazón se contrae. Debo de estar loco para presionarle así, pero lo que me apetece se opone a mi buen juicio. Así que me levanto de la cama para buscar el bote de lubricante que guardo en la mochila.

Él sigue la botella con la mirada cuando me vuelvo a sentar en la cama. Lo más probable es que esté a pocos segundos de decir: «Espera, es demasiado gay para mí», así que me inclino y me llevo la punta de su erección a la boca.

—Joder —jadea y arquea la espalda.

Una vez más me asalta la certeza de que soy el cabrón más manipulador del mundo. Trato de volverlo loco y espero que sea suficiente justificación. Lo torturo con la lengua hasta que prácticamente levita sobre la cama.

—Levanta esta pierna —susurro.

Embriagado por mis burlas, eleva la rodilla sin rechistar y lo coloco de forma que pueda alcanzar su culo con facilidad. Me unto un poco de lubricante en los dedos de una mano. Luego dejo caer la cabeza y me llevo su pene a la boca. Cuando empiezo a chupar, jadea, sin embargo, al deslizar mis dedos entre sus nalgas, se queda callado.

Por un momento, no sé qué está pensando. Le suelto la polla y le doy un beso en la punta. —¿Te encuentras bien?

Respira lentamente.

—Sí —dice mientras acaricio su agujero—. Es extraño.

—¿Crees que puedes con más? —Si responde que no, lo dejaré.

—Sí.

Aplico un poco más de lubricante y luego lo penetro con la punta del dedo.

—Relájate para mí, nene.

Lo intenta. Entonces lo recompenso con algunos besos justo donde quiere.

—Mmm —suelta—. Eso me gusta.

Le doy algunos más. Como se siente raro con el toqueteo anal, ya no está al borde del abismo. Me inclino hacia abajo, chupo, lamo y, en general, doy lo mejor de mí. Y, al mismo tiempo, meto un dedo muy despacio hasta rozarle la próstata.

Cuando por fin la alcanzo, todo cambia.

—Oh, joder, sí, joder —susurra Jamie, a quien le tiemblan los muslos.

Vuelvo a frotar la próstata y doy otra buena chupada.

Gime y levanto la mano que tengo libre para taparle la boca.

—Shhh —recuerdo—. No me hagas parar.

Se sacude mi mano de la boca.

—Es... Tú... Tengo escalofríos en los pies.

Es una buena señal.

Con una sonrisa, reanudo mis perversas actividades. Deslizo el dedo dentro de él al ritmo de las largas y perezosas caricias de mi boca. Jamie mueve las caderas y empuja su miembro dentro de mi boca, pero eso no es todo. También lo hace con su trasero. Lo mueve hacia mí, buscándome. Dios mío. Trata de follarme el dedo.

—¿Lo llevas bien? —murmuro.

—Más que bien. —Su voz es un susurro ahogado.

Ha cerrado los ojos con fuerza, se sonroja y frunce el ceño como si le doliera. Sin embargo, sé que dolor es lo último que siente en este momento. Su miembro se pone increíblemente duro en mi boca y gruño cuando su culo se apoya en mi dedo.

—Wes... —Exhala mi nombre, sus muslos se estremecen mientras levanta las caderas de nuevo—. Me estás volviendo loco.

Eso es lo que me gusta oír. Su excitación nos rodea como una niebla espesa que palpita en el aire y en mi pene. Vuelvo a deslizar la yema del dedo sobre su próstata. Él gruñe una maldición y a mí me encanta.

—¿Te han dicho alguna vez que eres sexualmente atrevido?

Abre un ojo.

—A menudo —murmura, y experimento una sacudida de celos cuando me pregunto por quién habrá sido la afortunada. Jamie vuelve a gemir—. Sigue haciendo eso. Por favor... No pares...

Piensa que parar es una opción. Lo haría, por supuesto, si él me lo pidiera, pero mientras suplique por mi boca... ¿Por mi dedo? Nada menos que la muerte me impedirá dárselo. Le daré cada maldita parte de mí, se la serviré como un festín en un banquete.

Jamie Canning no tiene ni idea del poder que tiene sobre mí.

21

Jamie

Pensaba que ya lo sabía todo sobre el sexo. Quiero decir, no es difícil. Besos, preliminares, coito. He probado casi todas las posiciones sexuales conocidas por el hombre, incluso las locas que se ven en el porno, en las que la chica hace alguna maniobra de contorsionista exorcista mientras yo la empotro.

Pero mi culo nunca había formado parte del trato.

Ahora mismo, es el trato. Porque, aunque Wes engulle mi polla como si quisiera tragarme entero, la excitación que zumba por mi sangre solo se centra en la presión que siento entre las nalgas. Es una buena sensación. Un leve ardor que se convierte en un placer que derrite la mente cada vez que toca este punto dentro de mí.

Me está destrozando. Da vida a terminaciones nerviosas que no sabía que existían. Es desconocido. Es nuevo. Y experimentarlo es un millón de veces más excitante que ver cómo se lo hacen a otro en un vídeo porno.

—Así —gimo—. Por Dios, no pares..., nene.

Él me ha llamado así antes, de modo que ahora pruebo a decirlo yo. Me resulta extraño que esa palabra salga de mi boca. Tanto como las nuevas sensaciones que me recorren el cuerpo y me provocan un hormigueo en el trasero.

No estaba seguro de si esto me gustaría, pero así es. Joder, me gusta. Cuando el *piercing* de su lengua roza la parte inferior de mi polla, me estremezco y se me corta la respiración. Su dedo sigue dentro de mí y me pregunto cómo será que introduzca otro. O si usa algo más que un dedo...

De repente, pienso en el vídeo porno que he visto antes, en los roncos gemidos del tipo que estaba siendo penetrado, y el sucio recuerdo hace que me apriete con más fuerza alrededor de Wes.

Él levanta la cabeza con brusquedad y ralentiza el movimiento del dedo, pero no lo retira.

Me siento inquieto cuando me encuentro con sus ojos. La lujuria los ha oscurecido hasta convertirlos en plata tormentosa, y su garganta trabaja mientras traga.

—¿Por qué has parado? —pregunto, y también trago saliva—. ¿Vas a... follarme ahora?

La pregunta me provoca una ráfaga de pánico. A pesar de lo excitante que ha sido verlo en una pantalla, no creo que esté preparado para experimentarlo. No estoy seguro de que alguna vez esté listo...

—No —se apresura a tranquilizarme y su mirada se suaviza al ver mi cara—. No, a menos que quieras que lo haga.

—Yo... —Me muerdo el labio—. No... no lo sé. Tal vez en otra ocasión—. «¿Tal vez en otro momento?». Dios, cuando me vuelvo gay, me tiro a la piscina.

Los labios de Wes tiemblan.

—Lo marcaremos como pendiente.

Me estremezco con una carcajada.

—¿Por qué has parado entonces?

—Solo quería hacer esto —dice con brusquedad y, entonces, su dedo desaparece al tiempo que él se desliza hacia arriba y roza su boca con la mía.

El beso pasa de dulce a demoledor en cuestión de segundos. Su lengua me llena la boca con movimientos profundos y hambrientos que me hacen jadear. Quiero más, estoy desesperado por ello, pero se va de nuevo antes de que pueda parpadear y se arrastra entre mis piernas.

Esta vez, cuando su dedo se desliza por ese anillo fruncido de músculo, agradezco el ardor. Lo anhelo. Wes lame una línea caliente desde la punta de mi miembro hasta mis doloridos testículos, a los que provoca mientras su dedo juega conmigo. Cuando intento empujar el trasero contra él, se retira con una risita oscura que abanica mi erección.

Dios mío. No aguanto más. Tengo que correrme antes de explotar.

—Deja de ser un calientapollas —gruño—. Dame lo que quiero.

El anillo de su lengua se burla de mi raja.

—Sí, ¿y qué quieres tú, cari?

—Que me la chupes hasta dejarme seco.

Wes introduce más el dedo y frota ese punto que me vuelve loco: mi próstata. ¿Por qué nadie me ha dicho que la próstata es una especie de zona mágica de placer? ¿Hay unicornios y hadas del orgasmo bailando por ahí?

—Pídemelo con amabilidad y lo consideraré —dice con una sonrisa.

Entorno los ojos hacia él.

—Haz que me corra, imbécil.

Su risa hace que mi corazón se dispare. Y esto es lo más confuso de todo, porque añade un elemento al sexo que no esperaba. Me siento cómodo con él. Me divierto con él. No intento impresionar a nadie. Es... fácil. Como chapotear en el lago, pero con orgasmos.

—Eres un maldito mandón, Canning—. Sus labios me hacen cosquillas en la cabeza del pene—. Me encanta, joder.

Adoro lo que me hace. Cómo me succiona, el roce de la punta del dedo en mi interior. En poco tiempo, la tensión reaparece. Un nudo de placer se enrolla cada vez más fuerte hasta que por fin le agarro la parte posterior de la cabeza y presiono su dedo mientras el orgasmo se dispara a través de mí. Fuera de mí.

Wes se lo traga como si no hubiera suficiente, zumbando alrededor de mi miembro, y tengo que tirarle del pelo para que pare una vez que mi polla no puede más.

Me quedo tumbado mientras jadeo. Cuando mi respiración se ralentiza hasta alcanzar un ritmo casi normal, Wes se sienta a horcajadas sobre mis muslos, con su polla dura entre las dos manos. Se masturba lentamente. Poso la mirada en su erección, larga y orgullosa; la cabeza hinchada me hace la boca agua. Es la misma respuesta que tengo cuando una chica se abre de piernas para mí y ofrece ese dulce paraíso a mi boca o a mi pene. Nunca pensé que el paquete de otro hombre me resultaría tan atractivo, y me encantaría saber lo que significa.

Pero ahora no es el momento de pensar en ello.

—Dámela —digo con brusquedad y señalo su erección.

Alza las cejas y la luz se refleja en el *piercing*.

—¿Te apetece devolverme el favor?

Cuando asiento con la cabeza, se acerca y se coloca a horcajadas sobre mis hombros, luego toma la segunda almohada de la cama y la mete debajo de mi cabeza. La elevación añadida pone mi boca a la altura de la polla. Trago saliva y paso la lengua alrededor de la cabeza.

—Ya casi estoy —admite.

—¿Sí?

Levanto la mirada, pero mantengo mi boca sobre él y lo rozo ligeramente con los dientes.

Deja escapar un suave gemido.

Lo suelto con una risita.

—¿Acaso anoche no conversamos sobre la resistencia?

—Eso fue antes de pasar veinte minutos metiéndote los dedos en el culo.

Me estremezco al recordarlo. Madre mía, se me pone dura otra vez. Como si no tuviera suficiente.

—Te has puesto cachondo, ¿eh? —Me quedo boquiabierto.

—Oh, sí.

Empuja la punta de la polla hacia delante y yo abro la boca para permitir que se adentre.

Rodeo su cuerpo y le acaricio el trasero. Aprieto y él vuelve a gemir a la vez que me penetra un poco más. Con las manos ocupadas, resulta difícil controlar la profundidad de la mamada, aunque él no se comporta como un capullo. No me la mete hasta el fondo ni me obliga a realizar una garganta profunda. Parece percibir mis límites de la misma manera que percibe las cosas en el hielo: cuándo pasar el disco o cuándo tomarse su tiempo hasta que la abertura perfecta se revele para poder marcar un gol.

Me penetra la boca con movimientos rápidos y poco profundos que siguen el ritmo de su respiración poco profunda. Saboreo su líquido preseminal. Un sabor embriagador que hace que me pregunte cómo sería si me inunda la boca y me recorre la garganta. Ni en un millón de años pensé que estaría contemplando esa idea. O amasando las nalgas de otro hombre para incitarlo al orgasmo mientras aprieto los labios alrededor de su polla.

—Estoy a punto —advierte.

Esta vez me quedo con él hasta el final. El primer chorro caliente me golpea la lengua y el segundo va al fondo de mi garganta y me provoca una arcada. Respiro por la nariz y trago. El corazón me late con fuerza mientras mi mejor amigo jadea por el orgasmo.

Eso no ha sido tan... malo. Su sabor es extrañamente apetecible.

Me permito darle un lametón más antes de dejar que se retire. Se desploma a mi lado, con la cabeza apoyada en mi hombro. Los dos soltamos un suspiro de saciedad y luego nos reímos.

El silencio se extiende entre nosotros, pero no es incómodo. Ambos nos relajamos. Mi mente se sumerge en una neblina posterior al sexo en la que pensar está sobrevalorado.

—Creo que deberíamos ir al comedor antes de que termine la cena —dice Wes—. No quiero perderme el gran espectáculo.

Sí, claro. La canción. Alguien —ejem, Wes— ha decidido que los entrenadores debían deleitar a los chicos con una buena canción de Britney Spears. Pat se ha quejado y ha alegado que no se sabía la letra de ninguna de sus canciones. Wes, por supuesto, ha sacado el móvil a toda prisa y ha enviado a los entrenadores veteranos por correo electrónico las letras de todo el catálogo de Britney. Muy ingenioso, mi mejor amigo.

No obstante, me siento demasiado relajado para moverme.

—Cinco minutos más —digo y le rodeo los hombros con el brazo para evitar que se levante.

Me acaricia el pectoral izquierdo con la mejilla.

—Eres de esos a los que les encanta acurrucarse, ¿eh?

Lo soy. Por supuesto. Solo que nunca imaginé que estaría abrazando a otro tío.

—Antes he visto porno —suelto.

Se ríe.

—Ya me lo imaginaba. Cuando he entrado tenías esa mirada de culpabilidad, de «me acabo de correr».

Hago una pausa.

—Porno gay.

Él levanta la cabeza para mirarme y sus ojos grises centellean de forma juguetona.

—Vale. Ya veo. ¿Lo has disfrutado?

Otro silencio. Suspiro antes de responder:

—Sí.

Wes vuelve a bajar la cabeza y me acaricia el estómago de forma tranquilizadora.

—Te has puesto nervioso, ¿eh?

—Bueno... —No es fácil de explicar—. Me pone un poco nervioso no estar nervioso. Si eso tiene sentido.

Volvemos a quedarnos callados. Me doy cuenta de que sigue asimilando lo que acabo de decir.

—¿Puedo preguntarte algo? —murmuro.

—Dispara.

Su aliento me hace cosquillas en el pezón y este se endurece al instante.

—Alguna vez has... —No sé cómo expresarlo—. ¿Recibido? ¿Es esa la palabra correcta?

Sus hombros tiemblan como si tratara de no echarse a reír.

—Es una palabra tan buena como cualquier otra. «Ser pasivo» también funciona. «Tomado por el culo», también sirve.

—De acuerdo. ¿Y bien?

Se mueve un poco.

—Sí, lo he hecho. Una vez.

—¿Solo una vez? —Supongo que no me sorprende. Wes tiene «empotrador» escrito por todas partes.

—¿Te gustó?

Lo considera.

—No al principio. Y definitivamente no al final. Pero estuvo bastante bien en el medio.

Clásica respuesta de Wes. Me echo a reír mientras deslizo la mano por su brazo desnudo antes de darle un pellizco en el bíceps.

—Um..., ¿qué pasó al principio y al final?

—Al principio, me dolió. —Su tono es triste—. Pero supongo que fue porque los dos éramos unos imbéciles de dieciocho años y ninguno pensó en llevar lubricante.

Dieciocho años. Por alguna razón eso me molesta. Me pregunto si fue antes o después de nuestra última noche en el campamento. Antes, estaría bien. En cambio, después... No sé por qué, pero la idea de que Wes me sacara de su vida y perdiera la virginidad con un tío cualquiera me fastidia.

—La saliva solo ayuda hasta cierto punto —comenta, sin prestar atención a mis turbulentos pensamientos—. Así que tardó un tiempo en... Eso.

Fuerzo un tono casual.

—Pero ¿luego fue bien?

Hace otra pausa. Entonces asiente y me roza el hombro con la barbilla.

—Sí, fue bien.

Una oleada de calor me recorre la columna vertebral. Me sorprendo al darme cuenta de que son celos.

—¿Y al final? —pregunto, con la esperanza de que escuchar cómo el sexo se volvió una mierda alivie la presión en mi pecho.

Wes suspira.

—No era nadie a quien tuviera que ver de nuevo. Le gustaba degradarme. Me hizo renegar de toda la experiencia.

Le acaricio la cabeza. Se siente incómodo hablando de ello, aun así, agradezco que me lo haya contado. Es raro que Wes se desprenda de su actitud pasota y se muestre vulnerable.

—¿Así que fue eso? ¿No dejaste que nadie más... eh... metiera su bandera ahí después de aquello?

Se le escapa una carcajada.

—No, decidí dejarme la tarea de clavar la bandera a mí.

Me río y vuelvo a acariciarle el pelo. Es suave como la seda, lo que contrasta con la barba incipiente que me roza el hombro.

—Pero... —Se aclara la garganta—. Pero te dejaría hacerlo.

Mi mano se detiene en su pelo.

—¿Lo harías?

Wes asiente.

—Dejaría que me hicieras cualquier cosa, Canning.

Cuando su voz se quiebra, algo dentro de mí también lo hace. No tengo ni idea de lo que ocurre y, tampoco, de lo que somos el uno para el otro.

Amigos. Somos amigos, si bien no es la etiqueta correcta. ¿Amigos con beneficios? Tampoco me parece exacto.

Quizá he permanecido en silencio un buen rato, porque Wes se incorpora de repente y el calor de su cuerpo me abandona.

—Vamos —dice con brusquedad—. Deberíamos irnos.

22

Wes

Nuestros entrenamientos se reanudan a la mañana siguiente y yo salgo al hielo dispuesto a entrenar a los chicos. La semana pasada tuve un comienzo difícil, pues permití que me afectara su temperamento y su incapacidad para seguir mis instrucciones, pero estoy decidido a aprender de Jamie y tener un poco de paciencia.

No me malinterpretes, soy paciente cuando juego. Pero ¿ver jugar a otros chicos? ¿Ver los errores que cometen y cómo los repiten en lugar de corregirlos, aunque les haya aconsejado? Me vuelve loco.

Sin embargo, hoy los chicos me prestan más atención. Estoy realizando algunos ejercicios de pases básicos con mis delanteros, cambiando las líneas de vez en cuando para que conozcan el estilo y la técnica de sus compañeros. En su mayor parte, todo va bien, no obstante, un chico —Davies— monopoliza el disco sin importar en qué línea juegue.

Hago sonar el silbato, tentado de arrancarme el pelo de raíz. Davies acaba de ignorar mis instrucciones de nuevo y ha lanzado un débil tiro de muñeca a Killfeather en lugar de pasarle a Shen como debía hacer.

Lo llamo, y se acerca patinando, con la cara roja y malhumorado.

Por el rabillo del ojo, veo que Jamie nos observa con atención, como si estuviera evaluando mi habilidad como entrenador. Pat también nos vigila desde el banquillo, y me complace ver que por fin haya dejado de fruncir el ceño. Anoche, Canning y yo llegamos demasiado tarde al comedor para ver la actuación en directo, pero, por suerte, Georgie la filmó con su iPhone. Nunca olvidaré la imagen de Pat y sus cuatro entrenadores arrastrando los pies y cantando la versión más desafinada de «Oops, I Did It Again».

No creo que Pat lo olvide, tampoco. O dejará de odiarme por haber elegido las apuestas del partido de fútbol.

Me centro en Davies y me cruzo de brazos sobre la parte delantera de la sudadera con capucha de Northern Mass.

—¿Qué tipo de ejercicio estamos haciendo?

—¿Eh...?

—Pases —aclaro.

Él asiente con la cabeza.

—Cierto.

—Lo que significa que tienes que pasar el disco, chico.

—Pero en el último entrenamiento nos diste un discurso sobre no dudar. Dijiste que, si tienes una oportunidad, debes aprovecharla. —Alza la barbilla en actitud defensiva—. Tenía una oportunidad.

Me burlo de él.

—Espera, ¿el disco ha pasado por encima de Killfeather? Debo haberme perdido ese gol.

Su expresión se vuelve tímida.

—Bueno, no, he fallado, pero...

—Pero querías marcar. Lo entiendo. —Le ofrezco una suave sonrisa.

—Estoy contigo, chico. No hay sensación más dulce en el mundo que ver esa luz encenderse. Aun así, déjame preguntarte algo: ¿cuántos delanteros suele haber en el hielo?

—Tres...

—Tres —confirmo—. No juegas solo ahí fuera. Tienes a tus compañeros de equipo contigo, y no es para que patinen por ahí y queden bien.

Esboza una sonrisa.

—Shen tenía un tiro. Si le hubieras pasado el disco, lo habría metido en la escuadra. Y tú habrías conseguido la asistencia. En cambio, no has logrado nada.

Davies asiente con cuidado, y una explosión de orgullo se dispara dentro de mí. Joder, estoy llegando a él. Veo cómo asimila las palabras, mis palabras, y de repente entiendo por qué

Canning se interesa tanto por esto de ser entrenador. Es... gratificante.

—Tienes que confiar en tus compañeros —digo a Davies.

Pero, por alguna razón, eso hace que la sonrisa desaparezca de su rostro y que frunza el ceño.

—¿Qué pasa? —pregunto.

Murmura algo que no comprendo.

—No te oigo, chico.

Me mira a los ojos.

—Es un poco difícil confiar en ellos cuando sé que quieren que fracase.

—Eso no es cierto.

Sin embargo, aunque protesto, sé que en cierto nivel tiene razón. Algunos jugadores tienden a ser despiadados y a mirar solo por ellos mismos. De repente, comprendo por qué Davies siempre busca ser la estrella: cree que es lo que hacen los demás.

—Sí que es cierto. —Mira hacia la red, donde Jamie habla con Killfeather—. Sobre todo, Mark. Le encanta —añade—. Le encanta ver cómo meto la pata. Y luego hace una lista con todo lo que me sale mal al día siguiente en el desayuno o en la cena, o cuando voy a dormir. Le encantan los juegos mentales.

Ahogo un suspiro.

—Sois compañeros de cuarto, ¿verdad?

—Por desgracia —murmura.

—¿Alguna vez pasáis el rato fuera de los entrenamientos? ¿Habláis de algo más que de *hockey*?

—En realidad no. —Se encoge de hombros—. Quiero decir, él habla de su padre a veces. No creo que se lleven bien. Pero eso es todo.

—¿Quieres mi consejo?

Se pone serio mientras asiente de nuevo.

—Intenta conocerlo. Ganad algo de confianza fuera del hielo. —Muevo la cabeza hacia Jamie—. El primer día que me enfrenté a Jamie, eh, al entrenador Canning, quiero decir, era un completo imbécil. Engreído y lleno de confianza en mí mismo. Me burlaba de él cada vez que lanzaba a portería o hacía un pequeño baile de la victoria cuando marcaba. Lo prometo, quería matarme cuando terminaba el entrenamiento. Le dijo al entrenador Pat que me odiaba a muerte y le sugirió que me enviara de vuelta al planeta de los imbéciles.

Davies se ríe.

—Pero ahora sois mejores amigos.

—Sí, y también éramos compañeros de habitación por aquel entonces. Estábamos en nuestra habitación después del primer entrenamiento y él pasó una hora sentado y mirándome.

—¿Y qué hicisteis? —pregunta Davies con curiosidad.

—Sugerí que jugáramos a un «yo nunca». Me costó un poco convencerlo —seguía bastante enfadado conmigo—, aunque al final lo conseguí.

Sonrío al recordarlo. Nos pasamos unas latas de Red Bull que había robado a uno de los entrenadores y nos conocimos mejor contando las locuras que habíamos hecho. «Nunca me he meado en los pantalones durante un partido de los Bruins», «nunca he hecho un calvo en un autobús lleno de monjas durante una excursión escolar a una fábrica de chicles». Esas eran las mías, por supuesto.

Las frases de Jamie habían sido más serias: «No soy hijo único», «no quiero jugar algún día con los profesionales». Sí, no dominaba del todo la parte del «nunca», y a mí no me importó. Mi yo de trece años se divertía mucho drogándose con azúcar y cafeína. Nos quedamos despiertos hasta las cuatro de la madrugada y apenas pudimos levantarnos a la mañana siguiente.

—Después de eso, nos hicimos inseparables —digo entre risas.

Davies se muerde el labio.

—Pero el entrenador Canning es genial. Mark es... un poco capullo.

Me trago una carcajada.

—Nunca se sabe, puede que acabe siendo el tío más guay que conozcas.

—No sé...

Le doy una palmada en el hombro con buen humor.

—Solo dale una oportunidad. O no. Haz con este consejo lo que quieras. —Entonces me pongo en modo entrenador Wesley y soplo el silbato tan fuerte que da un brinco—. Ahora sal ahí y comparte los triunfos, chico. Si vuelves a lanzar el disco, te dejaré en el banquillo el resto del entrenamiento.

La semana pasa rápido.

Cuando Jamie y yo éramos adolescentes, todo se nos hacía eterno. Un verano parecía una vida entera, en cambio, ya han pasado dos semanas de mi estancia de seis en Lake Placid y no entiendo a dónde ha ido el tiempo.

Después de cenar con los niños el viernes por la noche, a Jamie y a mí nos toca revisar los dormitorios. Eso significa contar cabezas y gritar que apaguen las luces a partir de las diez, y gritar otra vez cuando no lo cumplen.

A las once todo está tranquilo. Acostado en la cama, Jamie le envía mensajes de texto a alguien. Y no me gusta. En absoluto. Así que me subo encima de él, a horcajadas sobre su culo, con el pecho sobre sus hombros.

—Hola.

—Hola —saluda sin levantar la vista.

Dejo caer la nariz en su pelo y respiro para impregnarme de él. Huele a verano y nunca tengo suficiente.

—Tío, ¿me estás oliendo el pelo?

—Solo comprobaba si prestabas atención.

—Seguro —dice sin dejar de teclear.

Me acomodo un poco más y mi pene se despierta debido a que estoy cerca de su trasero. Es curioso que a él le parezca raro que le huela el pelo, pero le parece perfecto que esté a dos segundos de tirarme a sus nalgas.

Cómo cambian las cosas.

Nos lo hemos montado todas las noches como conejitos en celo esta semana. No me lo creo. Es como una carrera de relevos de mamadas. Y nos hemos vuelto muy buenos pasando la batuta.

Con todo, lo que más me gusta es besarnos mientras nos frotamos. Besar a Jamie Canning es alucinante. Estoy ávido de ello, porque sé en mi interior que no durará. El verano termina en cuatro semanas para mí, y el interés de Jamie por mí puede ser aún más corto. Así que tomaré todo lo que pueda.

Soy honesto al cien por cien si digo que nunca he sido más feliz. Pero, por supuesto, no lo diré en voz alta.

El problema es que cada día me resulta más difícil mostrarme pasota, esa actitud por la que soy famoso. Y no voy a mirar por encima de su hombro y leer el mensaje. Eso sería una tontería, ¿no?

Sin embargo, lo hago. En la pantalla pone: «HOLLY».

Al instante siento que me invade un maldito tsunami de celos.

—¿Te apetece ir al cine? —Aunque en realidad no quiero ir y es muy probable que las películas ya hayan empezado—. ¿Qué películas hay esta semana? —pregunto como si me importara. Prefiero que nos desnudemos y nos liemos.

—Una película de chicas y una infantil —responde—. Lo he mirado.

—Qué mal. ¿Una mamada, entonces?

Se ríe, pero no suelta el maldito teléfono. Aun así, no diré nada.

Claro.

—¿Qué haces?

—Hablando con Holly.

No puedo evitarlo, incluso el sonido de su nombre en sus labios hace que me tense. La primera y única vez que conocí a la chica, tenía el pelo despeinado y una sonrisa de ensueño en la cara. Me molesta que Jamie sea el responsable de ambas cosas.

—¿Qué hace? —intento sonar casual.

Fracaso, porque gira la cabeza y pone los ojos en blanco.

—¿Es tu forma de preguntar si nos enviamos mensajes sexuales?

Me encojo de hombros.

Jamie empieza a escribir en el teléfono de nuevo.

—No lo estamos haciendo. Ya no lo hacemos, por cierto. Y esta noche está atrapada cuidando a sus primitos en Cape Cod. No paran de ver la misma película una y otra vez, y ella está a punto de dejar a su familia y unirse a un circo ambulante. —Se gira para sonreírme—. Le he sugerido que se dedique a tragar fuego, pero cree que el trapecio sería más divertido.

Deja de hablar. Sus ojos marrones tienen un toque de diversión. Creo que pretende llamarme la atención por mi comportamiento estúpido. Si bien no lo hace. Maldito Jamie, siempre tan fácil de llevar. Algunos días daría una extremidad por ser más como él. Pero no una pierna, las necesito para patinar. Y tampoco los brazos... Dios, esta noche le doy mil vueltas a todo.

¿Esto significa que necesito una mamada?

Jamie vuelve a leer la pantalla y se ríe. Yo quiero tomar el teléfono y estamparlo contra la pared. Lo único que me retiene es el hecho de que Cape Cod está como a cinco horas de aquí. Tal vez seis.

Así que empiezo a besarle el cuello. Eso es algo que Holly no puede hacer.

Un rato después, por fin funciona. Suelta el teléfono y deja caer la cabeza sobre la almohada.

—Sienta bien tenerte ahí encima.

—¿Ah, sí?

Empujo las caderas hacia abajo y siento que él hace lo mismo hacia arriba. Deslizo una mano bajo su camiseta y le acaricio el costado. Luego subo la camiseta, le beso la espalda y él se estira bajo mi contacto. Su cuerpo se mueve perezoso en la cama.

—Te deseo —susurro. Últimamente, esas dos palabras me definen.

—Soy todo tuyo —dice él.

Mi corazón tartamudea en mi pecho y mi polla se endurece hasta alcanzar la textura aproximada de una barra de hierro. ¿Lo dice en serio? No hemos hablado sobre la penetración desde aquella vez. Lo deseo mucho, únicamente si él quiere.

Solo hay una forma de averiguarlo.

Me quito de encima y le bajo los pantalones de un tirón. Y los calzoncillos. Su culo es perfecto, fuerte y redondo, con una línea bronceada que le atraviesa la cintura. No puedo evitar besar la zona bronceada.

—Mmm... —Asiente con los ojos cerrados y veo cómo presiona las caderas en la cama. Al igual que yo, Jamie tiene dos velocidades: excitado o soñoliento.

Me quito la camiseta y luego los pantalones. Cuanto mayor es el contacto entre nuestras pieles, más feliz soy.

¿Y entonces? Suena su teléfono.

Lo juro por Dios, si es Holly...

Como estoy tumbado sobre su cuerpo, me trago mi enfado y le pregunto si quiere que responda.

—Solo mira quien es —dice con pereza—. Seguro que no es nada.

Pero el teléfono de Jamie no suele sonar a estas horas, así que hago lo que dice. No es Holly. En la pantalla aparece otro nombre: KILLFEATHER.

—Eh… Es uno de los chicos.

Levanta la cabeza rápidamente.

—¿En serio?

Le entrego el teléfono y responde.

—¿Hola? —Frunce el ceño—. ¿Dónde estás? ¿Dónde?

Otra pausa.

—Ahora mismo voy — asegura, y termina la llamada.

—¿Qué le pasa a tu portero?

Jamie frunce el ceño, y me doy cuenta de que hasta malhumorado es *sexy*.

—Era Shen usando el teléfono de Killfeather. Al parecer, mi portero está borracho con dos de tus delanteros. No están lejos, pero Killfeather no quiere volver al campamento y no saben qué hacer.

Recojo la camisa.

—Vamos. ¿Dónde están?

—Detrás del instituto.

—Eso es original. Cuando te emborraché, fue en el tejado del Hampton Inn.

Jamie se ríe y se recoloca la ropa.

—No todos pueden ser Ryan Wesley. La ciudad tendría que duplicar el tamaño de su fuerza policial.

De mutuo acuerdo y en silencio, salimos del dormitorio como ladrones en la noche. Si es necesario llamar a los refuerzos, estoy seguro de que Jamie lo hará. Pero a veces es mejor ocuparse de las cosas en silencio.

Una vez fuera, vamos hacia el instituto. Una valla rodea el lugar, no obstante, Jamie señala un hueco de medio metro. Cuando lo atravieso por delante de él, me pone una mano cálida en la espalda y me recorre un escalofrío.

Me siento muy atraído por él. Espero que no se dé cuenta.

Encontramos a nuestros pupilos sentados sobre la grava bajo un cartel que dice: «Los Bombarderos Azules». Es apropiado, porque estos chicos van como una cuba. Sobre todo, Killfeather.

Jamie se agacha para hablar con ellos.

—¿Qué ocurre?

—Creo que estamos borrachos —dice Davies—. Y Killfeather no quiere volver al campamento, el caso es que no podemos dejarlo aquí.

—Ya veo. —Jamie logra permanecer serio—. ¿Por qué no quieres volver? —pregunta a su portero.

—Es solo que... estoy harto —dice Killfeather, con la cabeza apoyada en la pared de ladrillo—. Mañana tenemos que volver a repetirlo todo.

—Ya veo —comenta Jamie—. ¿Cuánto habéis bebido?

Shen hace una mueca.

—Un paquete de seis.

«Espera, ¿qué?».

—¿Cada uno? —pregunto serio.

Killfeather niega con la cabeza.

—No —contesta, y empuja unas seis cervezas grandes a la luz. Las botellas están vacías, por supuesto.

—¿Qué más? —exijo.

Avergonzado, Davies saca de entre las sombras una botella de litro vacía de alguna cerveza local. Jamie la coge y lee la etiqueta.

—Bien. ¿Algo más?

Tres cabezas se agitan.

—¿De dónde las habéis sacado? —pregunta Jamie.

—Hemos pagado a un tipo.

Jamie levanta la barbilla para mirarme y veo que se esfuerza por no reírse. Así es como conseguíamos la cerveza a esa edad.

—Ven un momento. —Se pone de pie y me hace una seña.

Doy la vuelta a la esquina del edificio con él. Estamos a pocos metros de los chicos, así que se acerca a mi oído.

—¿En serio? ¿Se han emborrachado con menos de tres cervezas cada uno?

Al girarme para responderle en un susurro, le rozo el hombro con el pecho y me permito rozarle la mandíbula con los labios antes de hablar.

—Tienen tolerancia cero y un metabolismo muy rápido. ¿No éramos nosotros iguales?

Jamie se ríe y su aliento me hace cosquillas en la oreja.

—Así que nada de hospital.

—No —me apresuro a decir—. Nadie ha muerto nunca por dos cervezas y media. Los hacemos caminar para que se les pase la borrachera y luego los llevamos a la cama.

—Suena bien. —Jamie regresa a la esquina—. De acuerdo, señoritas. Allá vamos. Haremos un trato. Vosotros tres daréis un pequeño paseo con nosotros y después os llevaremos a vuestras habitaciones sin entregaros a las autoridades.

—¿A la policía? —se queja Shen.

—No, se refiere a Pat —aclaro.

Shen se levanta con dificultad.

—De acuerdo. En *mmarcha*.

Davies también se pone de pie.

Eso deja a Killfeather todavía sentado allí. Sin moverse.

Jamie se inclina y le tiende una mano.

—Venga, vamos. Tienes práctica por la mañana.

—No seré lo bastante bueno —murmura Killfeather.

—Tendrás un poco de resaca —admite Jamie.

—Pero eso nunca ha matado a nadie.

Killfeather sacude la cabeza con firmeza.

—No será suficiente para mi padre. Nunca lo será, nada lo es.

Ah. Podría haber escrito ese discurso yo mismo.

—No juegues al *hockey* por tu padre, amigo. Tienes que jugar por ti mismo. —Intento extender una mano, también. Esta vez la toma. Lo pongo de pie y casi funciona. Se apoya en la pared durante un segundo, pero luego se pone en posición vertical él solo—. En serio, que le den. Es tu vida.

La cabeza de Killfeather cuelga un poco en la clásica pose de borracho.

—Tiene que calmarse.

—Pero algunos nunca lo hacen —digo. La verdad duele, no obstante, debería entenderlo cuanto antes—. Y tú todavía tienes que vivir tu vida. Si no lo haces, entonces él ganará. Qué desperdicio, ¿verdad?

El joven portero asiente con todo su cuerpo, como un caballo, de todas formas, sé que me está escuchando.

—Venga, andando.

—¿Dónde nos lleváis? —pregunta Davies.

—Vamos a daros una pequeña lección de historia —responde Jamie—. Habéis elegido beber a unos cincuenta metros de un lugar legendario. —Lleva a los chicos a través de Cummings Road, y me las arreglo para no hacer un chiste al respecto. Caminan arrastrando los pies detrás de él hasta que llegamos a un aparcamiento polvoriento detrás del estadio olímpico—. Bien, ¿por qué este lugar es famoso?

—Em —dice Shen—. Por el estadio, donde Estados Unidos venció a Rusia y ganó el oro en 1980.

—Ah. —Jamie levanta un dedo en el aire—. El equipo estadounidense ganó al impresionante equipo ruso por cuatro a tres, con un grupo formado por veinte estudiantes universitarios. Pero el partido por la medalla de oro fue dos días después, contra Suecia. Cuatro a dos. No obstante, ese no es el motivo por el que nos encontramos aquí.

—¿No?

Jamie sacude la cabeza.

—¿Veis esa colina? —Señala por encima de su hombro y todos miramos hacia arriba.

—Veo otro aparcamiento —murmura Killfeather. Con el puño, Jamie le da un golpe suave con el puño en la barbilla—. No es un aparcamiento cualquiera, y tampoco es una colina cualquiera. Herb Brooks fue el entrenador del equipo estadounidense, por eso el edificio lleva su nombre. Hizo que sus chicos se pusieran las almohadillas y los hizo correr arriba y abajo por la colina.

—Suena prometedor. —Davies suspira.

—Vamos a averiguarlo. —Jamie se frota las manos—. A la de tres, empezad a correr hasta la cima. Iremos juntos. Tú también, Wesley.

—No voy a correr —se queja Shen—. Estoy demasiado borracho.

—Y tanto que correrás —advierto y lo agarro por el hombro—. Deberías haberlo pensado antes. Vamos —digo, y doy una palmada.

—¡Uno, dos, tres! —Jamie sale disparado por la grava. Hay un trozo de hierba donde empieza la colina, y lo alcanza al momento.

Me quedo atrás para asegurarme de que los chicos lo siguen. Y lo hacen, a un ritmo lento. Está bien, porque no necesitamos que nadie se lesione. Sin embargo, la luna ya ha salido. No está tan oscuro y hay focos en la cima de la colina.

A todos nos cuesta respirar en pocos minutos. La subida es horrible, y me alegro de no llevar las protecciones. Los chicos llegan a la cima sin dejar de refunfuñar durante todo el camino. Luego, los cinco jadeamos en el aparcamiento con las manos en las caderas. Ojalá tuviéramos agua.

—No me encuentro muy bien —murmura Shen.

—Vomita en los arbustos —aviso con rapidez. Este aparcamiento pertenece a un club de golf, por lo que estamos invadiendo una propiedad privada.

Se aleja a trompicones y llega a un seto antes de que se oigan las arcadas.

—Bajaremos poco a poco —dice Jamie mientras se acaricia la barbilla—. Y compra algo de agua.

—Y un ibuprofeno. Aunque hay algunos en la habitación.

—Por supuesto que sí.

Tengo que tragarme una sonrisa. Otra noche agradable y despreocupada en Lake Placid con Jamie. Espero que las próximas cuatro semanas pasen más lentas.

Al bajar, mantengo una pequeña charla con Davies.

—Entonces... ¿Por qué os habéis emborrachado? Os podrían echar del campamento.

Él saca la barbilla.

—Tú me lo aconsejaste.

—¿Cómo?

—Dijiste que pasara tiempo con ellos fuera del hielo. Es lo que he hecho.

Pienso antes de responder.

—De acuerdo, es mi trabajo decirte que dejes de romper las reglas. Pero entiendo de dónde vienes. Y me gusta que hayas llamado al entrenador Canning en cuanto Killfeather ha decidido que no quería volver a casa.

—No iba a dejarlo ahí.

Le doy una palmada amistosa por eso.

—Buen chico. Mantente alejado de los problemas y estas travesuras permanecerán en secreto, ¿de acuerdo?

—De acuerdo.

Caminamos de vuelta al campamento a través del aire fresco del verano mientras la luna se eleva sobre el lago. No puedo esperar a llegar a la habitación.

23

Wes

Cuarenta minutos después tengo el pene de Jamie en la boca y le acaricio la próstata como un profesional. Se retuerce y suplica.

—Dame más —jadea—. Dame la polla. Sabes que quieres.

Lo suelto con un chasquido y casi me trago mi propia lengua. La forma en que me ha pedido que le penetre me deja boquiabierto.

—No sé yo —balbuceo.

Acalorado, abre un ojo y me mira.

—Dios. A veces siento como si tuvieras todo el brazo ahí metido, de todas formas. No puede ser muy diferente.

Pero sí lo es.

No me malinterpretes, quiero estar dentro de ese bonito trasero suyo más de lo que quiero tomar mi próximo aliento. Sin embargo, también tengo miedo. No es una sensación familiar. Nunca me han importado las consecuencias de mis acciones, pero si hacemos esto, no solo estaré follando con Jamie, sino que tendrá un significado para mí. Y lo más probable es que para él no.

Para él, será otro pequeño experimento que podrá llevarse antes de irse y sentar cabeza con alguna chica.

Ahora me observa y espera que me decida. Entretanto, se masturba con suavidad sin apartar los ojos de los míos.

Mierda, voy a hacerlo.

Voy a follarme al único hombre que he amado.

Apenas puedo respirar mientras busco el lubricante.

En ese momento, me doy cuenta de que también necesito un condón, así que salgo de la cama en busca de mi bolsa de viaje. Guardé allí una caja entera de condones, aunque no sé muy bien por qué. Cuando acepté el trabajo en el campamento, lo hice con el único propósito de pasar tiempo con Jamie, no para tener una especie de juerga sexual con los homosexuales del lugar.

Nunca pensé que abriría esta caja. Con Jamie. Para Jamie.

—¿Estás seguro? —pregunto con voz ronca.

Él asiente. Esos ojos marrones arden de hambre y brillan con confianza. Memorizo esa expresión, la forma en que está tumbado a mi merced, grande, duro y ondeando poder masculino.

Me tomo mi tiempo con él; soy más generoso que de costumbre con el lubricante. Joder, no quiero hacerle daño y tampoco deseo que odie esta experiencia. No puedo evitar recordar mi primera vez, ni lo inferior que me sentí frente a un tipo al que no le importaba mi placer.

Quiero que a Jamie le guste.

—Un dedo no será suficiente esta vez. —Mi voz es tan grave que me pica la garganta—. Tendrás que acostumbrarte a más antes de que yo... eh...

Su voz suena tan ronca como la mía.

—¿Pararás si no me gusta?

Mi corazón se estremece.

—Por supuesto. —Me inclino sobre él y le planto un beso tranquilizador en los labios, luego le guiño un ojo—. Solo di «cojonera» si quieres que me detenga.

Una oleada de risas lo sacude.

—Oh, cielos. Me había olvidado por completo de eso.

Yo también me río al pensar en la ridícula palabra clave que nos inventamos cuando teníamos catorce años. No estoy seguro de a quién se le ocurrió. ¿A quién quiero engañar? Obviamente fui yo, pero la usamos durante nuestra fase de lucha libre. Decidimos que las artes marciales mixtas eran lo mejor y pasamos horas en el gimnasio practicando nuestros «movimientos». Aunque la mitad de las veces, cuando uno de nosotros realizaba una llave, el otro no se daba cuenta, así que ideamos una palabra de seguridad.

Creo que nunca olvidaré el día en que Pat entró en el gimnasio y nos encontró a mí, tumbado bocabajo con la rodilla de

Jamie clavada en la nuca, mientras yo gritaba «¡cojonera!» una y otra vez.

—¿Listo para correrte más fuerte de lo que ha hecho en tu vida? —pregunto, serio, mientras le levanto una rodilla.

Sonríe.

—¿Seguro que quieres ponerte tanta presión encima, amigo?

—No hay presión, es un hecho. Está científicamente probado.

Ahora se ríe, pero el sonido se apaga cuando le paso la punta del dedo por su agujero. Tensa las nalgas al instante. No por miedo, sino a causa de la anticipación. Lo veo reflejado en sus ojos y en ese brillo crudo y cálido, antes de que levante la otra rodilla y se exponga para mí.

Dios mío. No, no voy a sobrevivir a esto.

Me burlo y lo acaricio durante varios momentos antes de deslizar el dedo en su interior. Me agarro a su erección con la otra mano. Soy egoísta, pero no quiero que se corra hasta que esté enterrado dentro de él, así que no me la meto en la boca ni lo masturbo tan fuerte como sé que quiere. Me limito a realizar movimientos lentos y suaves mientras introduzco el dedo en su apretado agujero.

Cuando añado otro, frunce el ceño. Le caen gotas de sudor por la frente. Por la mía también. Destensarlo es una de las cosas más excitantes que he hecho nunca. Requiere de toda mi concentración. Acariciar, provocar, retorcer y prepararlo para mí.

Con tres dedos grita tan fuerte como para despertar a los muertos, y le suelto la erección para cubrirle la boca con la mano.

—Silencio, cariño.

—Wes... —Ahora se retuerce mientras presiona el trasero contra mis dedos. Cada vez que rozo su próstata, jadea—. Necesito más.

Es hermoso. Jodidamente hermoso. Y yo estoy tan duro que me duele. Siento que el corazón se me va a salir del pecho mientras abro el paquete de condones con los dientes. Me cubro con una mano y luego vierto lubricante en el preservativo para que el látex quede aún más resbaladizo. Vuelvo a atormentarlo con los dedos.

—¿Preparado? —pregunto con voz ronca.

Separa los labios con la respiración agitada y asiente. Me agarro el pene y me coloco entre sus grandes muslos. Mi aliento es igual de inestable. Mierda, me tiembla la mano con la que me sujeto el miembro como si nunca hubiera hecho esto antes. Pero es que no lo he hecho; no con alguien a quien quiero.

Le rozo el ano con la punta de mi erección. Se tensa de nuevo y hace fuerza para negarme la entrada.

Encuentro su erección y la recorro con el puño.

—Respira —susurro—. Relájate para mí.

Tensa la garganta y deja escapar otro suspiro.

Intento penetrarlo de nuevo, y esta vez logro entrar con facilidad. Solo la punta, aun así, la presión es increíble. Es caliente, estrecho y me aprieta hasta hacerme perder la cabeza.

—¡Hostia puta joder! —Es todo lo que es capaz de decir mientras mi miembro se hunde más en su interior. Tiene las mejillas enrojecidas y los ojos vidriosos.

Será un milagro si aguanto más de cinco embestidas. Por otra parte, estamos en Lake Placid, que resulta ser la capital de los milagros.

Su erección palpita en mi puño, pero no la acaricio. Todavía no. No hasta que me ruega que lo haga.

—Jamie... ¿está bien?

Gime a modo de respuesta.

Ya estoy metido hasta el fondo y mi miembro, en el cielo. Yo me siento en el cielo. Me inclino hacia delante y le cubro el torso con el mío a la vez que coloco los codos a cada lado de su cabeza mientras me acerco para besarlo. Empiezo a moverme.

—Oh..., Dios... —susurra las palabras en mis labios y yo me las trago con otro beso a la vez que enredo nuestras lenguas.

Lo penetro despacio y permito que se acostumbre a la sensación, si bien Jamie Canning es un maestro de la adaptación. Me rodea con los brazos y coloca las piernas alrededor de mi culo para empezar a mecerse y recibir cada una de mis embestidas.

—Más rápido, Wes —dice, y yo hago un intento desesperado por tomarme mi tiempo.

—No quiero hacerte daño —murmuro.

—Quiero correrme —responde entre dientes.

Sonrío cuando mete una mano por el estrecho espacio entre nuestros cuerpos con la intención de encontrar su miembro. Está ardiendo y tiene la cara y el pecho enrojecidos por el deseo. Cuando me aprieta el culo y gime de frustración, me apiado de mi hombre, vuelvo a arrodillarme y tiro de sus caderas para acercarlo a mí.

El nuevo ángulo lo hace maldecir. Busca su erección con los dedos, pero los aparto con suavidad.

—Ese es mi trabajo, cariño. Yo haré que te corras.

Me retiro hasta que lo único que queda dentro de él es la punta de mi pene. Nuestras miradas se cruzan y su respiración se acelera.

Entonces lo masturbo con fuerza al mismo tiempo que vuelvo a penetrarle.

Tengo que reconocer que esta vez consigue quedarse callado. Se muerde el labio para no gemir, con sus hermosos rasgos tensos. Está cerca. Lo veo en sus ojos y lo siento en la urgencia con la que aprieta su trasero contra mi ingle.

Estoy cubierto de sudor. Mi propia liberación es inminente y quiero prolongarla, pero es como pasarle el disco a Gretzky y pedirle que no lance a la portería. No puedo detener el orgasmo. Me chisporrotea en los testículos y me recorre el tronco. Me corro mientras no dejo de masturbar a Jamie.

Mi mundo se reduce al hombre que tengo debajo. Casi represento una escena sacada de una película romántica y grito: «¡Te quiero!» mientras me estremezco al liberarme. Sin embargo, lucho contra la tentación y me concentro en llevar a Jamie a donde tiene que ir. Mi polla sigue dura como una roca a pesar del alucinante clímax. Me lo follo y lo embisto mientras lo pajeo.

—¡Oh… sííí!

La felicidad me invade cuando su liberación me empapa las yemas de los dedos. Se corre con un grito estrangulado. Y sigue corriéndose. Y luego continúa un poco más.

Supongo que nadie puede decir que no haya disfrutado.

Cuando por fin se queda quieto, me desplomo sobre su pecho pegajoso y le gruño al oído.

—Ha sido lo más excitante que he visto nunca.

Se aferra a mí y me presiona la espalda húmeda con esas grandes manos.

Nos quedamos así un tiempo. Voy a la deriva en mi propia felicidad. Llevo una gran vida, y es un infierno. Pero no hay muchos momentos como este. Quiero embotellarlo y llevarlo a todas partes.

Al final, Jamie rompe el silencio.

—¿Crees que alguien seguirá con resaca?

—¿Qué?

Solo existen dos personas en el mundo para mí ahora mismo, así que no tengo ni idea de qué está preguntando.

—Espero que lo echaran todo en el camino al campamento.

Habla de los adolescentes borrachos que han tardado media maldita hora en llegar a sus habitaciones esta noche. Hemos tenido que parar varias veces para que vomitaran.

—Están bien —murmuro, y le beso el cuello sudoroso, que me sabe a gloria.

—¿Nos limpiamos? —pregunta.

No puedo aferrarme más a este momento. No se alargará y se quedará conmigo por mucho que lo desee.

—Claro. ¿Quieres ir primero?

—Ve tú.

Con el cuerpo pegajoso, me levanto para tomar una ducha rápida. Cuando vuelvo a la habitación, es el turno de Jamie. Miro fijamente mi cama y maldigo su tamaño. Las camas individuales están empotradas en la pared, así que las únicas veces que las he juntado ha sido en mi imaginación.

A veces, dormimos juntos, pero es una cama muy estrecha. Sin embargo, tengo una idea. En realidad, ya he pensado en esto antes, si bien soy demasiado cobarde para plantearlo. A la mierda, ya estamos a mediados de verano.

Si no arriesgas, no ganas.

Mi colchón se desliza del marco de madera cuando tiro de él y lo dejo caer en el suelo junto a la cama. Queda suficiente espacio para que Jamie haga lo mismo.

De pie, miro el colchón y me siento más expuesto que en toda mi vida. Jamie y yo tonteamos, pero no hablamos de ello. No le pido nada, excepto orgasmos.

Tiene que ser así. Me voy a Toronto en un mes, donde he prometido mantener la cabeza baja y jugar el mejor *hockey* que esos cabrones hayan visto jamás. Mi año de novato va a ser intachable, sin escándalos y sin travesuras.

Es chocante, pero mi padre y yo estamos de acuerdo en algo por una vez en nuestra lamentable relación: exhibir mi sexualidad no es una buena idea ahora mismo.

Por eso me aterra que me esté encariñando tanto con Canning.

«Lo dice el tipo que se encuentra estúpida y asquerosamente enamorado de él…».

Lo estoy, y siempre ha sido así. Me encanta todo de él. Su fuerza tranquila, su humor seco y esa forma despreocupada de ver la vida que contrasta con su actitud controlada en el hielo. Ese cuerpo tan *sexy* que debería estar prohibido…

Sin embargo, me he asegurado de mantener mis sentimientos por él en secreto. Él cree que simplemente nos estamos divirtiendo. El despreocupado de Wes que tan solo quiere pasarlo bien. No obstante, esta noche, el juego ha cambiado para mí, y si le confieso lo mucho que deseo que se tumbe a mi lado en la cama, también cambiará para él.

Por eso sigo en ropa interior, discutiendo conmigo mismo sobre si debería haber tirado o no el colchón al suelo.

La puerta se abre detrás de mí, y me pilla.

Jamie se seca el pelo con una toalla y mira el colchón.

—No lo había pensado —dice.

La toalla cae sobre la silla del escritorio que no utilizamos, y él también tira su colchón al suelo.

Siento las mejillas calientes cuando voy a apagar la luz. Es difícil moverse por la habitación con el espacio que ocupan los colchones en el suelo.

Jamie se tumba de lado en la cama y yo también me acuesto. Le paso un brazo por la cintura y le acaricio el vientre desnudo con la mano.

—¿Estás bien? —murmuro. Como si hubiera cambiado nuestra forma de dormir para reconfortarlo.

Como si fuera por eso.

—Voy a estar dolorido, ¿verdad? —pregunta.

Dudo.

—Tal vez un poco. Lo siento.

Me toma de la mano y me besa la palma.

—Ha merecido la pena.

Ahora sonrío en la oscuridad. Lo sostengo tan cerca como puedo. Aunque toda mi vida se vaya a la mierda antes del desayuno de mañana, siempre recordaré esta noche.

24

Jamie

Los chicos no tienen tanta resaca como deberían. Había olvidado cómo el cuerpo de los adolescentes puede recuperarse de cualquier cosa. Ya han terminado todos los ejercicios del día y nadie ha vomitado.

Ahora, juegan en la pista de entrenamiento y Killfeather está haciéndolo muy bien. Cada vez que detiene un lanzamiento, siento que he hecho algo bueno. Algún día, este chico será buenísimo. Es material para becas y espero que el padre del que tanto se queja sea capaz de apreciarlo.

Los jóvenes delanteros a los que Wes ha estado entrenando por fin se han puesto las pilas. Ya han hecho bastantes tiros a puerta. Y Wes está arbitrando el juego. Incluso los perezosos círculos hacia atrás que realiza con los patines son fluidos y potentes. Hay tanto talento en esta sala ahora mismo que apenas puedo creerlo. Es la razón por la que hago el viaje de cuatro mil kilómetros cada año. Por esto.

Hay otro ataque en la red. Shen hace un pase de banda a banda a Davies, que no duda. Lo lanza a la portería antes de que Killfeather lo detenga.

Un pequeño grito de victoria se eleva desde el equipo anotador.

—¡Te he ganado, Killfeather! —grita Davies—. ¡Eres como un colador, mamón!

«Oh, mierda, allá vamos». Killfeather se sube la máscara. Luego saca una botella de agua de la parte superior de la red y se echa un poco en la boca. Estoy a la espera de que se la escupa a Davies en la cara, pues mi chico ha enrojecido. Me preparo para el desastre.

Killfeather tira la botella a la red y me mira a los ojos.

«Por favor, no explotes como una mina», le ruego en silencio.

Mi portero me dedica una pequeña sonrisa antes de hablar.

—Sí, Davies. Me has ganado. Solo te ha costado dos docenas de intentos, grandísimo inútil. —Se baja la máscara y toma el palo.

Wes sonríe cuando patina para recuperar el disco.

—Esa es la actitud, chico —dice a Killfeather.

El adolescente parece un poco engreído cuando le lanza el disco a Wes, que lo atrapa con la mano.

Estoy tan absorto en este pequeño drama que no me doy cuenta de que las cabezas se giran para mirar a alguien que ha aparecido detrás del área.

—¡Jamie, ven!

Me doy la vuelta y veo a Holly agitando los brazos.

—Holly —digo como un estúpido—. ¿Qué haces aquí?

Pone los ojos en blanco, con las manos en las caderas bajo un diminuto pantalón corto vaquero.

—Vaya bienvenida, no, Canning. Seguro que puedes hacerlo un poco mejor.

—Joder —suelta Killfeather—. La novia del entrenador Canning tiene un buen par de tetas.

—Cállate —murmuro mientras lo miro a los ojos.

Más de una docena de adolescentes se están tirando a Holly con la mirada. La chica lleva unos *shorts* diminutos y un top casi inexistente. Siento como se me calienta el cuello y eso que todavía no he mirado a Wes.

Se acerca patinando, con una pequeña sonrisa retorcida en los labios.

—¿Tienes visita, Canning?

—Eh… —He perdido la capacidad de hablar, porque estoy ocupado barajando todas las conversaciones incómodas que se puedan dar—. Holly, este es mi amigo Wes.

—Te recuerdo del hotel —dice con un guiño.

Wes muestra una sonrisa encerada, y habría que conocerlo tan bien como yo para ver la mueca que esconde. Vaya.

—Parece que debes irte antes, entrenador. Lleva a tu chica a tomar algo. Poneos al día un poco.

—Eso sería genial —dice Holly—. Me he pasado por los dormitorios primero y el entrenador Pat me ha dicho que podría llevarme a Jamie un rato.

—Sí, de acuerdo —respondo despacio—. Salgamos de aquí.

—Que os divirtáis —dice Wes. Luego me da la espalda y hace sonar el silbato—. ¡Vamos, señoritas! ¡A jugar!

Y en un instante estoy quitándome los patines y saliendo de la pista una hora antes con Holly.

—Dios, ¡qué bien estás! —Se detiene en los escalones del edificio para lanzarme otra sonrisa cegadora, luego se pone de puntillas y... me besa. Su boca es más pequeña y suave de lo que esperaba. Debo parecer muy confuso porque añade—: Siento sorprenderte así, pero pensé que sería divertido.

—Es... Vaya —tartamudeo—. ¿Cómo has llegado hasta aquí?

—Bueno, cuando amenacé con convertirme en trapecista, mi tío me prestó su coche. Pensé en escabullirme durante una noche.

Hago cuentas. El viaje desde Cape Cod es de unas cinco horas.

—Vaya —repito. Parece que «vaya» constituye las tres cuartas partes de mi vocabulario.

—Jamie. —Me mira a los ojos—. Deja de parecer tan sorprendido.

—¿Qué?

Inclina la cabeza hacia un lado y me estudia con esos familiares ojos azules.

—Estás entrando en pánico. ¿Por qué?

—Eh... —No puedo decírselo. Tampoco puedo callármelo. Porque estoy casi seguro de que Holly planea pasar la noche conmigo. De hecho, el verano pasado le dije que viniera a visitarme y que yo lo arreglaría, pero por aquel entonces no consiguió venir.

Joder.

—Cariño. —Me acaricia el cuello—. ¿Hay alguien más?

Mi corazón da un salto, porque sí que hay alguien más. Más o menos. Wes y yo no somos pareja, exactamente. Nunca hemos hablado de ello, no obstante, no creo que pueda acostarme con otra persona ahora mismo. No estaría bien.

—Sí —admito.

Abre los ojos de par en par. Aunque ha sido ella la que ha preguntado, parece bastante sorprendida ante mi respuesta.

—¿Quién es ella?

Sacudo la cabeza.

—No la conoces. Lo siento —me apresuro a decir.

Me quita la mano de encima y retrocede.

—Está bien. —Se muerde el labio—. Debería haber llamado.

—Lo siento mucho —repito.

Y es verdad. Holly solo ha sido buena conmigo, pero, después de la graduación, tuvimos una pequeña charla en la que me dijo que deseaba que siguiéramos viéndonos cuando me fuera a Detroit; respondí que no iba a funcionar. Sin embargo, insistió en verlo más adelante. Y ahora está aquí, sonrojada.

—Mira —propongo—, vamos a tomar un helado. O tequila, si lo prefieres. Quiero que nos pongamos al día.

—Seguimos siendo amigos —dice con suavidad.

—Siempre.

Aparta la mirada hacia el lago. Respira despacio y vuelve a soltar el aire.

—Vale, Jamie Canning, enséñame Lake Placid. Siempre hablas de lo mucho que te gusta este lugar. —Me mira de nuevo—. Muéstrame por qué.

Por un momento, mi mente se queda en blanco, pues Lake Placid ha adquirido un significado distinto para mí este verano. Me deshago de ese pensamiento y le tiendo la mano.

—¿Te apetece un cucurucho de helado?

Ella entrelaza nuestros dedos.

—Me encantaría.

Pasamos la tarde juntos paseando por toda la ciudad. A Holly le gusta curiosear en las tiendecitas turísticas, y yo me aburro enseguida. Aun así, como ya le he arruinado el día una vez, le sigo la corriente. Le enseño la juguetería con las increíbles pistolas de goma, y compra una para su hermano. En el interior de la tienda hay unas dianas, así que pasamos un rato compitiendo por ver quién gana al otro.

Unas puertas más abajo, hay otra tienda cursi, y contengo un suspiro cuando me lleva dentro. Ella se detiene a mirar un montón de tazas de café del Milagro sobre Hielo, mientras yo me acerco al pasillo del fondo, donde hay una gran variedad de caramelos a granel. En cuanto me aproximo, exclamo incrédulo.

—¿Qué pasa? —pregunta Holly.

—¡Skittles morados! —Agarro una bolsa y la sostengo bajo el tubo—. Tira de la palanca —pido a Holly. Ella lo hace y no le pido que pare hasta que la bolsa está llena. Entonces, me río hasta que llegamos a la caja.

—¿Qué te hace tanta gracia?

Suelto la cartera sobre el mostrador.

—Tengo un amigo —empiezo a contarle. Me siento como un canalla al describir a Wes así, pero es lo mejor que puedo hacer en este momento—. Nos enviábamos una caja con, por ejemplo, regalos de broma dentro.

—Eso es divertido. ¿Y le gustan los Skittles morados?

—Sí, pero la última vez que le envié Skittles morados en la caja, tenías que comprar todos los colores a la vez. Compré cuatro bolsas gigantes… —Madre mía, el nombre de la tienda hace que una inapropiada burbuja de risa me suba por el pecho—. Los clasifiqué yo mismo y le envié los morados. Luego compartí como dos kilos del resto con mis compañeros del instituto en una fiesta. Teníamos barriles de cerveza y los que acabaron vomitando lo hicieron de una forma muy colorida.

Me golpea con la cadera.

—Gracias por ser tan descriptivo.

—Ha sido un placer.

Cuando salimos, se aclara la garganta.

—Jamie, necesito encontrar un lugar para pasar la noche. ¿Podemos sentarnos en algún sitio para que pueda llamar por teléfono?

No respondo de inmediato, porque me estoy devanando los sesos en busca de una solución. Lo cual no es fácil, porque la residencia siempre se encuentra llena.

—Deja que te busque una habitación de hotel —ofrezco.

—Yo me ocupo —se apresura a decir—. En serio, no pasa nada.

Aun así, insisto.

—Sentémonos en el porche de la residencia. Puedes usar el wifi. Y si está todo reservado, le pediré ayuda a Pat.

—Gracias. —Su voz suena débil.

Tengo otra disculpa en la punta de la lengua, si bien no digo nada porque no creo que le apetezca escucharla.

No hay nadie en las mecedoras, así que le paso la contraseña del wifi y le digo que voy a buscar un par de bebidas.

—Vuelvo enseguida —prometo. Luego subo las escaleras y me paso por nuestra habitación con la esperanza de encontrar a Wes.

La habitación está vacía.

Antes de irme, saco la caja de regalo que Wes me envió a Boston. La traje hasta Lake Placid porque intentaba decidir si debía reiniciar nuestro intercambio. Entonces él apareció aquí, y me olvidé por completo.

Vierto una tonelada de caramelos morados en la caja y la cierro. La coloco sobre su almohada y me pregunto si debería dejar alguna nota. Pero ¿qué diablos pongo?

Antes de que Holly apareciera, no importaba que Wes y yo estuviéramos liados sin haber tenido ningún tipo de conversación al respecto. No necesitábamos una etiqueta. Esta habitación era como nuestra burbuja privada; todo lo que ocurría aquí quedaba entre nosotros. El resto del mundo no importaba.

Y eso estaba bien. Sin embargo, el resto del mundo todavía existe, tanto si lo tengo presente como si no. De repente, todo esto se ha vuelto muy complicado, y no es culpa de Holly; eso solo ha sido un momento incómodo con un amigo. Sin embargo, en pocas semanas, él y yo aterrizaremos en dos equipos diferentes de la Liga Nacional de *Hockey* en dos ciudades distintas. A pesar de todo, estábamos destinados a que esto acabara en desgracia, sin embargo, no me había dado cuenta.

Bajo a toda prisa, tomo dos refrescos y los llevo al porche, donde me espera mi exfollamiga.

—He encontrado un sitio a las afueras de la ciudad —dice—. Ni siquiera es caro.

—¿Estás segura? No quiero que...

Levanta una mano para silenciarme.

—No pasa nada, tesoro. Y por la mañana conduciré de vuelta a Massachusetts, ¿de acuerdo?

—Podríamos...

Holly sacude la cabeza.

—Tienes trabajo que hacer. Y no es culpa tuya, Jamie. Yo no... No lo pensé bien.

Sus palabras son firmes, aunque se le humedecen los ojos y me mata verlo.

—Lo siento —susurro—. Me importas, pero...

Una vez más, me hace una señal para que me vaya.

—Nunca has sido deshonesto, Jamie. No empieces ahora.

«Bueno, de acuerdo entonces».

Salimos a cenar juntos. Elijo un buen restaurante de marisco junto al agua, no obstante, mientras nos comemos los pasteles de cangrejo que hemos pedido, el ambiente decae.

—¿Me hablas de ella? —pregunta en un momento dado.

Niego con la cabeza.

—No vayamos por ahí.

Holly me sonríe con pesar.

—Solo trataba de ser madura al respecto.

La miro durante un rato.

—¿Puedo decirte algo?

Holly suelta una risita y yo me alegro de haberlo conseguido.

—¿Qué?

—La idea de mudarme a Detroit me deprime muchísimo. —Todavía no se lo he dicho a nadie y agradezco haberme quitado ese peso de encima.

Remueve su bebida con la pajita.

—Sé que no es la ciudad más bonita del mundo, pero seguro que encuentras un lugar agradable donde vivir.

Sacudo la cabeza.

—La decadencia urbana no es el problema. —Aunque no me ayuda a imaginarme una vida allí—. No conozco a nadie. Y no jugaré el año que viene. Seamos sinceros.

—Oh, cariño —suspira—. El primer año puede ser una mierda, aun así, eres bueno en lo que haces.

—Verás, eso lo sé. No es que me falte confianza, pero las probabilidades de triunfar como portero son terribles. No es solo el primer año lo que podría ser un desastre. Podrían ser cinco años en los que jugaría dos veces por temporada mientras espero a que llegue mi gran oportunidad. O me enviarían a una liga inferior, donde jugaría siete partidos en lugar de dos.

—O alguien podría lesionarse, y tú podrías sustituirlo. —Pone una mano sobre la mía—. Sé a lo que te refieres. Es una posibilidad remota. Y no será culpa tuya si no funciona.

Un camarero se acerca para quitarnos los platos y Holly pide un trozo de pastel de chocolate.

—Y dos cucharas —añade.

Nunca he sido fan de la tarta de chocolate, aunque no es el momento de señalarlo.

—No quiero ser un ingrato —confieso—. Todo el mundo se emociona por mí; oyen «Liga Nacional de *Hockey*» y les brillan los ojos. No sé qué hacer.

—Supongo que intentarlo. ¿Probarás un año?

—Tal vez. —Esa es la opción fácil, no obstante, ya me veo esperando para siempre. Podría seguir diciéndome: «¡Solo un poco más!»—. Sin embargo, quizá haya algo más que conseguir en ese año.

—¿Qué piensa tu amigo Wes? —pregunta de repente.

—¿Qué? —Me sobresalto al escuchar su nombre.

—¿Qué piensa él de Detroit? —aclara, y espera mi respuesta.

—Yo, no le he pedido su opinión —confieso—. Tiene muchas ganas de ser profesional. No estoy seguro de que lo entienda. Pero para él es diferente. Hay más demanda de jugadores centrales. Y cuenta con esa victoria en la Frozen Four…

—Debería haber sido vuestra —asegura Holly con firmeza. Es leal hasta la médula.

Miro a Holly, que tiene los ojos abiertos de par en par, y deseo que las cosas fueran diferentes. Si estuviera enamorado de Holly, la vida sería menos confusa.

Sin embargo, no lo estoy. Y no lo es.

Cuando llega la tarta de chocolate negro, le digo que estoy demasiado lleno para probarla. Luego recojo la cuenta de camino al baño, para que ella no la pida antes.

25

Wes

Son más de las doce cuando vuelvo al dormitorio a trompicones. Por suerte, Pat no está en las mecedoras haciendo guardia, porque no lograría mantener una conversación normal en este momento. Incluso caminar en línea recta me supone un reto.

Sí, puede que esté un poquito borracho.

Me acerco a la puerta de nuestra habitación y la miro fijamente durante un rato. Joder, ¿y si su chica está dentro? Me he alejado de ellos todo el tiempo que he podido, pero uno tiene que dormir, y no voy a hacerlo en el porche, joder.

Si ella se hubiera quedado, me habría mandado un mensaje para advertirme.

¿No?

El pensamiento es como una hoja candente que me atraviesa el abdomen. No me creo que su maldita novia haya aparecido en el campamento. Ha pasado todo el día con ella y seguramente toda la noche también.

Aprieto las manos en un puño mientras desfilan unas imágenes horribles por mi cabeza. Los grandes dedos de Jamie que recorren las curvas femeninas de Holly. Su erección que se desliza dentro de ella. Esa sonrisa pícara que me dedica siempre antes del sexo oral.

Soy un completo imbécil. No debería haber empezado nada con él. Iba a terminar una vez que me fuera a Toronto, de todos modos. Así que, a la mierda, tal vez sea mejor que acabe ahora.

Al final, me resigno y giro el pomo de la puerta. Está abierto, y, cuando entro, veo que el colchón de Jamie se encuentra de nuevo en el suelo, justo donde lo puso anoche. Pero el mío sigue sobre el somier, donde lo he colocado esta mañana. Jamie también es el único en la habitación. Me relajo un poco.

Está dormido. Menos mal, porque ahora no me encuentro en condiciones de hablar con él. Siento como la rabia me corre por las venas junto con todo el alcohol que he bebido.

Me molesta la oscuridad de la habitación. Avanzo a trompicones y me golpeo el brazo con el lateral de la cómoda al bajar la mano para desabrocharme los tejanos. Me los quito de una patada y luego me ocupo de la camisa. Ya está. Me quedo en calzoncillos. Solo tengo que llegar a la cama sin despertar a Canning, y ambos podremos dormir profundamente; la Gran Charla puede esperar hasta por la mañana.

Me deslizo sobre el colchón e intento hacer el menor ruido posible. Lo he conseguido. Mi trasero borracho está ahora en la cama y Jamie sigue durmiendo...

De pronto, mi cabeza choca con algo duro y, a continuación, un fuerte sonido recorre la habitación. Una cacofonía de repiqueteos me asalta los oídos. Es como si alguien hubiera dado un mazazo a una máquina de chicles desatando una oleada de caramelos.

Me tambaleo al ponerme en pie y maldigo en voz alta cuando piso algo duro y redondo.

—¡Hijo de la gran puta! —Salto sobre un pie mientras me froto el otro para aliviar el dolor.

Jamie se endereza hasta quedar sentado y su voz, llena de pánico, atraviesa la oscuridad.

—¿Qué cojones?

—¿En serio? ¿Me lo preguntas a mí? —gruño—. ¿Qué me has puesto en la almohada?

—Skittles.

Lo dice como si tuviera todo el sentido del mundo.

—¿Por qué?

Me arrodillo y busco a tientas la caja con la que me he golpeado la cabeza. Los pasos de Jamie se dirigen hacia la puerta, le da al interruptor y la luz inunda la habitación.

Dios mío. Un mar de Skittles morados cubre el suelo y el colchón de Jamie.

Y se me forma un nudo en la garganta en cuanto comprendo el significado de todo eso. Canning se guardó la caja que le regalé en Boston, la ha llenado con mis caramelos favoritos y la ha dejado sobre mi almohada.

¿Es una disculpa por haber pasado el día con su ex?

¿O significa algo más? Algo peor..., como haberse acostado con su ex.

Jamie se pone en cuclillas a mi lado.

—Ayúdame a limpiar esto.

Suena enfadado. También lo parece. Y eso me molesta. ¿Por qué demonios se ha cabreado? Hoy ha pasado de mí.

No hablamos mientras recogemos los caramelos. Tiene la mandíbula tensa y mete los caramelos en la caja con más fuerza de la necesaria.

—¿Qué? —murmuro cuando lo sorprendo frunciendo el ceño.

—Has vuelto tarde. —Su voz es tensa.

—Es nuestra noche libre. He ido a tomar una copa al Lou's. —Meto una mano debajo de la cama y recojo más Skittles.

—Yo diría que te has tomado más de una. Tu aliento huele a destilería. —Su tono se agudiza de repente—: No has conducido, ¿verdad?

—No. Me han traído en coche.

—¿Quién?

—¿Qué pasa con las preguntitas?

Jamie lanza un Skittle a la caja, pero este rebota de nuevo y se desliza bajo el escritorio.

—Ninguno de los otros chicos tiene coche, Wes. Por favor, no me digas que has hecho autostop con un desconocido.

Siento una punzada de culpabilidad. Pero ¿por qué narices me siento así? A diferencia de otras personas, no me he pasado el día callejeando con una ex.

—¿Quién te ha traído a casa? —pregunta cuando no respondo.

Me mira directo a los ojos.

—Sam.

Se le entrecorta la respiración. No puedo ignorar el dolor que reflejan sus ojos.

—¿Me estás tomando el pelo? ¿El tipo de la aplicación para ligar?

—He quedado con él para tomar algo. —Me encojo de hombros—. ¿Cuál es el problema?

No responde. Solo se arrodilla en su colchón para recoger más caramelos.

—¿Estás enfadado de verdad? —Lucho contra un estallido de rabia—. Porque hoy no han pasado de ti, Canning.

—¡Y una mierda! En primer lugar, tú me has dicho que me marchara antes. Y no sabía que Holly iba a venir, ¿vale? Ha aparecido de la nada, y, ¿qué? ¿Se suponía que debía ignorarla? Es mi amiga.

—Es tu follamiga —replico.

—Ya no lo es.

Se levanta y se pasa las manos por el pelo, luego toma la caja y la estampa sobre el escritorio. El suelo parece estar bastante despejado, aunque sé que es imposible que hayamos recogido todos los Skittles. Canning ha vaciado la maldita tienda de caramelos.

En cualquier caso, casi nos hemos olvidado de los Skittles cuando Jamie me mira, irritado.

—El hecho de que no nos acostemos, no significa que ya no sea mi amiga. Y ha conducido hasta aquí para verme. Así que sí, he pasado el día con ella. Hemos ido de compras y cenado algo.

No logro controlar la ráfaga de celos que me atraviesa.

—Apuesto a que ha sido divertido. ¿Ha tomado coño de postre?

Se queda boquiabierto.

—No me creo que hayas dicho eso.

Por supuesto que sí y no me arrepiento. Estoy harto de no saber cuál es mi lugar ni en qué punto estamos. Anoche, era dentro de este tío. Y, en cuanto ha aparecido Holly, ha actuado como si fuéramos dos extraños. Ni siquiera me ha mirado antes de irse con ella.

No voy a mentir, me ha dolido.

—¿Me equivoco? —pregunto seco.

Jamie suelta una respiración lenta y uniforme, como si tratara de calmarse.

—Ahora mismo, solo tengo ganas de pegarte, Wesley, de verdad.

Aprieto la mandíbula.

—¿Qué, por atreverme a señalar el hecho de que todavía te gustan las mujeres?

—¿De verdad crees que saldría de la cama contigo y me iría a la cama con ella? ¡No nos hemos enrollado! Que es más de lo que puedo decir de ti y de tu querido Sam.

—Yo tampoco me he liado con él. —La frustración me invade—. Solo hemos quedado para tomar algo y hablar de ti todo el tiempo, imbécil.

Jamie parpadea.

—Entonces, ¿por qué narices estamos discutiendo?

Vacilo.

—Eh, ya no estoy seguro.

Se produce un silencio y ambos dejamos escapar una risa tensa. Me siento mucho menos hostil y más sobrio cuando me acerco al interruptor para apagar la luz de nuevo. Me doy la vuelta y Jamie me hace señas en la oscuridad desde el colchón en el suelo. En cuanto me siento en el borde, me atrae hacia su almohada.

Estamos estirados de lado, uno frente al otro, mientras esperamos a que el otro hable. Jamie suspira, resignado.

—No me gusta la idea de que salgas con otra persona.

Me trago mi sorpresa.

—Lo mismo digo, nene.

—Le he dicho a Holly que había alguien más —admite—. Poco después de que haya llegado.

Se me acelera el corazón.

—¿De verdad?

Habla con la voz pastosa.

—Sí.

—Yo le he dicho lo mismo a Sam —confieso—. Ha intentado meterme mano cuando nos hemos abrazado y le he dicho que no había quedado con él para eso.

Entrecierra los ojos. Se desliza hacia mí y me rodea la cintura con un brazo para posar una cálida mano sobre mi trasero.

—¿Dónde te ha tocado? —Jamie me aprieta una nalga—. ¿Aquí?

Me río entre dientes.

—Sí.

—Qué cabrón.

Me inclino más cerca y le beso la punta de la nariz.

—Eso es lo más lejos que ha llegado, tío. Te lo prometo.

—No tienes que prometerme nada. Confío en ti.

Se me forma un nudo en el estómago ante su sincera declaración.

Confía en mí. Joder, soy tan idiota. Porque confianza es lo último que he sentido hoy cuando he imaginado las manos de Jamie sobre esa chica. Y el hecho de que posea una vagina empeora las cosas. Nunca he tenido que preocuparme de que el chico con el que estaba en la cama eligiera a una chica en lugar de a mí.

Por otra parte, nunca me ha importado lo que esos chicos hicieran una vez hubieran abandonado mi cama. Con Jamie es diferente. No soporto pensar en que se pueda marchar. Me siento todavía peor al saber que compito por su afecto contra ambos sexos.

Sin embargo, no tendré su cariño durante mucho más tiempo. Una vez que el campamento termine, tomaremos caminos separados. El otro día no bromeaba con Cassel: si quiero triunfar, debo mantener la bragueta cerrada.

—Pero creo que necesitamos establecer unas reglas básicas —dice Jamie con pesar.

Trago saliva. Las reglas y yo nunca nos hemos llevado demasiado bien.

—¿Cómo qué?

—Como que mientras estemos liados, seremos exclusivos.

¡Ja! Porque tengo mucho interés en acostarme con otras personas. Aun así, asiento, porque me interesa mucho que él tampoco lo haga.

—Trato hecho. ¿Qué más?

Frunce los labios.

—Ah... Eso es todo lo que se me ocurre por ahora. ¿Tú tienes alguna idea?

Me muestro reticente porque sé que tengo que decirlo, si bien no quiero hacerlo. Lo he deseado durante mucho tiempo. Desde siempre. Y la idea de dejarlo ir en menos de un mes me destroza.

Debo hacerlo.

—Esto se acabará cuando nos vayamos a los campos de entrenamiento. —Mi voz suena ronca y rezo para que no perciba ninguna nota de dolor—. Solo tenemos el verano.

Jamie se queda callado un momento.

—Sí. —También suena ronco—. Lo imaginaba.

No sabría descifrar sus sentimientos ahora mismo. ¿Decepción? ¿Tristeza? ¿Alivio? Su expresión no revela nada, aun así, prefiero no buscar más respuestas. Además, he sido yo quien ha propuesto esta regla. Tendría que alegrarme de que no se oponga.

—Deberíamos dormir —murmuro.

—Sí. —Cierra los ojos, pero en lugar de darse la vuelta, se acerca y me besa.

Le devuelvo el beso con suavidad. Cuando le pongo una mano en la cadera, la tela se arruga bajo mis dedos de una forma que me resulta desconocida. No es su ropa interior habitual, así que interrumpo nuestro beso para echarle un vistazo en la oscuridad.

—Canning —susurro—, ¿llevas los calzoncillos de los gatitos?

Incluso con la escasa luz veo cómo sonríe.

—¿Hay algún problema?

Por alguna razón, me hace muy feliz. Me inclino para acercar mi sonrisa a la suya, si bien Jamie se retuerce un poco, como si estuviera incómodo. Entonces, se mete una mano en la parte trasera del mencionado bóxer y roza algo.

—¿Todo bien ahí atrás? —pregunto por si se le ha olvidado quitar la etiqueta.

—Solo... tengo un Skittle en los calzoncillos.

Nos reímos mientras nuestros labios se encuentran de nuevo. Y otra vez. Por fin me relajo. Él me rodea con los brazos y me siento como en casa.

Nuestras bocas encajan a la perfección. Cada vez que nos besamos, me enamoro más y no guarda relación con el sexo o la lujuria. Es él. Su cercanía, su olor y la forma en que me tranquiliza.

Mi vida ha sido caótica desde que tengo uso de razón y siempre me he enfrentado a ella solo. Las críticas de mis padres, la confusión sobre mi sexualidad... Pero durante seis semanas cada verano, no estaba solo. Tenía a Jamie, mi mejor amigo, mi roca.

Ahora poseo mucho más. Pone sus fuertes brazos a mi alrededor y sus labios rozan los míos. Me destrozará renunciar a él cuando me vaya a Toronto.

Nos besamos durante un rato. No hay urgencia por hacer nada más. Nuestros miembros ni siquiera entran en la ecuación. Permanecemos mientras nos besamos y, con la mano, me recorre la espalda con dulces y tranquilizadores movimientos.

Al final, me duermo con la cabeza sobre su pecho y el sonido de sus latidos bajo el oído.

26

Jamie

Julio

Varios días después, recibo un correo electrónico de mi agente.

Hace un año, me encantaba decir eso: «mi agente». Suena bastante importante, ¿verdad?

No tanto.

Cuando era un niño, coleccionaba cromos de *hockey*. Venían en paquetes de diez con un pésimo chicle que tenía un sabor horrible. En cada paquete había un buen jugador —a ser posible uno que no tuviera ya—, y nueve tipos de los que nunca había oído hablar. Esos nueve iban al fondo de mi caja de zapatos, donde esperaban. De vez en cuando, uno de ellos subía de categoría, pero no era habitual.

Avancemos diez años. Para mi agente, soy una de esas tarjetas en el fondo de la caja de zapatos. De hecho, es poco probable que los correos electrónicos que recibo los escriba él.

En este me pregunta por la fecha en que me mudaré a Detroit.

—El club lo hospedará en un hotel cerca de la pista hasta que encuentre alojamiento. Adjunto la información de contacto del agente inmobiliario. Por favor, concierte una cita con él una vez que haya llegado a Detroit.

El final del verano se acerca cada día más y no podré aplazar más estos planes.

Entre las sesiones en la pista de hielo del jueves, busco a Pat en su pequeño y estrecho despacho. Debo averiguar si podré ir a casa como le había prometido a mi madre.

—¿Tienes un segundo? —pregunto desde la puerta.

Pat me hace un gesto para que entre y luego se aparta de la pantalla del ordenador.

—¿Qué pasa, entrenador?

Todavía me emociona que me llame así. A los campistas los recibe con un: «¿Qué pasa, chico?».

—Intento planificar mi vida, que siempre es algo divertido. Así que necesito saber cómo te va con tu escasez de personal a final de mes.

Me mira fijamente, pensativo.

—Siéntate, Canning.

Me dejo caer en una silla y me siento como un niño al que han llamado al despacho del director. Y no sé por qué. Pero me observa muy serio, y creo que estoy a punto de averiguar el motivo.

—No te he oído mencionar Detroit en todo el verano. —Forma un triángulo con las manos—. ¿Por qué?

—Eh, he estado ocupado. —«Y no quieres saber con qué».

Pat me sonríe y ladea la cabeza.

—No me lo creo. Lo siento. Un hombre que va camino de conseguir todo lo que quiere en la vida, no se queda callado al respecto, ni siquiera tú.

Maldita sea. El entrenador se ha puesto en modo psicólogo.

—Es... No sé. No estoy seguro de cómo me irá, eso es todo. Quizá el año que viene no deje de hablar de ello.

Asiente despacio, reflexivo. Me siento como una ameba bajo un microscopio.

—Sabes que creo que eres un gran portero. Si pones el corazón en ello, alguien lo notará. Incluso aunque te lleve tiempo.

Es un poco difícil de tragar de repente.

—Gracias —consigo responder.

—Pero me pregunto si de verdad lo sientes. No todo el mundo quiere subirse a esa cinta de correr cuando podría convertirse en entrenador, por ejemplo.

Ahora soy yo quien lo mira fijamente.

—¿Quién me contrataría como entrenador?

Pat hace ademán de mirar al techo antes de volver a encontrarse con mis ojos.

—Mucha gente, Canning. Has trabajado como entrenador aquí todos los veranos desde que empezaste la universidad. Estaría encantado de contárselo a cualquiera que me escuche. Y conseguiste grandes resultados en la universidad. Los mejores de tu equipo. Rainier podría querer ficharte.

Pensar en esto ahora hace que la cabeza me dé vueltas. ¿Entrenar? ¿A tiempo completo? Parece divertido. Entrenar a equipos universitarios también me daría un salario digno. Nunca imaginé que podría tener un trabajo como ese.

Pero Pat conoce a gente. A mucha, por todo el país. ¿Dónde querría ir?

La idea sale de mi boca antes de que pueda pensarlo mejor.

—¿Crees que alguien en Toronto necesitaría un entrenador defensivo?

Pat alza esas tupidas cejas durante una fracción de segundo.

—No lo sé, Canning. En Canadá no se juega demasiado al *hockey.* —Se echa a reír—. Déjame ver qué puedo averiguar.

Al salir de la oficina, me siento más ligero, aunque nada ha cambiado realmente. Solo tengo una idea nueva en la cabeza.

Pero es maravillosa.

Es el viernes del fin de semana de los padres, así que los entrenadores tenemos la noche libre en lugar de la del sábado porque tenemos una cena especial con los padres mañana.

Cuando Wes y yo éramos campistas, ninguno de los dos recibía visitas familiares durante este fin de semana. La mía no podía permitirse comprar siete billetes de avión y dejarlo todo para venir a verme jugar un partido en las afueras de Nueva York. Y los padres de Wes... Bueno, ellos ni siquiera se molestaron. En algunas ocasiones, a su padre le gustaba que su hijo ganara partidos del campeonato estatal, aunque solo si tenía la oportunidad de presumir de ello en algún evento; si no, no le veía el sentido. ¿Y su madre? No la conozco. A veces, incluso me pregunto si existe.

Como entrenadores, el fin de semana de los padres significa que debemos aparecer y parecer atentos. El campamento de Pat se financia con los cheques de las matrículas de los padres, y, cuando estos pasan por aquí, quieren asegurarse de que sus hijos reciben atención diaria y constante.

Los niños no quieren que los vigilemos a todas horas, por supuesto, si bien ese no es nuestro problema.

Wes y yo acabamos de volver de la pista de hielo y estamos barajando nuestras opciones.

—Háblame de ese concierto al aire libre —dice mientras revisa sus mensajes—. ¿Vamos esta noche?

—Creo que la música es buena.

Levanta la vista.

—Lo dice el hombre con *boy bands* en el móvil.

—Eso era una broma —espeto—. Ya hemos hablado de esto.

Wes se ríe.

—Hagamos un trato. Hace tiempo que no como un buen trozo de carne. Tú me encuentras un lugar donde cenar y yo me sacrifico yendo al concierto.

—Toma, tío. —Hago como que me desabrocho la bragueta.

Me lanza una almohada.

—Aliméntame, Canning. La mala música local es más fácil de soportar después de un chuletón.

Saco el móvil.

—Podemos ir en tu coche, ¿verdad?

—Claro.

La mayoría de los restaurantes de Lake Placid son hamburgueserías, pero el Squaw Lodge Boathouse, en el Lago Oeste, parece el mejor. Y como el concierto al aire libre está en la misma dirección, hago una reserva y cruzo los dedos.

Luego voy al armario que compartimos y saco el único polo de Wes.

Se lo dejo sobre la mesa y agarro una camisa y unos pantalones militares cortos para mí.

—¿Quieres que me arregle? —pregunta Wes, que se pone el polo—. ¿Es una cita, Canning?

—Eso parece. El sitio de los filetes requiere vestir más elegante que con un bañador y unas chanclas.

—Entonces es culpa mía. —Parece malhumorado, no obstante, admira mi pecho mientras me abrocho la camisa—. Qué guapo estás cuando te arreglas, cariño.

Le saco el dedo.

Wes se dirige al baño para cepillarse los dientes y yo lo observo. Incluso me sorprendo por haberme fijado en su trasero. Últimamente, lo observo a hurtadillas como si tratara de sorprenderme al pensar que estoy liado con él.

Cuando era un adolescente, intentaba asustarme a mí mismo mientras caminaba por el bosque. Me asomaba a las sombras e imaginaba que algo aterrador me esperaba allí, solo para darle un poco de emoción. Pero nunca funcionó del todo bien, y tampoco lo hacen mis esfuerzos por querer meterme miedo por lo sucedido estas semanas.

Porque es Wes. Él no me asusta. Y las cosas que hacemos en la cama tan solo son excitantes.

El restaurante resulta ser muy agradable. Pero no vamos mal vestidos, porque el lugar ofrece servicio de muelle. En otras palabras, algunos de los clientes han llegado en pequeñas embarcaciones, con aspecto de estar despeinados por el viento y quemados por el sol.

Nuestra mesa se encuentra dentro porque he hecho la reserva con una hora de antelación. El interior es oscuro y elegante, con manteles de cuero y velas en las mesas. Nos llevan hasta un cómodo reservado en la parte de atrás y me deslizo en el asiento con la sensación de que ha sido una muy buena idea. Huele a pan de ajo y hay una lista de cervezas artesanales de un metro de largo.

—Vamos a comer como vikingos —dice Wes con su sonrisa más arrogante—. ¿Qué filete es el mejor?

La chica está encantada de quedarse a charlar con nosotros.

—El criollo es popular. —Se sacude el pelo—, pero yo prefiero el bistec de ternera.

—Ya lo veo. Gracias por el consejo.

Contonea las caderas mientras se aleja y yo me trago una sonrisa.

—Has estado a punto de soltar un chiste malo sobre el bistec, ¿verdad? Sé sincero.

Wes me toma la mano por encima de la mesa. Pone una cara muy seria, de esas que solo le salen cuando me toma el pelo.

—Me ha faltado un pelo para hacer un gran chiste sobre un buen bistec, como es evidente.

Un camarero se acerca a nosotros.

—¡Buenas noches! Soy Mike y seré su camarero esta noche...

Con calma, Wes retira su mano de la mía y lo mira.

El hombre alterna la mirada entre Wes y mi mano.

—Bienvenido al Squaw Lodge Boathouse. ¿Han cenado antes aquí? —Su voz ha adquirido un tono algo diferente. Más suave, con un toque amanerado.

Me distraigo, pero Wes le mira a los ojos y dice:

—En realidad, es nuestra primera vez.

—¡Oh! Bueno, os va a encantar...

Él y el camarero hablan sobre el menú, entretanto, yo me desentiendo. Es la primera vez que alguien me mira y decide que soy un hombre gay en una cita. Trato de averiguar cómo me siento al respecto. No me malinterpretes: pueden verme con Wes en cualquier lado, cualquier día de la semana. Pero me resulta extraño ser su cita para cenar. Es como si me hubiera disfrazado y estuviera interpretando un papel.

Pido una cerveza y un bistec cuando llega mi turno, y el chico se va con la comanda.

—¿Te molesta? —pregunta Wes, que me da una patada por debajo de la mesa.

—No —respondo apresurado. Y es cierto—. Me da igual que hayamos activado el radar gay de ese tío.

Wes hace una mueca de dolor.

—No te culparía si te molestara. El tío está celoso. Algunas personas pueden llegar a ser muy imbéciles. Quiero decir, las cosas que hacemos cada noche son ilegales en algunos sitios.

—Seguro que así me convences.

Su sonrisa es irónica.

—Hay beneficios.

—¿Sí? Cuéntame. ¿Qué tiene de bueno ser gay? —Le doy otro golpe por debajo de la mesa.

—Bueno, las pollas —dice—. Obviamente.

—Obviamente.

Sonríe.

—Bien, ahora imagina lo siguiente. Te despiertas un fin de semana al lado de tu novio, que está muy bueno, y tenéis sexo como conejos durante un par de horas. Luego puedes pasarte el resto del día viendo partidos por el televisor sin nadie que te diga —sube el tono de voz—: cariño, ¡dijiste que iríamos al centro comercial!

Me río.

—Y supongo que puedes dejar la tapa del váter levantada, ¿no?

Wes extiende las manos.

—¿Ves? Hay beneficios por todas partes. Se me ocurre otro: los padres no te presionan con eso de los nietos.

—Tengo cinco hermanos —señalo—. Eso les garantiza, al menos, un equipo de baloncesto.

El camarero nos trae las cervezas y le guiño un ojo antes de que se vaya.

—¡Mírate! —exclama Wes cuando este se aleja—. Hasta puede que se te dé bien.

—Como si fuera difícil. —Wes me sonríe, y odio estropear el momento, pero una pregunta me ronda la cabeza y necesito soltarla—. ¿Qué dijeron tus padres cuando se lo contaste?

Se pone muy serio.

—Bueno. Al principio no me creyeron. Mi madre dijo que solo era una fase y papá permaneció en silencio.

—¿Cuándo fue eso?

—En el primer año de universidad. Decidí contárselo de camino a casa de mi abuelo en Acción de Gracias. Nos quedamos atrapados en el coche.

—Qué oportuno.

Se encoge de hombros.

—Ni siquiera supe qué hacer ante sus reacciones. Nunca se me ocurrió pensar que lo ignorarían, aunque en retrospectiva tiene mucho sentido.

Su insulsa confesión me provoca un dolor en el pecho. A su vez, hace que me pregunte por las reacciones de mi propia familia si supieran que me he liado con un chico. Sin embargo, no importa cuántas veces trate de imaginar sus expresiones horrorizadas o asqueadas, no lo veo. Siempre me han apoyado en todas mis decisiones.

—¿Y qué hiciste? —pregunto, con la esperanza de que la angustia que siento no se refleje en mi rostro.

—Verás, Canning, estamos hablando de mí. Me enfadé muchísimo y, la siguiente vez que fui a casa por vacaciones, recogí a un tipo en una fiesta y se la chupé en el salón. Por cierto, sabía que estaban de camino a casa.

Caray.

—Creo que ahí captaron la idea.

Wes le da un largo trago a su cerveza y observo cómo trabaja su fuerte garganta.

—Al menos, sirvió de algo. Mi padre se puso a gritar, como yo esperaba que haría la primera vez. Dijo que era repugnante y que me arruinaría mi carrera como jugador de *hockey.* Esa sigue siendo su mayor preocupación.

Uf.

—¿Qué dice tu madre? —Nunca la menciona. ¿Cómo puede una madre no defender a su hijo?

—Ella es su perrito faldero y la típica mujer conservadora, por lo que nunca dice mucho.

Mierda, he estropeado el momento de verdad. Por suerte, llegan los aperitivos y volvemos a ser felices. A veces es tan fácil como eso.

27

Wes

Conduzco un kilómetro y medio por la carretera hasta el parque donde toca la banda. Ninguno de los dos hemos estado aquí, pero es bonito. El césped llega hasta el agua. Se ha montado un escenario cerca de la orilla y gente de todas las edades se ha acomodado en la hierba.

Encontramos un sitio con facilidad. Me siento, aunque Jamie no.

—Mierda. No lo he pensado bien —dice y echa un vistazo a su precioso par de pantalones militares cortos.

Lo miro.

—Menos mal que el gay aquí soy yo.

Me da un golpe en la cabeza.

—Mañana es el fin de semana de los padres. Solo trato de hacer mi papel.

—Bien. —Me pongo de pie—. Espera aquí un segundo. —Corro hacia el coche y saco una vieja manta a cuadros de la parte trasera. Cuando me reúno con Canning, le dedico una sonrisa arrogante—. ¿Ves? Mira qué bien nos ha venido que nunca limpie el coche.

La extiendo sobre la hierba y me tumbo. Jamie se sienta a mi lado. Nos inclinamos hacia atrás al mismo tiempo y mi mano cae encima de la suya. Así que la aparto un par de centímetros para darle espacio.

Pero él vuelve a moverla y la coloca sobre la mía.

No quiero que sepa lo mucho que me gusta, así que no lo miro a los ojos. En su lugar, me fijo en el cielo, que se oscurece sobre el lago y me pregunto cómo he podido llegar a los veintidós años sin haber tenido una cita. Antes también me habría burlado de Jamie por eso. Pero aquí estamos. Cena y música en directo. Sentados sobre una maldita manta en el parque. Nunca he salido con nadie antes, y quizá no se me dé muy bien.

Al cabo de un rato, la banda empieza a tocar. La forman cuatro miembros: un vocalista, una guitarra, un contrabajo y la percusión. La primera canción que tocan es una versión mediocre de un tema de Dave Matthews.

—Oh —exclama Jamie.

—¿Qué pasa?

—Estoy preocupado.

—¿Por la música? —Me apetece ser generoso—. Solo están calentando, ¿verdad? Todas las bandas versionan a Dave Matthews. Es una norma, creo.

Por desgracia, las cosas no mejoran.

—¿Podría ser una vieja melodía de Billy Joel? —pregunta Jamie.

Escucho con atención durante un segundo.

—Dios, podría ser. Parece que intentan tocar «New York State of Mind».

—No estoy seguro de que lo hayan conseguido del todo.

Le doy la mano y se la aprieto mientras el cielo se oscurece.

Para la tercera canción, son tan malos que resultan divertidos. El cantante mira al público y anuncia:

—Vamos a tocar un tema original que escribió mi amigo Buster.

Jamie y yo aplaudimos, como si conociéramos a Buster. «Vamos Buster».

—Se llama «Captive Rain», y este va a ser el debut mundial del tema.

El batería marca la entrada, y los primeros cuatro compases no son tan malos. Pero la letra es... horrible. No sé qué están cantando. «Captive rain» se abalanza sobre él como un... tren.

—Dios mío —susurra Jamie, que posa la mano sobre la mía de nuevo.

A medida que avanza la canción, siento cómo se sacude a mi lado.

—¡Shhh! Trato de escuchar la música —digo, y él me pellizca con la otra mano—. Tío, las rimas son horribles.

Jamie resopla y yo me estiro para cubrirle la boca con una mano. Él saca la lengua y me lame la palma. Así que me limpio en su camisa. Como estamos a segundos de repetir nuestros experimentos con las artes marciales mixtas, hago una sugerencia.

—¿Es hora de nadar?

Me mira a los ojos.

—No llevo bañador.

—¿En serio?

Cuando la canción por fin termina, Jamie se levanta de un salto y se dirige hacia los árboles que bordean el césped. Me meto la manta bajo el brazo y lo sigo.

Me espera unos metros dentro del bosque.

—Cuidado con la hiedra venenosa —dice, y me quedo paralizado mientras miro hacia abajo. —¡Has mirado!

—Joder, Canning.

Se ríe y va hacia la orilla.

No vemos a la gente que hay en el césped desde aquí, pero aún escuchamos a la banda. Está bastante oscuro, lo que nos viene muy bien. Hay algunas rocas en el borde del agua, así que me quito los zapatos y los pongo en un lugar seguro. Luego me quito el polo.

Jamie deja su ropa en la roca casi con delicadeza. Incluso se quita los pantalones cortos. Había olvidado que intentaba mantenerlos limpios.

—Te reto a que te bañes desnudo.

—Por supuesto que me voy a bañar desnudo —dice.

Pues bien. No puedo permitir que lo haga solo. Dejo caer cada prenda de ropa en las rocas. No es una noche calurosa, pero, en cuanto me meto en el agua, la temperatura no es tan mala. Me giro para ver a Jamie acercarse a la orilla del agua y me gusta lo que veo. La luz tenue crea sombras en los valles de sus abdominales.

Me sumerjo más y el agua me acaricia la piel desnuda. Esto es inmejorable. El sonido de la risa de Jamie me hace sonreír en la oscuridad. Cuando me alcanza, lo tomo de la mano y él me deja. Juntos nos sumergimos en el agua y volvemos a emerger.

Algunas de las personas que se encuentran en el césped podrían vernos por el rabillo del ojo. No obstante, está muy oscuro.

Estamos metidos hasta el cuello, y el lago es a la vez hermoso y un poco espeluznante, si tu mente funciona así. Me pregunto si la de Jamie lo hace.

—Creo que algo me ha rozado el pie. —No es cierto, pero Jamie no lo sabe, de modo que se estremece un poco—. Lo más probable es que sea un pez luna.

—Claro, tienes razón.

Muevo el pie bajo el agua. Cuando encuentro la pantorrilla de Jamie, la rozo con un dedo.

—Imbécil —me insulta, mientras se aleja de mí.

Eso me hace reír y Jamie me salpica.

—El fondo es un poco fangoso aquí. —En eso tiene razón—. Me preocupan las sanguijuelas. ¿Has visto alguna vez *Cuenta conmigo?*

—Puaj —se queja—. Qué manera de arruinarlo. —Se acerca a mí. De repente, salta hacia delante, me agarra por los hombros y me rodea con sus fuertes piernas—. Ahora solo te buscarán a ti.

Me besa.

Madre mía, qué *sexy*. Me abro para él y nuestras lenguas se enredan enseguida. Gimo en su boca, si bien no importa, porque la música vuelve a sonar y la oscuridad nos da mucha intimidad. Jamie entrelaza los dedos con los pelos de mi nuca. Sabe a buena cerveza y a sexo. Estoy de pie en un lago con el hombre más hermoso a mi alrededor, y su duro miembro choca contra mi vientre. Así debe ser el cielo.

Le acaricio las nalgas, incapaz de resistirme a deslizar un dedo por su pliegue y juguetear con su agujero. Gime en mi boca.

—Eres rematadamente adictivo, Wes.

Eso es lo que me gusta oír. Solo me lo he tirado una vez más desde aquella primera noche hace casi una semana. Nuestra segunda vez, lo tomé por detrás y tuve que taparle la boca todo el tiempo para que no hiciera ruido.

Ahora lo deseo de nuevo, aun cuando practicar sexo en el lago no es una opción. Sin preservativo ni lubricante, con el césped lleno de gente a menos de cien metros.

Llevo una mano a su ingle y le acaricio la erección con suavidad mientras nuestras lenguas se enredan en un beso hambriento. De pronto, me sobresalto cuando coloca su mano en mi trasero y sus dedos viajan entre mis nalgas.

—Un día de estos te voy a follar —susurra.

Sí, sé que lo hará. También sé que se lo permitiré.

Quizá un hombre me estropeó la experiencia de ser penetrado, pero de Canning recibiré lo que quiera darme. Lo tomaré todo.

Me penetra con un dedo y yo suelto un suspiro. Dios mío. Había olvidado lo sensibles que son todas esas terminaciones nerviosas.

—Te gusta, ¿eh? —Las gotas se adhieren a su rostro perfecto mientras me sonríe. Una sonrisa obscena y hermosa.

—Mmm.

Vuelvo a meterle la lengua en la boca y presiono mi erección contra la suya mientras él juega tímidamente con mi culo.

Me devuelve el beso, solo una breve cata, antes de separarse de mi boca. Tiene ganas de hablar. No, tiene ganas de torturarme.

—Tan estrecho —suspira.

La postura solo le permite meterme un dedo, pero incluso eso me resulta tan profundo como para hacerme gemir.

—A mi pene le va a gustar estar dentro de ti, Wes. —Pega los labios a mi cuello y deja caer besos codiciosos sobre mi piel húmeda—. Y suplicarás que lo haga.

Me estremezco. Creo que tiene razón.

Cuando su dedo desaparece, contengo un gemido de decepción. Esa fugaz burla me ha excitado como nadie antes.

—Pero esta noche no —dice decidido, como si estuviera llevando a cabo una conversación en su propia cabeza. Vuelve a lanzarme una sonrisa lasciva mientras se inclina para mordisquearme la mandíbula—. Esta noche quiero que me la metas. Llevo todo el día pensando en ello.

Gruño.

—Cierra esa boquita, Canning. Si no, te la meteré ahora mismo. Te doblaré sobre ese tronco de ahí y tomaré lo que es mío.

Unos labios húmedos me besan justo debajo de la mandíbula.

—Promesas y más promesas.

Entonces se desengancha de mi cuerpo y nada hacia atrás como si no le importara nada.

Nadar con una erección es muy difícil. Aun así, quizá debería pensar en mi erección como una especie de flotador. O un remo, porque es lo bastante largo y está lo bastante duro como para propulsar sin ayuda una maldita canoa entera. Nadamos uno al lado del otro durante un rato, luego flotamos de espaldas y miramos el cielo negro.

Me río cuando noto que nuestras pollas se levantan como si quisieran saludar a la luna. —¿Deberíamos hacer algo con ellas? —bromeo.

Jamie se ríe.

—Sí, creo que sí. Ya no aguanto más.

—Yo tampoco.

En un acuerdo silencioso, nadamos de vuelta a la orilla y nuestros cuerpos desnudos gotean por toda la orilla embarrada. Jamie mira su ropa impoluta y luego dice:

—A la mierda.

Solo se pone los calzoncillos y recoge el resto. Yo hago lo mismo y, por suerte, no nos encontramos con nadie en el rápido camino de vuelta al aparcamiento. Sus calzoncillos son negros y los míos, azul marino, por lo que no hay ningún tipo de transparencia cuando la tela se humedece. Con todo, pasearnos en ropa interior resulta demasiado atrevido para Lake Placid.

Un momento después, llegamos al coche. Lo arranco y salgo a toda velocidad del aparcamiento. Me pongo tenso cuando Jamie se acerca y me acaricia el paquete por encima de los calzoncillos mojados.

—No podré conducir en línea recta si sigues haciendo eso —advierto.

—Los ojos en la carretera —se burla—. No te preocupes, no vamos muy lejos.

Frunzo el ceño. Pensaba volver a los dormitorios, pero parece que Canning tiene otros planes. No han pasado más de cinco minutos cuando señala con la cabeza un camino de grava a nuestra derecha.

—Gira ahí.

Una sonrisa se dibuja en mi rostro al darme cuenta de lo que tiene en mente. Es el punto de partida de uno de nuestros antiguos recorridos de senderismo. La zona suele estar desierta incluso de día, así que por la noche seguro que no habrá nadie.

Aparco en el pequeño claro de tierra cerca del inicio del sendero y, antes de que pueda apagar el motor, Jamie se sube a mi regazo.

28

Jamie

No estaba exagerando antes. Soy adicto a Ryan Wesley. Y ahora mismo necesito un chute con desesperación. Hace un par de semanas, acostarme con un tío me habría horrorizado. Ahora resulta tan evidente como respirar que todo lo relacionado con este hombre me excita: su voz ronca, su poderoso cuerpo, los tatuajes que le cubren la piel dorada. Mi boca está sobre la suya en un instante y busco su garganta con la lengua mientras me pongo a horcajadas sobre sus musculosas piernas.

Suspira contra mis labios.

—Eres un salido.

Lo soy, al cien por cien. Me balanceo en la parte inferior de su cuerpo y subo y bajo las manos por su amplio pecho. La cuestión ahora no es si quiero divertirme con este hombre, sino cómo voy a dejarlo. Sin embargo, me deshago de ese pensamiento porque estoy a punto de estallar.

No obstante, puede que me haya precipitado en mi elección de sitios para enrollarnos, pues el asiento delantero es demasiado estrecho para acoger a dos jugadores de *hockey* cachondos. Ya noto calambres en las piernas y, cuando me muevo para intentar ponerme más cómodo, mi espalda choca con el claxon y el sonido atraviesa el aire.

Wes se echa a reír. Luego se ríe todavía más fuerte cuando vuelvo a intentar colocarme.

—¿Vamos al asiento trasero? —sugiere entre dientes.

Una idea mucho mejor. Él trepa primero, y su trasero me golpea en la cara mientras se lanza hacia la parte de atrás. Aterrizo sobre él con un golpe y los dos nos reímos a carcajadas. Aquí es igual de estrecho. No podemos tumbarnos uno al lado del otro, así que me pongo encima de él. Cuando me inclino para besarlo, me golpeo con la frente en el pomo de la puerta. Y, en cuanto me llevo la mano a la cabeza a causa de la sorpresa, le doy un codazo en la cuenca del ojo.

—¡Mierda! —grita Wes—. ¿Intentas matarme, Canning?

—No, pero...

—¡Abortamos misión! —dice entre risas.

A tomar por culo. Todo este movimiento y maniobra ha conseguido que frote mi dolorida erección por todo su cuerpo. Si no me corro pronto, voy a perder la cabeza.

—Nosotros podemos —digo. Luego me siento y me golpeo contra el techo del coche con la cabeza.

—Ajá —dice, serio—. Eso parece.

—A los jugadores de *hockey* les va lo duro —argumento, y meto la mano en el asiento delantero para tomar los pantalones cortos de Wes. En el bolsillo trasero encuentro su cartera. Un segundo después, le lanzo un condón y le ordeno—: Vístete.

—Sí, entrenador. —Intenta no reírse, pero sus ojos grises brillan de lujuria. Nos miramos a los ojos mientras se baja los calzoncillos por las caderas.

Me quito los míos a la vez que él se pone el preservativo, y luego me encorvo y me lo meto en la boca. El sabor medicinal del látex me llena la boca, pero lo ignoro. Es la primera vez que el lubricante no entra en la ecuación, así que quiero asegurarme de que el condón está bien húmedo antes de atreverme a montar su miembro.

Dios, es algo que jamás imaginé que haría: montar la polla de otro tío.

—Cari. —Su voz es baja y ronca—. Me encanta, pero no tienes que hacerlo. Dame la cartera.

Tanteo el asiento delantero una vez más y se la paso. Saca otro paquete y lo abre. Está lleno de lubricante. Un segundo después, una mano deliciosamente resbaladiza se desliza por mi cachete, me frota la entrepierna y estremezco.

—Qué práctico —carraspeo.

No responde. Se encuentra demasiado ocupado abriéndome con sus dedos.

Con esto, siempre hay un momento incómodo cuando me penetra por primera vez. Antes de que mi cuerpo entienda lo que pasa, pero, ahora que sé cómo funciona, ni siquiera me frena. Lo espero con ansia. Y solo un par de minutos después, aparto la mano de Wes y vuelvo a sentarme a horcajadas en su regazo.

La forma en que le meto mano no se parece en nada a cómo tocaría a una mujer. Es tan grande y fuerte como yo, y no tengo que preocuparme de hacerle daño. Los hombros anchos son un soporte sólido para mis manos. Me elevo y lo espero. Se coloca debajo de mí y los dos siseamos cuando me deslizo sobre su dura polla.

Por un momento, no me muevo. Estamos frente a frente y parpadeamos en los ojos del otro. Wes me pasa la lengua por el labio inferior y yo me zambullo en su boca y le atrapo la lengua. No tengo mucho espacio para moverme, aunque no importa. Lo cabalgo con movimientos cortos y rápidos. La postura me hace sentir en el paraíso: puedo hacer que me penetre hasta donde necesito.

Wes me agarra el trasero con esas manos fuertes y, con cada embestida, suelta un gruñido *sexy*. Nuestros pechos se rozan mientras nuestras bocas se cierran de nuevo. Mi polla está atrapada entre nuestros estómagos y nos rocía a ambos con semen.

El orgasmo me toma por sorpresa. En un momento me encuentro luchando con Wes para ver quién tiene la lengua en la boca de quién y, al siguiente, estoy luchando contra las ganas de explotar. Y perdiendo.

—Joder, necesito correrme.

Wes gime en mi boca y me abalanzo sobre él una vez más. Entonces siento el orgasmo en todo el cuerpo. Me hormiguean las extremidades de forma imprevisible mientras me desplomo hacia delante, con la cara apoyada en el cuello de Wes. El mundo se vuelve borroso, no obstante, siento que disparo sobre él mientras se agita debajo de mí.

Suelta un gruñido y los músculos de su cuello se tensan a la vez. Luego echa la cabeza hacia atrás y se estremece al liberarse.

En el coche solo se oyen respiraciones agitadas y los latidos acelerados de nuestros corazones. Me recuesto contra su pecho pegajoso, demasiado feliz para moverme. Él traza patrones perezosos con las manos sobre mi espalda.

Podría acostumbrarme a esto. De verdad.

Después de un rato, Wes me da una palmada en el culo.

—Levántate, cari. No podemos quedarnos aquí para siempre.

Odio cómo suena eso, pero es difícil discutirle la verdad. Así que, satisfecho, me despego de su cuerpo y comenzamos el ridículo proceso de intentar limpiarnos en un espacio reducido sin sufrir más lesiones.

Lo conseguimos, pero a duras penas.

A la mañana siguiente, Wes y yo nos arrastramos fuera de la cama y nos dirigimos a la pista de hielo, donde ya se han reunido los demás entrenadores.

Los padres llegan a las nueve, el primer partido está programado para las diez, y Pat tiene una lista de preparación larguísima. Comienza a ladrar instrucciones una vez que Wes y yo completamos el grupo, sin embargo, se detiene en medio de una frase cuando ve el rostro de Wes.

—¿Qué demonios te ha pasado, Wesley?

Aprieto los labios para evitar soltar una carcajada. Nuestro numerito sexual circense de anoche en el coche le ha dejado a Wes un bonito moratón en el ojo izquierdo, cortesía de mi codazo errante. No está negro, pero sí morado y visiblemente hinchado.

—Canning me dio una paliza —dice serio.

Pat me mira y luego, a Wes.

—¿Qué has hecho para cabrearlo?

Wes jadea.

—¿Insinúa que me lo merecía, entrenador?

—Digo que tienes una lengua muy aguda y que es un milagro que no te den en la cara a diario —responde con una sonrisa. Luego da una palmada y vuelve a la carga.

—Quizá podáis daros un beso y hacer las paces en el viaje al supermercado. Os toca ir a por el hielo. Ponte un poco en ese ojo.

Se me calienta el cuello ante ese comentario sobre los besos. «Entrenador, si usted supiera…».

—¿Hielo? —Wes se extraña y enarca una ceja.

—La máquina de la cafetería se ha estropeado, así que necesito que vayáis al mercado y traigáis una docena de bolsas. —Nos despide mientras se gira hacia Georgie y Ken antes de darles una orden—: Revisad el equipo, necesitamos los cascos y las almohadillas extra fuera del almacén para cualquier padre que quiera jugar un partido con nosotros más tarde.

Wes y yo salimos mientras Pat hace de sargento instructor. Me deslizo en el asiento del copiloto de su coche y le sonrío al recordar las aventuras automovilísticas de la noche anterior.

Me mira con pesar por encima del hombro.

—Nunca volveré a ver ese asiento trasero de la misma manera.

—Espera, ¿dices que antes de anoche nunca te habías enrollado con nadie en un coche?

—No, disponía una habitación individual en Northern Mass, así que traía a los ligues a casa. O iba a la suya. —Hace una pausa—. Esa era la mejor opción. Significaba que no tenía que echarlos cuando querían que pasáramos la noche juntos.

Frunzo el ceño.

—¿Nunca has pasado la noche con nadie?

Él y yo hemos dormido juntos todos los días.

—No —dice de nuevo.

—¿Por qué no?

De repente, siento curiosidad por saber sobre su vida amorosa. No sobre el sexo —la idea de que esté con otra persona me molesta—, sino sobre las relaciones. Desde que lo conozco, Wes ha estado soltero. Ahora que sé que es gay, comprendo por qué nunca ha tenido novia. Pero ¿habrá tenido novio?

—No quería que nadie se encariñara demasiado conmigo. —Se encoge de hombros sin dejar de mirar a la carretera.

La respuesta solo incrementa mi curiosidad.

—¿Alguna vez te has encariñado con alguno?

—No. —Creo que esta es su respuesta del día, al parecer.

—¿Has salido alguna vez con alguien? —pregunto con calma.

Se queda callado un momento.

—No —admite—. No me va eso de tener novio, Canning. Es demasiado complicado.

Por alguna razón, se me forma un nudo en el estómago. Quiero preguntarle qué soy para él, entonces. ¿Una aventura larga? ¿Un ligue de verano? Sé que lo nuestro terminará en algún momento, pese a ello, creo que el tiempo que hemos pasado juntos ha significado algo para él.

Porque lo significa para mí. No estoy seguro de qué, o por qué, pero sé que es algo más que sexo.

—Y, en cuanto llegue a Toronto, no podré hacer nada —dice cabizbajo—. El celibato va a ser un asco.

De pronto, me siento incómodo.

—¿Has hablado con tu padre de lo de *Sports Illustrated?*

—Todavía no se lo he dicho, pero no haré la entrevista. No es una caja de Pandora que me interese abrir —explica, y cambia rápidamente de tema, como hace cuando la conversación se centra demasiado en él—. ¿Y tú? ¿Ya has comprado el billete a Detroit?

Genial. Ha escogido el único tema del que no quiero hablar.

—No.

—Tío, tienes que ponerte las pilas.

Wes aparca delante del supermercado y salimos del coche. Espero que deje el tema ahora que hemos llegado, pero no para de hablar al respecto ni cuando entramos en la tienda, con aire acondicionado.

—Tienes que presentarte allí dentro de tres semanas —me recuerda mientras toma un carrito de la compra—. ¿Piensas alquilar una casa en un barrio residencial? ¿Dónde suelen vivir los jugadores de Detroit?

Asiento y pienso en la conversación que tuve con Pat. Hace un par de días, me dijo que había hablado con la comunidad de entrenadores. Tenemos que comentarlo de nuevo el lunes, pero todavía no se lo he contado a Wes.

Decido tantear el terreno. Agarro otro carro y digo:

—La verdad, no estoy seguro de cómo me siento con respecto a ir a Detroit.

Parece sorprendido.

—¿Qué quieres decir?

—Quiero decir... —Tomo aire. A la mierda, mejor se lo digo.

Vamos hacia los congeladores de la parte de atrás, y Wes me escucha inexpresivo mientras repito prácticamente todo lo que hablé con Holly: que no quiero jugar de suplente durante toda mi carrera, mi falta de entusiasmo por ir a Detroit, la posibilidad de que me envíen a las ligas menores y ni siquiera consiga jugar un partido profesional. La única parte que dejo de lado es que estoy pensando en aceptar un trabajo como entrenador. No me siento preparado para hablar de eso, sobre todo, cuando no es oficial.

Termino y permanece en silencio. Se muerde el labio, pensativo. Luego abre el congelador y saca una bolsa de hielo.

—¿De verdad has considerado no jugar esta temporada? —suelta al fin.

—Sí. —El aire frío me golpea la cara mientras tomo dos bolsas más y las meto en el carrito—. ¿Crees que estoy loco por desperdiciar una oportunidad en la liga profesional?

—Sí y no. —Deja caer otra bolsa en el carro—. Creo que todas tus preocupaciones son válidas.

La conversación se detiene cuando una mujer que empuja un carrito aparece por la esquina y se tambalea al ver el ojo morado de Wes. Luego continúa con mirada recelosa.

Wes me mira y se ríe.

—Cree que somos unos macarras.

Pongo los ojos en blanco.

—Cree que eres un macarra. Como debe ser. Yo, en cambio, soy un santo.

Resopla.

—¿Debería detenerla y contarle cómo acabé con el ojo morado, san Jamie?

Le hago un gesto con el dedo y saco dos bolsas más.

Empujamos los carros uno al lado del otro y caminamos hacia la caja, donde nos ponemos en la cola detrás de una pareja de ancianos con un carro de la compra lleno de cajas de cereales. Solo cajas de cereales.

—Así que mis preocupaciones son válidas —digo mientras esperamos a que llegue nuestro turno.

Asiente.

—Los porteros lo tienen difícil. Eso no lo puedo negar.

—¿Pero?

—Pero esta es tu única oportunidad. —Su voz se suaviza—. Si no la aprovechas, podrías lamentarlo el resto de tu vida. Mira, si yo estuviera en tu lugar, también dudaría a la hora de tomar mi decisión, pero...

—No, no lo harías. Te presentarías sin dudarlo, incluso si eso significara pasar años esperando tu oportunidad.

—Es cierto. —Apoya los antebrazos en el carrito—. Pero eso es porque me encanta jugar. Aunque solo pueda hacerlo cinco minutos en toda la temporada, para mí vale la pena. El *hockey* lo es todo para mí.

Pero ¿lo es para mí?

Me preocupa todavía más pensar en el duro trabajo que conlleva una carrera como jugador de *hockey* profesional. El entrenamiento constante, la dieta rígida, el horario agotador. Me encanta el *hockey*, de verdad, sin embargo, no estoy seguro de que me guste tanto como a Wes. Y si comparo el nivel de satisfacción que obtengo al parar un gol con el orgullo que siento al enseñar a alguien como Mark Killfeather a ser un portero mejor, un hombre mejor... La verdad, no sé qué me importa más.

—Creo que deberías intentarlo. —Wes me saca de mis pensamientos—. Al menos, ve al campo de entrenamiento, Canning. ¿Y si estás allí y de repente te dicen: «Vamos a darte el puesto de titular, chico»?

Claro, y entonces volaré al trabajo en un Pegaso, me haré amigo de un genio y me pagarán con oro de duende.

Wes se da cuenta de mi expresión y suspira.

—Podría suceder —insiste.

—Sí, tal vez —digo, un poco evasivo.

La pareja de ancianos empuja el carrito de cereales, y Wes y yo nos adelantamos y cargamos el hielo a la cuenta de Elites. Cinco minutos después, estamos subiendo las bolsas en el maletero de Wes.

No estoy cerca de llegar a ningún tipo de conclusión sobre mi situación, y Wes parece notarlo. Señala con la cabeza la gasolinera que hay a cincuenta metros del supermercado.

—Vamos a por unos granizados —sugiere.

—El hielo se derretirá si lo dejamos en el maletero durante mucho tiempo —señalo.

Pone los ojos en blanco.

—Nos llevará cinco minutos. Además, la ciencia ha demostrado que los granizados favorecen la toma de decisiones importantes en la vida.

—Tío, tienes que dejar de citar a «la ciencia» a todas horas.

Entre risas, cerramos el coche y recorremos el corto trayecto hasta la gasolinera, donde Wes toma dos vasos vacíos y me empuja hacia la zona de granizados. Llena su vaso con el de sabor a cereza y espera. Pero hace mucho tiempo que no tomo un granizado, por lo que no me decido. Así que me sirvo un poco de cada sabor.

En el mostrador, el empleado de mediana edad se ríe al ver mi brebaje arco iris.

—Una vez hice eso —comenta—. Me dolió la barriga durante días. Quedas avisado, hijo.

Wes se ríe.

—A mi amigo le gusta probarlo todo.

Lo miro de reojo por esa horrible bromita. Pagamos las bebidas y salimos de la tienda, si bien apenas hemos avanzado dos pasos cuando Wes se da una palmada en la frente.

—Hemos olvidado las pajitas. Espera aquí. Voy a por ellas.

Mientras vuelve a entrar, yo me quedo cerca de la puerta desde donde admiro el elegante Mercedes clase S plateado que se acerca a uno de los surtidores. Un hombre canoso sale del vehículo y se alisa la parte delantera de una sedosa corbata. El tipo lleva un traje que probablemente cuesta más de lo que ganan mis padres en un año.

Me mira.

—¿Eres el encargado? —espeta.

Niego con la cabeza.

—Es de autoservicio —respondo.

—Cómo no. —Su tono es muy condescendiente y en su cara se dibuja una mueca de desprecio mientras gira el tapón del depósito de gasolina.

Frunzo el ceño y me alejo del esnob justo cuando Wes sale por la puerta. Me da una pajita e imita mi gesto al ver mi expresión. Está claro que cree que es el resultado de mi dilema sobre Detroit, porque deja escapar un suspiro.

—Ya encontrarás la solución, guapo —dice con suavidad—. Todavía tienes tiempo.

Luego se inclina hacia mí y me rodea los hombros con el brazo. Me da un beso tranquilizador en la mejilla y todo mi cuerpo se tensa, porque el esnob elige ese momento exacto para mirar en nuestra dirección.

La mirada del hombre me atraviesa como una cuchilla.

Asco.

Asco puro y cruel.

Dios mío. Nadie me había mirado así jamás. Como si fuera un pedazo de mierda de perro que por desgracia acaba de pisar. Como si quisiera borrar mi existencia de la faz de la tierra.

A mi lado, Wes se pone rígido. Acaba de darse cuenta de que nos observan. Más aún, de que nos juzgan.

—¿Conoces a ese tipo? —dice con recelo.

—No.

—Me resulta familiar.

¿Ah, sí? Estoy demasiado atascado en su expresión para saberlo.

—Ignóralo —murmura Wes, que da un paso hacia el coche.

Se me agita la respiración mientras lo sigo. A menos que demos toda la vuelta a la gasolinera para volver a nuestro coche —cosa que me tienta mucho ahora mismo—, no tenemos más remedio que pasar junto al Mercedes. Cuando nos acercamos al hombre del traje, estoy igual de preparado que en el hielo justo antes de que un disco vuele hacia mí. Me pongo en modo defensivo, dispuesto a protegerme a toda costa, aunque sé que estoy haciendo el ridículo. Este hombre no va a atacarme. No va a...

—Putos maricones —murmura en voz baja mientras pasamos.

Esas dos palabras me sientan como un golpe en el estómago. Por el rabillo del ojo, veo que Wes se estremece, pero no dice nada. Sigue caminando y yo me esfuerzo por moverme a la misma velocidad.

—Lo siento —dice cuando llegamos al coche.

—No hay nada que lamentar, tío.

No obstante, no puedo negar que estoy alterado. Esa burbuja en la que Wes y yo hemos vivido todo el verano acaba de estallar. Si de alguna manera lográramos seguir viéndonos después del campamento, me encontraría con este tipo de cosas todo el tiempo.

Increíble.

—La gente es imbécil. —Su tono es suave mientras subimos al coche—. No todos, solo algunos.

Me tiembla la mano mientras coloco el granizado en el portavaso.

—¿Esto te pasa a menudo?

—No a menudo, pero ocurre. —Me toma la mano y sé que la siente temblar al entrelazar nuestros dedos—. Es un asco, Canning. No digo que no lo sea, aun así, no puedes dejar que lo que dicen esos imbéciles te afecte. Que se jodan, ¿vale?

Le aprieto la mano.

—Que se jodan —repito.

Con todo, el viaje de vuelta a la pista de hielo es discreto. No hablamos mucho mientras dejamos el hielo en la cafetería. Me gustaría olvidar ese comentario intolerante y esa mirada, sin embargo, se queda conmigo. Me corroe por dentro. Aunque, al mismo tiempo, siento una ráfaga de orgullo por Wes. Bueno, más bien es asombro, porque se necesita una gran fortaleza para ser tan inquebrantable en cuanto a su sexualidad. Sus propios padres se niegan a aceptarlo y ni siquiera eso lo detiene.

—¡Entrenador Canning, entrenador Wesley! —Davies nos llama cuando llegamos fuera de la pista.

—Venid a conocer a mi padre.

Los escalones de la entrada están repletos de adolescentes y sus padres, todos ellos ansiosos por conocer a los entrenadores que preparan a sus hijos para ser campeones. Shen se encuentra en medio de una animada conversación con sus padres, con una sonrisa de oreja a oreja mientras habla de sus progresos. A unos metros de distancia, Killfeather está solo y se muerde el labio inferior mientras mira a su alrededor.

Wes y yo alcanzamos a Davies y su padre cuando capto un destello plateado por el rabillo del ojo.

Muevo la cabeza y el alma se me cae a los pies cuando el Mercedes de la gasolinera acelera de repente hasta la acera. Me doy cuenta de que Killfeather da un paso adelante, cada vez más agitado.

La puerta del conductor se abre.

El capullo sale del coche y se dirige a Killfeather con tono molesto.

—¿No hay un aparcamiento más cerca?

Mi portero traga saliva.

—No, solo el que está detrás del edificio.

—Entonces dejaré el coche aquí.

—Es un carril de incendios —protesta Killfeather—. Déjalo en el aparcamiento, papá. Por favor.

Oh, mierda. ¿Papá?

El pavor me inunda el estómago al mismo tiempo que Killfeather padre me echa un vistazo. Gira la cabeza con brusquedad y posa sus ojos oscuros sobre mí. Luego en Wes.

Mientras sus labios se curvan en una mueca de enfado, solo un pensamiento me pasa por la cabeza.

«Mierda».

29

Wes

Maldita sea. Sabía que el cabrón de la gasolinera me resultaba familiar. Contengo la respiración cuando me fijo en el hombre de la acera. Pero don Rancio no me obliga a sostenérsela durante mucho tiempo.

—De eso nada —escupe—. Ni hablar. ¿Dónde está Pat?

—Estoy aquí —dice una voz tranquila. Pat aparece en la puerta abierta con los labios fruncidos—. ¿Hay algún problema?

—Ya lo creo que lo hay. ¿Esto es lo que me está costando un riñón? ¿Estoy pagando a un par de pervertidos para que todos los días pasen horas con mi hijo? Es una maldita vergüenza.

Las cabezas giran más rápido que las de los espectadores en Wimbledon. Y, mientras contemplo la situación, Pat palidece. Me observa durante una fracción de segundo y mi corazón se hunde.

Voy a ser un lastre aquí. Un maldito meteorito para Pat y su negocio.

El imbécil también se da cuenta de que ha atraído la atención de los demás padres. Entonces, entra a matar.

—No pienso callarme esto.

Y su hijo se involucra en el asunto.

—¡Papá! —grita el niño—. ¿De qué narices hablas?

La mandíbula de Pat se tensa hasta parecer un bloque de granito.

—Acompáñeme, señor. Si va a difamar a mi equipo de entrenadores de la Liga Nacional de *Hockey*, puede hacerlo en la intimidad de mi despacho.

Se da la vuelta y desaparece en el edificio.

Espero hasta que el imbécil pasa por delante de mí. Al subir los escalones, me lanza una mirada mordaz. Luego le sigo al interior. Justo detrás de mí va Jamie, con la vista clavada en el suelo.

—Voy a escuchar lo que tiene que decir —susurro—. Pero no tienes por qué venir.

Jamie me lanza una mirada exasperada y me sigue de todos modos.

Que me den de lado. Acabo de arruinar el último verano de Jamie en Elites. ¿Y ese trabajo que tanto le gusta? Torpedeado por un servidor. Va a lamentar el día en que me conoció.

Un minuto después, los cuatro nos reunimos en el pequeño despacho de Pat y cierro la puerta de un golpe.

Don Rancio sabe que no hay que dudar antes de disparar. Lanza la acusación antes de que Pat hable.

—No me digas que no sabes lo de estos dos. ¿Cómo narices has podido contratarlos para trabajar con adolescentes impresionables?

Pat respira hondo, si bien tiene la cara roja.

—No tengo ni idea de lo que te ha hecho reaccionar así. ¿Alguien quiere informarme?

Jamie abre la boca para hablar, pero yo levanto una mano. Tiemblo de rabia, aun cuando mi voz suena razonablemente firme.

—Dejemos que el señor Killfeather le diga al entrenador Pat exactamente lo que ha visto. —Me vuelvo hacia don Rancio—. Y no se contenga, hombre. Cuéntele hasta el último detalle.

Este desvío funciona, porque don Rancio empieza a parecer incómodo. He conseguido utilizar su propia homofobia contra él. Ni siquiera le salen las palabras de lo asqueado que está.

—Ellos… —Se aclara la garganta y me señala—. Él lo ha besado.

Y ahora tengo que reconocerle el mérito a Pat. Hay un destello de sorpresa en su rostro, pero lo disimula apenas un nanosegundo después.

Me lanzo de nuevo antes de que Pat intervenga.

—Esa no es una descripción lo bastante buena, hombre. ¿Qué más ha visto? Estoy esperando oír la perversión.

Don Rancio sacude la cabeza.

—Eso ha sido más que suficiente, créeme.

—¿De verdad? —gruño—. ¿Dónde he besado al entrenador Canning?

Es evidente que mi jugada ofensiva le resulta exasperante, así que debo ir por buen camino.

—¡En la gasolinera!

—¿En qué parte del cuerpo, amigo?

Casi me río, porque ahora le palpita una vena en el centro de la frente.

—Eh, aquí. —Se señala la mejilla—. Y esa no es la cuestión. Insisto.

—¿De verdad? Porque creo que es justo la cuestión. Conozco a Jamie desde siempre y me acababa de contar algo importante sobre su carrera, y lo he abrazado. Con un brazo. No escatime en detalles, ¿vale? He reconfortado a mi amigo con todos esos detalles escabrosos: un abrazo y un beso en la mejilla. Póngame las esposas, ¿a qué espera? —exclamo a la vez que extiendo las muñecas.

Don Rancio está a punto de explotar.

—Pero he visto… Creo que está claro que vosotros dos…

Pat salta entonces.

—La verdad es que no importa lo que piense. ¿Este es su gran problema? ¿Un momento privado entre dos amigos?

—Amigos que…

—¡No es asunto suyo! —replica Pat—. Tampoco es asunto mío. Nunca he visto a mis entrenadores hacer nada inapropiado. En esa pista son unos profesionales y eso es lo que está pagando, señor.

—¡No! —replica don Rancio—. Estoy pagando por tener buen criterio, y le diré a quien esté dispuesto a escuchar que no investigas a tus empleados. De todos modos, el desastre está al caer. Estos dos van a causar un gran revuelo y….

Pat lo interrumpe.

—El único revuelo que el entrenador Canning causó se produjo el día que su novia apareció en la pista. Y su hijo hizo un comentario inapropiado sobre su anatomía.

Don Rancio se queda boquiabierto.

—Entonces es peor de lo que usted cree, entrenador, porque el señor Canning aquí presente obviamente tiene muchas horas de vuelo. Porque yo sé lo que vi. Y mi hijo y yo nos largamos de aquí.

Mierda. Pobre Killfeather, menudo capullo tiene por padre. ¿Y ahora va a sacarlo del campamento?

La cara de Pat parece de piedra.

—Es libre de hacer lo que quiera, pero si difama a mis entrenadores ante alguien, no me tragaré las palabras.

—No como ellos, ¿eh?

Después de lanzar la última palabra, don Rancio se va.

Solo se oye a Pat respirar hasta que Jamie intenta decir algo.

—Entrenador, yo...

Pat levanta una mano.

—Solo dame un minuto para pensar.

Escarmentado, Jamie vuelve a guardar silencio. Sin embargo, no me mira, y me gustaría que lo hiciera.

—De acuerdo —dice el entrenador—. Vosotros dos podéis volver a vuestra habitación, os enviaré un mensaje cuando sepa cómo va a proceder este cretino. Y quiero disculparme, Jamie, por sacar a relucir lo de tu amiga...

—No es necesario —se apresura a contestar.

Pero Pat niega con la cabeza.

—No. ¡No debería importar! Me da igual si tienes novia o no. He dejado que me ponga nervioso. El hecho de que la situación me haya tomado por sorpresa solo significa que los dos os habéis comportado de forma impecable.

Bueno, eso no es cierto. Menos mal que el entrenador Pat no nos sigue cuando nos bañamos en cueros y practicamos sexo en el coche.

—Hace veinte años que dirijo el campamento —añade y nos mira a ambos a los ojos—. Ha habido ocasiones en las que he tenido que pedir al personal que sea más discreto, en cambio, este no es el caso.

Y ahora Jamie se pone como un tomate. Creo que, en este momento, activaría con gusto cualquier trampilla en el suelo del despacho de Pat para esconderse.

Por fin abro los puños.

—¿Pat? Me disculpo si te estoy complicando el día, pero no voy a subir a esperar tu mensaje. Se supone que tenemos un partido, ¿no? Yo no huyo. Mi vida privada es asunto mío. No hay mucha gente que conozca mi secreto, no obstante, si algún imbécil decide enfrentarse a mí, nunca lo esquivo. Eso solo me haría parecer débil. Tengo todo el derecho a estar aquí. Tengo todo el derecho a entrenar a esos niños.

Pat se aprieta el puente de la nariz.

—Por supuesto que sí. Solo trataba de protegerte de más tonterías ignorantes. Ponte los patines. Que le den.

30

Jamie

Tal vez esto me convierta en un cobarde, pero acepto la oferta de Pat de no participar en el partido. No temo al padre de Killfeather ni tampoco a lo que la gente murmure sobre mí.

Sin embargo, estoy triste, y no quiero que nadie lo note.

Antes de hoy no entendía realmente a qué se enfrentaba Wes. Nunca había escuchado a alguien dar un discurso homófobo, excepto en las películas. No sabía que un hombre en un coche de cien mil dólares pudiera causar tantos estragos.

Como se supone que todo el mundo se encuentra en la pista de hielo, la segunda planta del dormitorio se ha quedado desierta cuando giro la llave en la cerradura. Dentro, me estiro en la cama.

Por muy triste que me sienta, al menos puedo sacar algo positivo de esta experiencia. Una idea a la que me he resistido a ponerle una etiqueta. Soy... bisexual.

Sí, lo sé, no es un giro argumental alucinante al más puro estilo *thriller,* pero es la primera vez que permito que la palabra eche raíces en mi conciencia. Soy bisexual y lo que tengo con Wes no es solo una conexión física.

También me veo en una relación con él. Me imagino siendo feliz a su lado y sin sentir que me falta algo.

Me había hecho a la idea de encontrar un trabajo cerca de Toronto. Y que Wes y yo siguiéramos siendo... lo que sea que seamos el uno para el otro. Sin embargo, eso no va a suceder. Wes me dijo que me fuera a Detroit. Necesita que permanezca a una distancia de cuatro horas.

«Solo disponemos del verano», dijo la noche que discutimos. Tenía razón. Eso es todo lo que tendremos.

Un rato después oigo alboroto en el pasillo. El lugar tiene eco, así que, aunque la habitación de Killfeather se ubica en el extremo opuesto del edificio, es fácil escucharlo.

—¡No quiero irme! —grita después de que se abra una puerta.

—Vas a meter tu culo en el coche ahora mismo.

—¡No puedes obligarme!

El chico se resiste con todas sus fuerzas, aunque sé muy bien quién gana siempre estas peleas.

La voz que le responde es baja y dura:

—Si no estás en ese coche en sesenta segundos, no jugarás en el torneo del Día del Trabajo este año.

«Ay. Dale al chico donde le duele, ¿por qué no?».

Oigo lo inevitable: el sonido de una maleta que rueda por las baldosas y unos pies en las escaleras. Cuando miro por la ventana un minuto después, veo a mi portero, que camina encorvado hacia el asiento del copiloto y a su padre, que guarda el equipaje en el maletero. A ese imbécil ni siquiera le han puesto una multa por aparcar en el carril de emergencia.

Un minuto más tarde, se van, y ese es el fin de los Killfeather, tanto del joven como del mayor.

También me salto la barbacoa.

Como me he perdido el partido, Pat no me necesita, y aprovecho el tiempo para recomponerme. He de afrontar el hecho de que el verano terminará pronto.

Así que llamo a mi madre al teléfono del trabajo, el que siempre está manchado de barro. —¡Hola, cariño! —me dice cuando contesta—. ¿Me llamas para decirme que vuelves a casa?

Siempre va al grano. Con seis hijos, ha tenido que hacerlo. No hay suficientes horas en el día para una pequeña charla.

—De hecho, sí. El entrenador Pat aún no me ha sustituido, pero voy a decirle que necesito esa semana libre.

—Excelente —comenta con el mismo tono de voz que siempre reservaba para las buenas notas—. Necesitamos verte antes de que te incorpores a la Liga Nacional de *Hockey.* Mientras todavía conservas todos los dientes.

—Eso me anima —protesto.

—No sé por qué mis hijos eligen carreras peligrosas —dice—. Siempre le digo a tu hermano que se asegure de venir de visita ahora que aún posee todos sus órganos vitales.

Mi hermano es policía.

—Qué desagradable, mamá. Y Scott nunca ha sacado su arma en horas de servicio.

—La verdad es que las balas no son su mayor problema en este momento. —Me pone al corriente de que mi hermano ha vuelto a casa por un tiempo. Su novia lo dejó hace poco y, como vivían juntos, necesitaba un lugar temporal donde quedarse.

—¿Así que duerme en su antigua habitación? —pregunto, y trato de imaginarlo. Scott tiene veintiocho años.

—Sí, pero rara vez. Últimamente ha pedido muchos turnos extra. Creo que trata de mantenerse ocupado.

—Vaya —murmuro.

—James —dice mi madre con brusquedad—. ¿Por qué estás triste?

—No lo estoy —intento engañarla, pero es imposible con ella. No puedes criar a seis hijos sin una capacidad de percepción muy aguda.

Chasquea la lengua.

—Si tú lo dices. Aun así, te voy a interrogar a finales de este mes, jovencito. Haré lasaña y te la pondré delante de las narices mientras te acribillo a preguntas.

La lasaña de mamá es condenadamente buena. Lo más probable es que se lo confiese todo si cumple con lo que dice.

—No puedo esperar —digo con sinceridad. El hogar suena muy bien ahora mismo.

—Te quiero, Jamie —dice ella—. Compra el billete de avión.

—Lo haré.

Hablar con mamá me hace sentir mejor. De manera que salgo y me doy el gusto de comerme una hamburguesa con queso y beicon en un bar de la calle principal. Mientras la disfruto, veo perder a los Red Sox y pienso en Wes. Ahora mismo está en la barbacoa, donde los demás padres lo estarán interrogando sobre el proceso de captación de la Liga Nacional de *Hockey.* Y él es el más indicado para responder a sus preguntas.

No es que esté divagando, es un hecho. Wes siempre ha querido jugar en la Liga Nacional de *Hockey*. Es lo primero que me contó cuando nos conocimos durante la adolescencia.

¿Yo? Elegí el *hockey* porque mis hermanos ya habían batido todos los récords de fútbol de nuestro instituto. Me encanta el *hockey*, si bien no diría que me apasiona más que a Wes. Porque a nadie le gusta más el *hockey* que a él.

Cuando vuelvo al dormitorio, el lugar sigue vacío. Me lavo los dientes y saco un *thriller* militar que me traje al campamento y que no he tenido tiempo de leer. Me meto en la cama en ropa interior. Quizá, cuando llegue Wes, tenga ganas de quemar algo de tensión.

Me duermo con el libro sobre el pecho.

Un rato después, me despierto con el sonido de la llave que gira en la cerradura. Soñoliento, parpadeo al ver que Wes se acerca a mi cama.

—¿Qué tal ha ido? —pregunto, con la voz áspera por el sueño.

Wes no me responde, pero retira el libro y lo deja en el suelo.

—¿Te encuentras bien?

Sigue callado, aunque no me extraña. Porque ahora se ha encaramado a un lado de mi cama para admirarme. Levanta una mano y me aparta el pelo demasiado largo de la frente. Luego se inclina y me besa la mejilla que ha causado todo el problema previo. En el mismo lugar.

El roce de sus labios me estremece tanto que me inclino a por más.

Unos labios suaves depositan besos por mi rostro y por mi cuello. Su delicadeza me resulta desconocida. Y el contraste entre el tamaño y la fuerza de este hombre y la suavidad de su tacto hace que se me ponga la piel de gallina en el pecho.

Una mano cálida se posa en la unión entre mis piernas y se asienta sobre la fina tela de la ropa interior. La suave presión me anima a girar las caderas hacia su mano. Un poco de fricción me vendría de perlas ahora mismo, sin embargo, todo lo que obtengo es el suave barrido de su pulgar por la ingle.

Al parecer, Wes tiene ganas de torturarme a base de caricias. Y a mí me apetece permitírselo. Me hundo en la cama y cierro los ojos, entretanto, él me baña con besos suaves y caricias todavía más delicadas. Cuando levanto las manos para ponerlas sobre su pecho, me detiene y baja los brazos hacia el colchón con suavidad.

—De acuerdo. Si es lo que quieres —refunfuño.

Ni siquiera se ríe. En cambio, apaga la lámpara y comienza a despojarse de la ropa. Hasta la última prenda. Me tumbo de espaldas mientras mis ojos se acostumbran a la oscuridad, y admiro cada centímetro recién expuesto de piel suave y músculo duro. Una impresionante erección se balancea contra su estómago. Quiero sentarme y comérsela, pero en lugar de eso espero perezosamente. Sea cual sea el plan de Wes, estoy seguro de que lo voy a disfrutar.

Entonces, se inclina sobre mí y besa la franja de piel expuesta entre la camiseta y mis calzoncillos.

—Mmm —suspiro.

Estoy muy empalmado y aún no me ha tocado. Desliza las manos por el elástico de los pantalones y elevo las caderas. Y, al instante, desaparecen. Al momento, coloca una mano sobre mi boca y se traga mi miembro hasta la garganta.

El calor y la presión son tan repentinos y estremecedores que es un milagro que no le muerda la mano. Wes me acaricia con su boca ansiosa, al tiempo que mi estómago se revuelve y mis caderas se sobresaltan. Por Dios. Sé que tenemos que estar en absoluto silencio, pero puede que no sobreviva.

Para cuando me suelta con un chasquido, estoy temblando por todas partes. Wes desaparece de mi campo de visión por un momento. Entonces, vuelve con un preservativo y un bote de lubricante, suspiro aliviado.

Me ofrece una mano, la tomo y permito que me siente para quitarme la camiseta. Luego se coloca a horcajadas sobre mis muslos y se apoya en las rodillas. Por primera vez desde que ha entrado en la habitación, nos hemos besado de verdad. Y lo deseo tanto. Toda la delicadeza de hace unos minutos se evapora y provoca un incendio en su estela. Los besos nuevos son toscos y abrasadores. Atrapo la lengua de Wes en mi boca y succiono con fuerza.

Gime; es el primer sonido genuino que escucho de él esta noche, y me trago el ruido por mi ansiosa garganta. De rodillas, se acerca lentamente a mi cuerpo, nuestros pechos chocan y nuestras erecciones se confrontan. Desearlo duele mucho.

Al final, se retira un poco y rompe el beso. Busco el preservativo, con la esperanza de acelerar el proceso, pero me lo quita de la mano y rompe el paquete.

En lugar de ponérselo él mismo, se inclina y lo desliza sobre mi pene.

Dejo de respirar por un momento.

—¿En serio?

Wes me besa en vez de responder. Otro beso abrasador con lengua. Acto seguido abre el bote de lubricante y se aplica un poco en la mano. Se echa hacia atrás, con una expresión seria. Me doy cuenta de que se penetra a sí mismo, porque se muerde el labio.

—Déjame hacerlo por ti —susurro. Me unto la mano y la meto entre sus piernas. Wes apoya los puños en la cama y se inclina hacia mi cuerpo sin dejar de besarme la mandíbula.

Le acaricio la entrepierna y él suspira en mi oído. Cuando le toco ahí, apoya la cabeza en mi hombro.

—Eso es —susurro.

Lo penetro, y se queda paralizado durante un segundo. De pronto, respira profundamente y se relaja.

Está caliente y apretado y no se parece a nada que haya sentido antes. Me introduzco con facilidad. Se resiste, pero luego se calma. Me detengo para aplicarme una cantidad desmesurada de lubricante en la mano. Y por fin alcanzo el punto. Muevo el dedo con delicadeza y él se estremece contra mi cuerpo.

La cara de Wes sigue enterrada en mi cuello. Me gusta tenerlo aquí. Desearía que nunca se fuera.

31

Wes

Me resulta difícil.

Al parecer, ese es el tema de hoy: una lucha complicada. No obstante, es una pelea que he elegido. Dejar que otro hombre me penetre no me resulta sencillo. No sé por qué, pero es así.

Con todo, quiero hacerlo. Cada vez que me tenso para evitar la intrusión, me digo lo mismo: «Es Jamie. No pasa nada». Y entonces me relajo. Jamie se lo toma con calma. Me lee de la misma forma que lo haría un portero con talento. Es firme y suave en esto como en todo lo demás.

Joder. Lo quiero tanto.

Hoy ha sido otro recordatorio de cómo son las cosas. La primera vez que toqué a Jamie, fingí que le daba algo cuando en realidad me estaba sirviendo yo. Él me perdonó, por supuesto. Por desgracia, este verano ha sido más de lo mismo. Le doy mi afecto. Y, a cambio, lo pongo a merced de imbéciles como don Rancio.

Hoy Jamie ha perdido a su jugador estrella. Lo más probable es que nunca vuelva a ver a ese chico. Y todo ha sido por mi culpa.

Jamie me calienta la espalda con la mano que tiene libre mientras con la otra me prepara.

—Cariño —susurra—. ¿Puedes tolerar más?

Asiento con la cabeza en su cuello. Un segundo dedo se une al primero. Al principio, lucho contra el ardor. «Es Jamie. No pasa nada». Vuelvo a respirar hondo y me obligo a relajarme.

—Eso es —me anima—. Quiero que me montes, ¿vale? Y cuando te corras, quiero que cargues contra mi pecho.

Un rayo de lujuria me recorre la columna vertebral. Le aprieto los dedos y me recompensa con un roce en la próstata.

Sí. Esa descarga de placer me hace temblar y siento su sonrisa en la mejilla.

Unos minutos después, me mete tres dedos. Empiezo a follarme su mano con pequeños embistes. Él me susurra palabras de ánimo mientras le pido a mi cuerpo que se dilate un poco más. Hacía años que no probaba esto. Esperaba que me resultara más fácil, pero como todo en la vida, debo esforzarme para conseguirlo.

Y lo hago. Otra razón para apreciar a Jamie. Mi hombre atrevido y de gran corazón. Lo hace por mí, y con él parece fácil.

Es increíble.

Me siento para estar un poco más erguido y lo beso con fuerza demostrándole que ya estoy listo. La boca de Jamie me da la bienvenida. Tomo unos cuantos sorbos exquisitos más para armarme de valor y, entonces, me apoyo sobre las rodillas y me preparo para él.

Jamie se acomoda en el cabecero de la cama, con las almohadas a su espalda. Se aplica un poco de lubricante en la erección y, al ver cómo se frota, se me hace la boca agua. Se coloca debajo de mí.

Esos ojos marrones que miran hacia arriba, llenos de lujuria por mí, es lo más *sexy* que he visto nunca.

Así que lo hago. Me hundo sobre su miembro. Él suelta un gemido silencioso, y entorna esos hermosos ojos. Vuelve el ardor, pero no es nada que no pueda soportar. Me doy un minuto para adaptarme y aprovecho para tomar la preciosa cara de Jamie entre mis manos. Durante un segundo, me limito a admirarlo. Está sonrojado, excitado y arde de pasión. Vine a Lake Placid con la esperanza de que pudiéramos seguir siendo amigos. He logrado mucho más que eso, y no puedo estar más agradecido.

Intento decírselo con un beso. Casi gime en mi boca, así que tal vez me escuche. Pruebo a empujar las caderas y me gusta el resultado. De modo que apoyo las manos en los hombros de Jamie y lo cabalgo despacio. Muevo la cintura hasta que encuentro el ángulo adecuado. Al hacerlo, la sensación es más que increíble. Una oleada de placer me recorre el cuerpo cada vez que lo embisto. Es muy placentero.

Debajo de mí, Jamie toma mi miembro, que ya gotea, con la mano. Tiene la boca abierta y emite sonidos con la garganta. Veo anhelo en cualquier parte que lo miro. En su mandíbula y en la curva del antebrazo mientras me masturba.

Se pasa la lengua por los labios.

—Si te corres, me llevarás contigo.

Ahora que lo ha dicho, lo deseo de verdad. Cierro los ojos, disminuyo el ritmo y me concentro en el placer de cada embestida. La salida y la entrada se confunden. Solo queda el arrebato de felicidad que me produce.

Cuando vuelvo a abrirlos, es la expresión en el rostro de Jamie la que me hace llegar. Es un cóctel de deseo y asombro tan potente que me siento al borde de la locura.

—Jamie —jadeo a la vez que persigo esa sensación y me inclino hacia ella.

Eyaculo y él se estremece bajo mi cuerpo.

Me desplomo sobre su pegajoso pecho antes de que se acabe. Tengo los labios junto a su oreja y gimo en silencio mientras mi trasero se tensa alrededor de su pene.

—Madre mía —susurra.

Y que lo digas. Lo rodeo con los brazos y me aferro a él todo lo que puedo.

La verdad, no sé cómo voy a renunciar a él cuando el verano termine.

32

Jamie

El campamento está a punto de terminar. De verdad, estas últimas cinco semanas han pasado volando. Y ahora no concibo que solo quede una semana. Supongo que el tiempo vuela cuando juegas al *hockey* todos los días y echas un polvo cada noche.

A medida que el entrenamiento de la tarde termina, los chicos se ven más animados. Me corrijo: los jugadores ofensivos están muy contentos. Mis porteros, en cambio, se encuentran de muy mal humor. Ha sido un partido con muchos goles por parte de ambos equipos y no hemos conseguido parar a los delanteros de Wes.

La ausencia de Killfeather se ha notado. Tenía mucho talento. Tiene, me corrijo, porque el chico no ha muerto. Su padre, que es homófobo, decidió que sacar a su hijo de uno de los centros de entrenamiento más prestigiosos del país era una decisión inteligente. Ya sabes, en Elites no hay más que pervertidos. Idiota.

Me acerco a la red, donde el portero de quince años frunce el ceño mientras se quita el casco.

—Hoy he sido un desastre total —dice Brighton.

—Has tenido un mal día —respondo con una sonrisa—. Pero no has sido un desastre. Has parado más de lo que ha entrado.

—Se me han colado siete.

—Eso pasa, chaval. Lo has hecho muy bien ahí fuera.

No miento: Brighton ha puesto en práctica todos los consejos que le he dado hoy, sin embargo, los consejos de Wes a sus delanteros han sido mejores.

Soplo el silbato para llamar a mi otro portero, que parece igual de abatido mientras patina hacia nosotros.

—Hoy ha sido un...

—Déjame adivinar, ¿un desastre? —intervengo, y sonrío a Bradowski—. Sí, Brighton y yo acabamos de hablar de eso. Pero os habéis esforzado mucho y habéis jugado bien. No quiero que volváis a las habitaciones y paséis la noche enfurruñados, ¿vale?

—Vale —dicen al unísono, aunque no suena demasiado convincente.

Suspiro.

—Miradlo de esta manera. Brighton, te han marcado siete de... —Llamo a Georgie que patina junto a nosotros—. ¿Cuántos tiros han realizado los chicos de Wes a la red?

—Treinta y cinco —responde él sin detenerse.

—Siete de treinta y cinco —digo a Brighton. Saco cuentas—. Eso es el veinte por ciento. Y Bradowski, a ti se te han colado ocho, pero has parado casi tantos como Brighton. Los resultados no son terribles. —Me río—. El entrenador Wesley y yo nos retábamos a lanzamientos de penaltis todo el tiempo cuando entrenábamos aquí. Había días en los que me lanzaba cinco tiros y todos daban en el blanco.

Los oídos de Wes deben estar pitando, pues de repente aparece a mi lado.

—¿Todo bien por aquí?

—Sí, solo les contaba cómo me pateabas el culo en los penaltis.

Cuando arquea las cejas, me doy cuenta de que está recordando la última vez que nos enfrentamos. Genial. Ahora yo también pienso en eso, y espero por Dios que los chicos no vean el rubor en mis mejillas.

—Sí, Canning no tenía ninguna posibilidad contra mí. —Wes se recupera rápido—. En cualquier lado de la portería, en realidad. No importaba que sostuviera el palo o que llevara las protecciones de portero: siempre perdía.

Entrecierro los ojos.

—Y una mier..., tonterías. ¿Olvidas quién ganó la última vez?

Tengo que reconocer el esfuerzo que hace Wes por ni siquiera parpadear, aunque ambos sabemos que está recordando el resultado de la última tanda de penaltis.

Los chicos se ríen.

—La revancha —suelta Brighton.

Los ojos de Bradowski se iluminan.

—¡Rayos! Sí.

Wes y yo intercambiamos una mirada. Deberíamos llevar a los niños a las duchas para que no lleguen tarde a la cena, no obstante, los chicos no parecen muy dispuestos. Bradowski y Brighton se alejan para llamar al resto, que aún no han llegado al túnel de vestuarios.

—¡El entrenador Canning y el entrenador Wesley van a enfrentarse a una tanda de penaltis!

Bueno, entonces. Supongo que es hora de unos penaltis. Wes me guiña el ojo y dice:

—¿La misma apuesta?

—Por supuesto.

Ambos sonreímos con picardía.

Diez minutos más tarde, nos hemos puesto el equipo y nos hemos colocado en posición. Nuestro público ha aumentado, incluso los entrenadores se han reunido alrededor de los tablones, Pat incluido. Llevo puestas todas las protecciones, y es que no pienso enfrentarme desprotegido a los lanzamientos del nuevo delantero de Toronto.

Wes muestra sus llamativos movimientos mientras patina hacia la línea azul, luego se detiene y me mira a los ojos. El brillo perverso de sus ojos me acelera el pulso. Casi puedo escuchar su provocación silenciosa: «Prepárate para comérmela, Canning».

Tomo aire y golpeo el hielo con el palo. Suena un silbato y entonces Wes viene hacia mí. Realiza un golpe rápido como un rayo y una fuerte ovación resuena en la pista. Gol.

Mierda. Hoy no se anda con chiquitas. Lo olvido y me concentro. Paro los dos siguientes tiros y el público vitorea en mi favor.

Wes me sonríe mientras prepara el siguiente disco.

—¿Estás preparado?

El idiota acaba de repetir las mismas palabras que me dijo justo antes de penetrarme anoche. A mi novio le encantan los juegos mentales.

«Espera, ¿qué?».

El disco pasa volando junto a mí y ni siquiera tengo la oportunidad de detenerlo, porque mi cerebro le daba vueltas a ese último pensamiento.

«¿Mi novio?». Creía que me había resignado al hecho de que no íbamos a estar juntos. ¿Y ahora pienso en él como mi novio?

Me sacudo las telarañas de la cabeza y me obligo a concentrarme en defender la red. Cuando su último disco se topa con mi guante, respiro aliviado. Solo he dejado pasar dos, lo que significa que debo marcar dos veces para empatar y tres para ganar. Considerando que no es ni de lejos tan bueno como yo en la portería, ya puedo saborear la victoria.

Pero parece demasiado cómodo frente a la red. Su mirada gris se burla de mí detrás de la máscara y, entre risas, grita:

—Demuéstrame lo que vales.

El bastardo engreído cree que puede pararme.

Maldición. El bastardo engreído para el primero disparo con el guante.

Rechino los dientes y trato de realizar una finta con el segundo intento, pero su mirada de halcón no se deja engañar. Detiene este con las almohadillas y el siguiente con el palo. Mierda. Tengo que meter los dos siguientes para empatar.

Los chavales gritan de alegría cuando mi cuarto intento resulta fructífero. Pasa por encima del hombro de Wes y golpea la red.

—Último tiro —anuncia con voz cantarina—. ¡No la vas a meter, Canning!

Sé a qué se refiere.

Brighton hace sonar un redoble de tambores al golpear las manos sobre las tablas, y los demás chicos no tardan en seguir su ejemplo. El ritmo coincide con el de mi corazón. Tomo aire y patino hacia delante. Muevo el brazo hacia atrás, evalúo la situación y lanzo un cañonazo.

El disco silba en el aire.

Y fallo.

Los chicos se vuelven locos cuando Wes deja la red y patina a lo largo de la pista para chocarles los cinco. Lo observo con desconfianza y me pregunto cuándo se ha vuelto tan bueno en la defensa del disco. Hace cuatro años era un completo inepto.

Me encojo de hombros y acepto las condolencias de mis porteros, que parecen alegrarse de que haya perdido. Supongo que se han percatado de que incluso los mejores porteros son pésimos a veces.

Mientras los chicos se dirigen a los vestuarios, Wes patina hacia mí y levanta una ceja.

—O estás flojeando en tus ejercicios de tiro, o me has dejado ganar.

—No te he dejado ganar —digo con los dientes apretados. Pero entonces se me ocurre un pensamiento. Aquel último entrenamiento antes de la universidad... ¿Me dejaría ganar? Porque el tipo que he visto hoy en la red no era el mismo que hace cuatro años...

Estoy a punto de preguntárselo directamente cuando Pat nos interrumpe.

—Canning —me llama, y aparece cerca del banquillo—. ¿Podemos hablar?

Wes me da una palmada en el hombro.

—Nos vemos en el comedor.

Nos alejamos en direcciones opuestas, no obstante, Pat no habla hasta que Wes se encuentra bien lejos.

—He recibido una llamada de un amigo de Toronto esta mañana.

Como siempre, Pat va directo al grano.

Me pongo tenso.

—¿Sobre la posibilidad de que sea entrenador?

Asiente.

—Mi amigo se llama Rodney Davenport. Está en la Liga de *Hockey* de Ontario (OHL), entrena a uno de los equipos Junior A. Está en Ottawa, pero es muy amigo del entrenador del equipo de Toronto, Bill Braddock. Ha hablado con Braddock a favor tuyo.

Me quedo anonadado.

—¿De verdad?

—Le hablé a Davenport de ti, de lo bueno que eres. —Pat se encoge de hombros—. Tienes una entrevista en Toronto el día 28.

—¿La tengo?

Me quedo boquiabierto. Una parte de mí no esperaba que Pat me ayudara.

—Es un puesto de ayudante de entrenador como coordinador defensivo de un equipo juvenil importante, así que trabajarías con chicos de entre dieciséis y veinte años. Sin embargo, la entrevista es solo una formalidad. La liga ha quedado muy impresionada con tu nivel de experiencia.

Vaya, qué pasada. Supongo que todos estos años trabajando como entrenador aquí en Elites resultan útiles.

—Yo... —No sé qué decir. Pero entonces me doy cuenta de que hay una cuestión importante que hay que abordar—. Si estoy en Toronto con... —Me aclaro la garganta. No me avergüenza, pese a que nunca he tenido que hablar de esto—. ¿Y si me topo con otros hombres como el señor Killfeather?

Pat se saca un papel del bolsillo de la camisa.

—Esta es la política antidiscriminatoria de la liga, lo he buscado. Todo está, eh, cubierto.

La leo. La liga se compromete a no discriminar por motivos de raza, religión, ideología u orientación sexual.

—Eso es... útil —digo, y Pat sonríe—. El 28 de julio, ¿eh?

Mierda, eso es la semana que viene, y tres días antes de que me vaya a Detroit. Si al final decido ir a Detroit. La idea de presentarme en el campo de entrenamiento me resulta cada vez menos atractiva a medida que se acerca la fecha.

¿Quiero jugar a nivel profesional?

¿O prefiero ayudar a los jóvenes con talento a convertirse en profesionales?

—Braddock necesita una respuesta para el final de la semana —me informa Pat—. Estaban considerando a otro candidato, así que, si decides no ir a la entrevista, lo más probable es que se lo den a él.

La cabeza me da vueltas; estoy muy indeciso. Debería hablar con Wes antes de nada. Ha dejado muy claro que no saldrá con nadie cuando esté en Toronto. Me dijo que fuera a Detroit.

De modo que sí, necesito hablar con él antes de tomar cualquier decisión.

Tengo la sensación de saber exactamente lo que va a decir.

33

Wes

Canning se comporta de un modo extraño. Apenas ha dicho una palabra durante la cena y después ha denegado mi sugerencia de ir al cine porque quiere volver a la habitación.

Mientras subimos las escaleras de los dormitorios en silencio, me gustaría saber qué le pasa por esa cabeza tan *sexy*. No parece enfadado, ni siquiera molesto. Más bien preocupado, lo cual es tan poco habitual en Jamie que me preocupa.

—¿De qué quería hablar Pat antes? —intento conversar, pero mi pregunta tiene el efecto contrario.

—Sobre los entrenamientos —responde, y se calla de nuevo.

Me trago un suspiro y lo sigo hasta el segundo piso sin dejar de admirar la forma en que los vaqueros desteñidos se le ciñen al trasero. Hemos pasado el verano vestidos con pantalones cortos y chanclas, sin embargo, esta noche, sorprendentemente, ha refrescado, por lo que puedo ver a Jamie llevando unos tejanos. Espectacular, joder.

—¿Quieres ver algo en el portátil? —pregunto al entrar en la habitación—. Cassel me ha enviado este vídeo graciosísimo de...

Posa los labios sobre los míos antes de que termine la frase.

Jamie me empuja contra la puerta y me mete la lengua en la boca. Le devuelvo el beso por instinto, a pesar de que no dejo de preguntarme qué ocurre. Me agarra por la cintura y presiona la parte inferior de su cuerpo contra el mío a la vez que gime con fuerza.

Por Dios. No sé de dónde viene este repentino ataque de pasión, pero mi erección lo agradece. Al cabo de un minuto o dos, me arde la bragueta. Jamie se da cuenta y, con manos frenéticas, trata de desabrocharme el botón del pantalón.

—Te debo una mamada —murmura.

Sí, claro. Los penaltis. Había olvidado el premio. No es que me importe, ya que nos la chupamos con regularidad sin necesidad de un enfrentamiento para justificarlo.

Me baja los pantalones y los calzoncillos hasta las pantorrillas, y se arrodilla casi con desesperación. Cada vez estoy más alarmado.

—Oye. —Le paso los dedos por el pelo para calmar esos movimientos agitados—. ¿Qué te ha dado?

—Nada todavía. —Me lame el glande y veo las estrellas—. Pero espero que me des muy pronto.

Entonces se introduce toda mi longitud en la boca. Sin duda, ha aprendido algunos trucos nuevos este verano. Ahora puede hacer gargantas profundas como un campeón, y es algo que me encanta.

Sin embargo, esta noche, hay algo que no encaja.

Su urgencia hace que el aire sea más denso. Me apoyo en la puerta e intento entregarme a él, pero, a pesar de su boca mágica, no me concentro. Le deslizo una mano bajo la barbilla y lo insto a subir:

—Ven aquí.

Jamie da una buena chupada más, que siento hasta en los dedos de los pies. Cuando se levanta, nos doy la vuelta para que sea él quien esté de espaldas a la puerta. Le tomo la barbilla con las dos manos y examino su preciosa cara. Tiene las mejillas sonrojadas y sus grandes ojos marrones están llenos de una emoción que no consigo interpretar.

Voy a averiguar qué pasa, pero primero lo beso. Una vez. Dos.

—Canning —susurro—. No follaremos hasta que me cuentes qué te ocurre.

Mira hacia abajo.

—Cabe la posibilidad de que sea entrenador el año que viene —dice, con la voz ronca.

—¿De verdad? —No sabía que estaba considerando esa opción. Quizá era una solución interesante a sus preocupaciones sobre ser portero. Aunque una parte de mí opina que estaría loco si tirara por la borda su carrera como jugador de *hockey* profesional—. ¿Dónde?

—Hay un trabajo de coordinador defensivo para un equipo juvenil importante… —Traga saliva antes de continuar—. En Toronto.

«En Toronto». Las palabras rebotan en mi mente. Durante unos breves segundos, mi corazón se dispara como un cohete. Podría haber dado un inapropiado grito de alegría, si no fuera porque no he apartado la mirada de los ojos cautelosos de Jamie. Siempre ha sido el más inteligente de los dos.

Pero yo aprendo rápido. Así que, medio segundo después, cuando siento una presión en el pecho, aparto las manos de su cara. De hecho, se estremece en cuanto las alejo.

No puedo estar con Jamie en Toronto. Si nos descubren, no habrá ninguna razón para que permanezca en la ciudad. Soy un maldito novato, que espera tener la suerte de ser valioso para el equipo.

Pasan otros segundos antes de que me atreva a remarcarle esto, porque estamos hablando de Jamie Canning. Las probabilidades de que quiera a alguien más que a él son tan bajas como que me ataque un tiburón.

En Toronto.

No obstante, la posibilidad de que Jamie pase página es exponencialmente mayor. Nos hemos divertido mucho este verano, pero no creo para él haya tenido el mismo significado que para mí. Seguro que este atractivo hombres es más heterosexual que otra cosa. Aunque me equivocara, ahora tiene el doble de posibilidades de encontrar una pareja que hace seis semanas.

Podría tener a cualquiera y no le pediré que me espere.

—Di algo —murmura.

«No quiero». Siento una sensación de calor tras los ojos y la garganta a punto de romperse, pese a ello, no me acobardaré. Se merece que sea sincero, para variar.

—No podemos estar juntos en Toronto.

Seis breves palabras que hacen que se le enrojezcan los ojos.

—Lo siento —añado. Eso no es suficiente para describir lo que siento.

Me esquiva y se aleja de la puerta. Me tomo un momento para volver a ponerme los tejanos. Para cuando me he subido la cremallera, Jamie se ha puesto a toda prisa unos pantalones cortos de deporte. Mete los pies en las zapatillas y ni siquiera se toma la molestia de atárselas.

—Voy a correr —gruñe.

Cuando busca la puerta, me aparto, aunque es justo lo contrario de lo que quiero hacer, y mi corazón me pide a gritos que lo llame.

Pero la puerta se abre y se cierra de nuevo con un chasquido, y él desaparece.

Presa del pánico, me apresuro a acercarme a la ventana. Un minuto más tarde, sale del porche y corre hacia la calle, con los cordones de los zapatos colgando.

Incluso después de haberlo perdido de vista, necesito respirar con calma durante un minuto para tranquilizarme. No puedo creer que haya hecho eso. No es lo que quiero. Le doy vueltas a lo sucedido mientras busco la forma de solucionarlo.

Pero no encuentro ninguna. He pasado una década de mi vida tratando de conseguir este trabajo en Toronto. Tengo un grado universitario en Comunicación, como cualquier otro maldito deportista del planeta, y un padre que me matará si la fastidio en Toronto.

Jamie Canning fue mi primer flechazo y mi único amor, pero nunca iba a ser mío.

Sin embargo, hay una parte positiva. Solo una. Sé que Jamie está enfadado porque se siente rechazado, y eso nunca es divertido. Si bien, en mi interior, sé que pasará página. Las «Hollys» del mundo aguardan para recuperarlo. Alguna chica guapa llamará su atención antes de que acabe la semana y, en unos meses, el desastre de hoy solo será un mal recuerdo.

Como yo.

Me trago ese pensamiento y busco la maleta en el armario.

34

Jamie

Es domingo de cena familiar en casa de mis padres en San Rafael, California. Esta noche no asisto por Skype, pues soy yo el que está preparando la pasta. He picado una montaña de ajos, cortado varias cebollas y troceado un montón de aceitunas. Somos diez para cenar: nosotros ocho, el marido de Tammy y el nuevo novio de Jess. Mamá me ha tenido en la cocina durante una hora y media, y todavía nos falta mucho para estar listos.

Resulta que cocinar es terapéutico. Tengo algo que hacer con mis manos y no he de mirar a nadie a los ojos.

Llevo cuarenta y ocho horas en casa y mamá no ha dejado de dar vueltas a mí alrededor como un halcón. Sabe que me pasa algo serio, aunque solo le he dicho que tengo una crisis profesional. Sabe que la entrevista está programada para dentro de tres días, y que eso entra en conflicto con el hecho de que se supone que estaré en Detroit en seis.

Todo lo que le he dicho es cierto. Pero no es toda la verdad. Elegir entre dos trayectorias profesionales es importante, mas no es tan doloroso como lo que me ha hecho Wes.

Después de esa horrible escena en nuestra habitación, salí a correr. Cinco kilómetros después, Wes se había ido. No me refiero a que saliera a tomar algo, sino que se había ido del campamento. Toda su ropa había desaparecido de nuestro armario y el neceser tampoco se encontraba en el baño.

Sus patines también habían desaparecido.

Sin preguntar, supe que no volvería. Cuando bajé a desayunar a la mañana siguiente, Pat me recibió con alegría. Y, cuando le pregunté si estaba seguro de que tenía suficientes entrenadores para la semana siguiente antes de que me fuera a California, me contestó que sí sin pensárselo.

He pasado los dos últimos días tratando de no deprimirme en mi habitación. Da la casualidad de que el jardín de mis padres está bien desbrozado, he perdido cuatro veces al ajedrez contra mi padre, y por fin he terminado el libro que me llevé al campamento.

Pero me duele haber perdido a mi mejor amigo-novio-lo que sea. Nunca llegamos a ponerle una etiqueta, y ahora ya no lo haremos.

—¡Mierda! —maldigo cuando me corto la parte superior del dedo con el cuchillo, que se me escapa de la mano en cuanto me aprieto el corte para evitar que sangre.

—James. —Mi madre me llama con tono calmado—. Quizá necesites un descanso. —Ni siquiera se queja de la palabrota que acabo de soltar, por lo que debo de estar más raro de lo que creía—. Deja que te busque una tirita —añade.

Dos minutos más tarde, me cubre la herida.

—Puedo saltear las verduras con una sola mano —ofrezco.

—En lugar de eso, ¿por qué no me cuentas qué te pasa?

Podría hacerlo. Mis padres no se escandalizarían ante la idea de que me enrolle con un tío. Ambos son unos *hippies* californianos hasta la médula. Y, si Wes y yo siguiéramos juntos, lo compartiría sin dudarlo. En cambio, no tiene sentido contar la historia ahora. Solo me aseguraría una vida de burlas de mis hermanos. «¿Necesitas saber qué camisa va con esos pantalones?, pregúntale a Jamie, fue gay durante unas semanas». No conviene facilitar ese tipo de munición a cinco hermanos a menos que sea relevante.

De todos modos, me ahorro responder a las preguntas de mi madre, porque la puerta de la cocina se abre de golpe cuando empieza a llegar la primera oleada de gente.

—¡Jamester! —grita mi hermana Tammy—. Toma. Sujétalo.

Antes de que pueda discutir, hay un niño pequeño en mis brazos.

—¡Carne fresca! —exclama mi hermana, y su marido se desliza entre nosotros para hacerse con una cerveza.

Miro al bebé.

—Hola —digo a Ty. Hace dos meses que no lo veo y juraría que es el doble de grande.

—Ja —responde alrededor de los cuatro dedos que tiene metidos en la boca. Se saca la manita babosa de la boca y me agarra la nariz.

La sonrisa de Tammy se ensancha.

—Me alegro de tenerte de vuelta, chiquitín. —Tammy tiene treinta años, pero me ha llamado «chiquitín» desde sus doce y mis cuatro.

Ty y yo sacamos dos cervezas de la nevera y salimos a la terraza, desde donde se ve la bahía de San Rafael a lo lejos. Mis padres compraron esta casa hace treinta y cuatro años, antes de que Joe naciera. Es la única razón por la que pueden permitirse estas vistas tan bonitas en un barrio estupendo. Cuando la familia creció, añadieron dos zonas más a la casa. La llamamos «la cabaña de sastre». Ahora, cuenta con cinco dormitorios. Al ser el más joven, tuve mi propia habitación en esta casa durante el año previo a irme a la universidad. Mi vida había sido una sucesión de literas, peleas por los mejores cereales y ruidosas comidas familiares.

Me encanta mi casa.

—Creo que debo añadir un tercer elemento a la lista —digo a Ty. Cuando lo miro, unos ojos marrones muy abiertos, que no son muy diferentes a los míos, me observan—. ¿Detroit, Toronto o California? —pregunto.

Ty frunce el ceño y parece considerar la respuesta. Se lo piensa mucho. Entonces emite un pequeño sonido de gases y su cara se relaja justo cuando noto un olor desagradable.

—¿Acabas de hacerte caca mientras te vigilaba? —pregunto al bebé.

Me devuelve una mirada inocente.

—¡Ahí está! ¡Jamie!

Me doy la vuelta para encontrarme a mi otra hermana, Jess. Y antes de que pueda reaccionar, me acerco y le doy el bebé. Luego le planto un gran beso en la mejilla.

—Me alegro de verte, hermanita.

—¿Me acabas de entregar un sobrino cagado?

—¿El olor venía de ahí?

—¡Serás...! —escupe Jess. Ella y yo somos los más jóvenes de la familia. Tiene veinticinco años y es la hermana a la que me siento más cercano, lo que significa que nos volvemos locos el uno al otro.

—Lo que se da, no se quita —añado.

Pone los ojos en blanco.

—Bien. Iré a buscar la bolsa de los pañales. Trae una cerveza para Raven, ¿quieres? Haz algo útil. —Sale de la terraza mientras camina junto a un hombre que no he visto en mi vida.

—Tú eres... —¿Ha dicho Raven? ¿Qué mierda de nombre es ese?

—Raven —se presenta, y me tiende el puño para que lo choque.

¿En serio? Lo hago para no parecer maleducado.

—Eres el jugador de *hockey* —comenta. Tiene la voz un poco ahumada.

—Claro —respondo sin compromiso, porque quién demonios sabe lo que decidiré hacer al final de la semana.

—Mola. —Suena bastante colocado. Mi hermana sí que sabe escogerlos. Cuando Raven apoya la cadera en la barandilla de la terraza y se cruza de brazos, me fijo en los tatuajes que le asoman por las mangas de la camiseta y la curva del bíceps. No está mal.

Por Dios, ahora me fijo en el novio de mi hermana. ¡Aaah! «Que te den, Ryan Wesley. ¿Ves lo que me has hecho?». Es un pensamiento ridículo, que me provoca unas ganas repentinas de reírme como una hiena.

—Tú —ahogo una carcajada—, ¿quieres una cerveza?

—Claro —gruñe. Nuestro Raven es muy hablador. Si Wes estuviera aquí, él...

Bueno.

Suspiro.

La cena es ruidosa y divertida, como siempre. Escuchando la charla de mis hermanos, me olvido de Wes al menos durante un par de horas.

—Tenemos un atleta profesional en la familia —protesta Scotty—, y desperdicia su talento en el *hockey*.

—No es demasiado tarde —argumenta su gemelo Brady—. Jamie podría dedicarse al fútbol. Los Niners de San Francisco también necesitan a alguien en la defensa.

—Ya lo tengo todo resuelto —anuncia mi padre.

—El equipo de Jamie juega contra Anaheim en noviembre...

El alma se me cae a los pies, puesto que no hay casi ninguna posibilidad de que me vea jugar en ese partido.

—Lo que significa que podríamos ir todos juntos a un partido de los Niners —propone mi padre.

Típico. Al menos, si renuncio a la Liga Nacional de *Hockey,* nadie se molestará demasiado.

Nos burlamos de Tammy por su barriga redonda y también de Joe por su escaso pelo. Cuando me llega el turno, casi no los escucho.

El día pasa volando en un torbellino de bromas y burlas. Ahora los platos están limpios y la tarta de melocotón se ha acabado. La mayor parte del clan se ha ido a casa, y solo quedamos mis padres, Brady, Scotty y yo, que dormiremos aquí.

Volvemos a estar en la terraza, con los pies apoyados en la barandilla, mientras vemos la puesta de sol y Scotty me cuenta sus desgracias:

—Ella me dijo que no quería casarse con un policía, y me esforcé mucho en no serlo. Tengo un grado en justicia penal y siete años de experiencia laboral. De verdad que pensé en dejarlo.

La voz de mi hermano suena áspera y siento mucho más que una simple punzada de empatía.

—No obstante, luego comprendí que probablemente no importaría. Si me hubiera querido, el trabajo daría igual. Sin embargo, no lo hacía, al menos, no lo suficiente.

Vale, ya he tenido suficiente. Hay una pequeña pero estadísticamente significativa posibilidad de que acabe llorándole a mi cerveza en un minuto. ¿Y no será eso muy divertido de contar?

—Al menos sé que hice todo lo que pude —añade—. Le dije que la quería y que deseaba ir en serio. Le expuse mi caso y lo defendí con firmeza. Así que no me arrepiento.

Yo no puedo decir lo mismo. Wes me apartó, ¿y qué hice yo? Salí a correr. Dejé que se escabullera como un ladrón en la noche. No le dije: «Te quiero». No, en su lugar, me lo tragué.

Soy un imbécil.

—¿Jamie? —dice mi madre con voz tranquila.

—¿Qué? —respondo.

—¿Te encuentras bien?

¿De dónde sacan las madres esa habilidad? Resulta tan inoportuno.

—Estoy bien —murmuro, sin convencer a nadie.

—Sea quien sea, cariño…, si te importa, espero que se lo digas.

Aaah. Supongo que tendré que visitar a alguien más después de la entrevista en Toronto.

35

Wes

Me acerco a los ventanales que ocupan la pared del salón del que podría ser mi futuro apartamento y contemplo la vista panorámica del paseo marítimo de Toronto. Es, sin duda, la mejor vista de todas las viviendas que he visitado hoy, no obstante, el agua tranquila del lago Ontario me recuerda demasiado a Lake Placid. A Jamie.

Pero ¿a quién quiero engañar? Todo me recuerda a Jamie. Anoche no pude ni siquiera sentarme en el bar del hotel sin recordar el local de carretera cerca del campamento, donde compartimos nuestro primer beso. Esta mañana he pasado por delante de una tienda de caramelos y he pensado en los Skittles morados que me compró. En el último piso que he visitado, me he pasado diez minutos mirando la cama de futón en el suelo recordando los dos colchones que colocamos juntos en la habitación.

No puedo escapar de Jamie Canning, por mucho que lo intente.

—No encontrará una oferta mejor en este barrio —dice la agente inmobiliaria. Se acerca y se pone a mi lado para admirar la vista—. ¿Un alquiler tan bajo para un apartamento de dos dormitorios en Harbourfront? Es algo inaudito.

Me alejo de la ventana para estudiar la enorme sala con cocina abierta. El apartamento no está amueblado, de modo que trato de visualizar cómo quedaría. Un sofá de cuero y una enorme pantalla plana en el salón. Una mesa de comedor. Unos taburetes altos para la barra del desayuno.

Me imagino viviendo aquí, sin duda. Y debo admitir que es mucho menos probable que rompa mi regla de celibato autoimpuesta en este barrio. En esta zona no hay tanta población homosexual en comparación con las otras áreas que he visitado. Uno de los apartamentos estaba al final de la calle donde había no uno, sino tres bares LGBTI.

No es que quiera negarme a ir o a probar la carne de Toronto. Es solo que la idea de estar con alguien que no sea Jamie me destroza.

—Y no estoy seguro de si esto es una ventaja o una desventaja para usted —continúa la agente inmobiliaria—, pero los propietarios me dijeron que planean venderlo en un año o dos. Si ya vive aquí y quiere invertir en bienes inmuebles en la ciudad, estaría en una buena posición para comprarlo.

Frunzo el ceño.

—¿Y si deciden vender antes y no me interesa comprar? ¿Tendré que recoger mis cosas y mudarme?

Ella sacude la cabeza.

—Firmará un contrato de alquiler de un año. Tiene garantizado el lugar hasta que termine el contrato.

A la mierda.

—Me lo quedo —sentencio. Porque, la verdad, estoy cansado de buscar piso. Tan solo necesito un sitio donde dormir. No mucho más.

De todas formas, mi corazón no estará aquí, sino en Lake Placid. O tal vez en California. Bueno, irá donde sea que vaya Jamie Canning.

Me siento como una mierda por haberlo dejado así, pero nunca se me han dado bien las despedidas. Lo que solo demuestra que soy tan inmaduro e imprudente ahora como hace cuatro años. En aquel entonces también lo saqué de mi vida. Supongo que eso es lo mío.

Soy un imbécil consumado.

Ajena a mi fiesta privada de odio hacia mí mismo, la cara de la agente inmobiliaria se ilumina.

—Estupendo. Esta tarde prepararé el papeleo.

Cinco minutos después, salgo del vestíbulo acristalado a la acera y respiro el cálido aire de julio. Hay una parada de tranvía a una manzana de distancia, así que me meto las manos en los bolsillos y me dirijo hacia allí. Solo quiero volver al hotel y pasar el resto del día sin hacer nada. Sin embargo, mientras subo al tranvía, decido que no.

No puedo seguir revolcándome en la miseria. Canning y yo hemos terminado. Y en unos días estaré inmerso en el entrenamiento, lo que no me dejará mucho tiempo para explorar mi nuevo hogar.

Almuerzo tarde en una pequeña cafetería con vistas al lago, y luego deambulo un rato, ligeramente asombrado por mi entorno. Las calles están muy limpias y la gente es muy educada. No puedo ni contar las veces que oigo las palabras «perdón», «lo siento» y «muchas gracias» en las dos horas que paso explorando.

Al final, vuelvo al hotel, donde me doy una ducha rápida antes de abordar el siguiente punto de la lista de tareas del día. Enviar un correo electrónico a un agente: hecho. Buscar piso: hecho.

Lo siguiente es llamar a mi padre. Vaya. No puedo esperar.

Marco el número de mi casa y me siento en el borde de la cama. Temo escuchar el sonido de su voz, en cambio, responde mi madre.

—Ryan, qué alegría que nos llames —dice con su tono pausado y falto de emoción.

Sí, seguro que está encantada.

—Hola, mamá. ¿Cómo va todo en Boston?

—De maravilla. De hecho, acabo de entrar en casa. Tenía una reunión con la Sociedad Histórica esta noche. Hemos hablado con el ayuntamiento sobre la restauración de la antigua biblioteca en Washington.

—Suena divertido. —Ni de broma—. ¿Está papá por ahí?

—Sí. Ahora lo llamo por el intercomunicador.

Sí, nuestra casa en Beacon Hill tiene telefonillos en cada habitación, porque así es como funciona la gente rica. ¿Quién tiene tiempo de ir a otra habitación y entregarle a alguien un teléfono cuando se encuentran tan ocupados contando sus montones de dinero?

Mi padre entra en la llamada un momento después y me saluda con frialdad.

—¿Qué pasa, Ryan?

«Hola a ti también, papá».

—Hola. Solo quería hablar contigo sobre la entrevista de *Sports Illustrated.*

Al oír eso, se pone alerta de inmediato.

—¿Qué ocurre con eso?

—No voy a hacerla. —Hago una pausa. Cuando no responde, me apresuro a seguir—. Las temporadas de novatos son demasiado imprevisibles, papá.

—Ya veo. —Su tono es cortante—. ¿Y esto no tiene nada que ver con que quieras ocultar tus... actividades... a la revista?

—No tiene nada que ver con eso —aseguro—. No puedo tener a un periodista detrás de mí durante todo un año, en especial si el año acaba siendo un fracaso. —Rechino los dientes—. En cuanto a mis actividades, no tienes que preocuparte por eso. A partir ahora, ya no serán un problema.

—Ya veo —repite—. Entonces sí que era una fase —dice con arrogancia.

«Sí, papá. Mi sexualidad es una fase. Lo que soy, hasta mi esencia, es una fase».

Noto un sabor amargo en la garganta, que amenaza con asfixiarme. No puedo lidiar con él ahora. O nunca. Pero en este momento seguro que no.

—De todos modos, agradezco la oportunidad, aun así, no habrá entrevista. Por favor, dale las gracias a tu amigo de mi parte.

Cuelgo sin despedirme y me levanto. Hago un esfuerzo por no darle a un puñetazo a nada. ¿Soy una mala persona por odiar a mis padres? Bueno, ¿por aborrecerlos? A veces siento que iré directo al infierno por ciertos pensamientos que se me pasan por la cabeza.

Me muerdo el carrillo y miro alrededor de la *suite*. Supongo que podría poner la tele. Pedir alguna cosa al servicio de habitaciones. Hacer algo que me distraiga de pensar en Jamie, mis padres o mi vida de mierda.

Pero siento que las paredes se ciernen sobre mí. Necesito salir de esta habitación. Necesito salir de mi cabeza.

Tomo la cartera y la llave de la habitación, me las meto en el bolsillo y me marcho a toda prisa del hotel. Una vez en la acera, titubeo, porque, la verdad, no sé a dónde voy. Considero la posibilidad de meterme en el bar de enfrente para tomar una copa, si bien tengo miedo de no parar en una. Mi primera noche en Toronto, me emborraché hasta casi perder el conocimiento y acabé alternando entre arrodillarme sobre el retrete y vomitar hasta la primera papilla y acurrucarme en la cama mientras echaba de menos a Jamie. Me niego a convertir eso en un hábito.

Empiezo a andar. Son las ocho de la tarde de un día laborable, así que las tiendas siguen abiertas y las aceras, abarrotadas. Sin embargo, nada ni nadie capta mi interés. Por lo que sigo caminando. Y, luego, un poco más, hasta que el letrero de neón de un escaparate en la distancia me llama la atención.

El salón de tatuajes me atrae como una luz al final de un túnel y, sin pensarlo, me dirijo hacia él. De repente, estoy frente a la puerta.

Hace tiempo que pienso en hacérmelo, pero me parecía demasiado cursi. Ahora, me provoca una sensación agridulce, además, también me parece el momento adecuado.

Dudo un instante y estudio el horario de la tienda que hay junto a la puerta. La tienda cierra a las nueve. Son las ocho y veinte. Lo más probable es que no diera tiempo para que el tatuador completase el trabajo, sin embargo, si hay algo que me define, es ser impulsivo.

Suena una campanita sobre la puerta cuando entro con paso firme y me acerco al tipo de pelo largo que está detrás del mostrador. Lleva un jersey negro y está recostado en una silla giratoria con una revista en el regazo. Tiene el cuello, los brazos y los hombros cubiertos de tinta.

—Hola —saluda tranquilo—. ¿En qué puedo ayudarte?

—¿Aceptáis clientes sin cita? —pregunto.

—Sí, pero depende de lo que quieras hacerte. Las piezas más grandes requieren varias sesiones. —Mira los tatuajes que asoman por mis mangas—. Pero eso probablemente ya lo sabías.

Miro a mi alrededor y examino las fotos que hay en las paredes. Hay algunas piezas increíbles ahí arriba.

—¿Las has hecho tú?

—Claro que sí. —Sonríe—. ¿Buscas algo personalizado?

—No, solo algo sencillo. —Alzo la muñeca derecha—. Una línea de texto aquí.

—Puedo hacerlo sin problemas. —Se levanta de la silla y deja la revista a un lado. Luego me dice los precios.

Es asequible y el hombre me transmite confianza al instante, así que, en cuanto me pide que pase atrás, lo sigo sin hacer más preguntas.

Cruzamos una cortina oscura hacia un espacio de trabajo limpio y despejado. Es una buena señal.

—Soy Vin —se presenta.

Arqueo una ceja.

—¿Te apellidas Diesel?

Se ríe.

—No, Romano. Vin es la abreviatura de Vincenzo. Mi familia es italiana.

—Yo soy Wes.

Nos damos la mano y, entonces, señala la silla.

—Toma asiento. —Una vez me siento, se arremanga y pregunta—: ¿Qué texto quieres que te tatúe?

Busco mi teléfono en el bolsillo y toco la pantalla para ver la nota que dejé en el bloc. Cuando la encuentro, le paso el teléfono.

—Estos números.

Estudia la pantalla.

—¿Los quieres normales o romanos?

—Normales.

—¿De qué tamaño?

—¿De un centímetro, más o menos?

Asiente, toma un cuaderno de dibujo y garabatea los números antes de devolverme el teléfono. Su lápiz vuela por el bloc mientras dibuja algo. Un momento después, levanta la página.

—¿Algo así, tal vez?

Asiento con la cabeza.

—Perfecto.

—Eres fácil de complacer.

Con una sonrisa, se apresura a preparar su puesto, saca los instrumentos de un armario cercano mientras yo escudriño cada uno de sus movimientos. Me gusta ver que la aguja que trae está empaquetada, lo que significa que este estudio se deshace de las usadas después de cada tatuaje.

Vin se instala frente a mí. Se pone un par de guantes de látex, saca la aguja de su embalaje y toma la pistola de tatuar.

—¿Y dónde está? —pregunta.

Arrugo la frente.

—¿Dónde está el qué?

Me pasa un trapo con desinfectante por el interior de la muñeca derecha.

—Esos números... Son de longitud y latitud, ¿no? ¿Coordenadas? ¿Qué aparecería en el mapa si las buscara?

—Lake Placid —digo, con tono cortante.

—Oh. —Parece intrigado—. ¿Por qué Lake Placid? Y no dudes en decirme que me meta en mis asuntos, si quieres.

Trago saliva.

—No, no pasa nada. El lugar significa mucho para mí, eso es todo. Pasé los mejores veranos de mi vida allí.

Vin vierte tinta negra en uno de los vasos de plástico de la bandeja que tiene delante.

—Odio el verano.

No puedo evitar sonreír. Uno pensaría que alguien que lidia con el gélido invierno canadiense durante la mitad del año agradecería el clima cálido.

—¿Por qué?

—Porque siempre se acaba. —Deja escapar un suspiro—. Dura, ¿qué? ¿Dos, tres meses? Y luego se va y volvemos a temblar dentro de los pantalones térmicos. El verano es un auténtico calientapollas. —Se encoge de hombros, y repite—: Siempre se acaba.

En eso tiene razón. El verano siempre se acaba.

36

Jamie

Estoy clavando la entrevista. No quiero parecer arrogante, pero es la verdad.

Mi posible jefe, Bill Braddock, tiene unos cuarenta años y es un buen tipo. Lo noto. Acabamos de pasar cuarenta minutos discutiendo sobre los mejores métodos para entrenar a los delanteros a fin de que sean más responsables a la hora de defender. Cuando Bill habla de estrategia, se le iluminan los ojos.

Quiero este trabajo, de verdad.

—Lo siento —dice Bill—. Nos he vuelto a desviar del camino.

—No pasa nada —respondo—. Este es el tema central, ¿no? Enseñar a los niños a relajarse para que puedan defender la zona con eficacia.

Asiente con entusiasmo.

—¿Cómo aprendiste a estar tan tranquilo? He visto tu cinta.

—Ah. —Me río entre dientes—. Soy el más joven de seis hermanos. Nací en el caos. Es todo lo que conozco.

Consigo que Braddock se ría. De hecho, se da una palmada en la rodilla.

—Eres genial. ¿Alguna vez fue un rollo?

—Claro. Cuando tienes seis hijos, siempre pierdes a uno. Y, cuando eres el más joven, sueles ser tú. Recuerdo estar en el pasillo de los cereales del supermercado, tratando de decidir entre los Cheerios y los Chex. Levanté la vista y todos se habían ido. Una vez me dejaron en un área de descanso en las afueras del lago Tahoe. Al menos, solo se habían alejado veinticinco kilómetros antes de darse cuenta de que no estaba en el coche.

Bill se pone rojo de la risa.

—¿Qué edad tenías?

—¿Siete? ¿Ocho? No lo sé, pero sabía que no debía entrar en pánico.

—Increíble. —Se ríe, luego extiende una mano sobre el escritorio—. Ven a trabajar para mí, Jamie. Creo que nos llevaremos bien.

Me inclino para darle un apretón de manos.

—Me encantaría.

—Es una decisión importante, puedes tomarte el fin de semana...

Niego con la cabeza.

—Quiero ser entrenador. No necesito el fin de semana.

Se sienta. Su expresión me dice que lo he impresionado.

—Bien, de acuerdo entonces. ¿Puedo ponerte en contacto con una agencia inmobiliaria? Encontrar alojamiento va a ser un poco complicado. Toronto es caro. Pagamos a nuestros entrenadores lo que podemos, pero nadie se hace rico...

—Sí, tendré que resolver ese asunto.

Por primera vez en una hora, pienso en Wes. Puede que ahora mismo esté a pocos kilómetros de aquí, buscando piso también.

Tengo que hablar con él, ya lo he decidido. Pero entonces tendré que encontrar la manera de sacármelo de la cabeza. No quiero pasarme la vida buscando su cara cuando camine por la calle.

Pasar página va a ser difícil.

Me levanto y le ofrezco la mano una vez más.

Bill la estrecha y sonríe todo el rato como si le hubiera tocado la lotería. Al menos trabajaré para un buen hombre. Espero que eso también aporte cosas buenas a la organización.

—Hazme saber cómo puedo ayudarte a instalarte. —Bill se levanta de la silla—. Lo digo en serio. Envíame un correo si tienes alguna pregunta sobre los barrios o algo así.

—Lo haré.

Cinco minutos más tarde, estoy de nuevo en las calles de Toronto y me aflojo la corbata que me he puesto para la entrevista. Hoy me he saltado el almuerzo, así que tomo asiento en una cafetería al aire libre a la orilla del lago y pido un sándwich y un café con hielo.

Toronto es agradable. También es una gran ciudad. De alguna manera, hoy tengo que encontrar a Wes. He intentado llamarlo esta mañana al bajar del avión, sin embargo, tenía el teléfono desconectado. Al principio me he asustado, incluso he pensado que me había bloqueado de todas partes. Pero cuando he recibido un mensaje de la compañía telefónica que explicaba los cargos internacionales que van a cobrar por haber llamado desde Canadá, me he dado cuenta de que probablemente Wes se habrá cambiado a una compañía canadiense.

Tiene que ser eso, ¿no?

En cualquier caso, necesito otro plan para llegar a él rápidamente. Podría ir a la pista de hielo, si bien dudo que me dejen entrar sin más. E incluso, aunque eso ocurra, a Wes podría no gustarle... Me suena el teléfono, lo que me sorprende, y por un segundo el corazón se me detiene. Pero, por supuesto, la persona que llama no es Wes. En el teléfono aparece el nombre de Holly.

—Hola —contesto, y trato de poner un tono de voz relajado. No hemos hablado desde nuestra incómoda velada en Lake Placid, pero espero que eso que dijo de seguir siendo amigos fuera cierto—. No vas a adivinar dónde estoy ahora mismo.

Se ríe, y el sonido es reconfortante.

—No estás en Detroit, ¿verdad?

—No, en Toronto. Voy a aceptar un trabajo de entrenador.

—¿De verdad? Eso es genial, Jamie. Estoy muy orgullosa de ti. Me alegro de que hayas seguido tu instinto.

Mi corazón se hincha un poco. A todo el mundo le gusta oír que lo ha hecho bien.

—Gracias. Tendré que adaptarme. El dinero canadiense es raro.

Holly suelta una risita.

—¿Por qué Toronto? ¿Vas a hablarme de tu mujer misteriosa?

—Eh... —Uy—. No estoy seguro de que eso vaya a funcionar, y no me hace demasiada ilusión que sea así.

—Oh, cariño. —Hay empatía en su voz—. Lo siento. ¿Por qué no?

La camarera me sirve la comida y me tomo un momento para agradecérselo.

—Pues... —Miro por encima del hombro. Estoy solo y en el exterior, que es el principal motivo por el que he contestado el teléfono—. Lo que te voy a contar va a sorprenderte. —Tengo que contárselo a alguien. Y Holly me guardará el secreto. Es una buena amiga.

—¡Cuenta!

—¿Mi mujer misteriosa? No existe. Estaba liado con un tío.

Se produce un silencio durante un momento.

—¿En serio? —Suena incrédula.

—De verdad. Al parecer soy... —Nunca lo he dicho en voz alta—. Bisexual. —Ya está, tampoco ha sido tan difícil.

—Estoy... Vaya —comenta ella—. Eso sí que no lo he visto venir.

—Yo tampoco. —Me río—. Ha sido un verano muy interesante.

—¿Quién es él? Espera, ¡tu amigo del hotel! ¡Y de la pista de hielo en Lake Placid! Ryan no sé qué.

Caray. Había olvidado que las mujeres son extrañamente intuitivas.

—Holly, no puedes decírselo a nadie. A mí no me importa demasiado, pero a él podría hacerle mucho daño.

Suspira con fuerza.

—No se lo diré a nadie. Pero... ¿te ha dejado? Lo voy a matar.

Consigue que sonría.

—Eres la mejor. ¿Te lo he dicho alguna vez?

—Eh... —Suspira—. Tengo mis momentos. Oye, ahora ya puedo parar de intentar averiguar de qué chica te habías enamorado. He pasado mucho tiempo preguntándome qué tenía ella que yo no. Ahora al menos sé la respuesta: pene.

Me echo a reír.

—Joder, Holly. Me alegro de que hayamos hablado.

—Lo mismo digo.

Cuando colgamos, todavía sonrío. Me como el almuerzo sin dejar de pensar en todas las locuras que he hecho estas seis semanas.

Y un recuerdo en particular resuelve el problema de encontrar a Wes.

Le hago señas a la camarera y saco el móvil. Tengo que descargarme una aplicación.

37

Wes

Mi primer entrenamiento es duro, pero eso es lo que me gusta. El entrenador Harvey nos manda un ejercicio combinado diseñado para reforzar nuestra capacidad de aceleración en las curvas, y solo necesito cinco segundos para darme cuenta de que ahora me encuentro en las ligas mayores. «No, ya no estás en la universidad, princesita».

Este es un nivel de intensidad totalmente nuevo. Estoy sudando la gota gorda mientras entro y salgo entre la multitud, que cambia de dirección según la voluntad del entrenador. Me esfuerzo para seguir el ritmo de los jugadores que llevan entrenando juntos durante mucho más tiempo que los cinco minutos que llevo con ellos.

Y, a partir de ahí, la intensidad aumenta, aunque me parece bien. Esto es todo lo que tengo. Es mi elección. Jugar el mejor *hockey* que pueda será el eje de mi vida durante los próximos años.

Para cuando terminamos, he sudado tanto que me sale vapor del interior del casco cuando me lo quito. Las piernas me tiemblan al bajar por la rampa hacia los vestuarios.

—Buen trabajo ahí fuera, tío. Vas a ser un buen fichaje —dice mi compañero Tomkins. Lleva tres temporadas y lo está haciendo bien, así que me reconforta oírlo decir eso.

—Gracias. Me alegro de estar aquí.

Y es cierto. En gran parte.

Después de una ducha, me visto y salgo de la pista. Estoy cansado y tampoco tengo la necesidad de hacer vida social porque en dos horas empieza la cena de equipo.

Compruebo si alguien me ha llamado. Nada. Sin embargo, tengo una notificación de la aplicación Brandr. Es extraño, porque no he enviado ningún mensaje desde que llegué a Toronto. Me he portado bien. De hecho, debería desinstalarme la maldita aplicación para no caer en la tentación y todo eso.

De cualquier forma, leo la notificación por si es de algún conocido. Se trata de un mensaje de un perfil nuevo, con la imagen de un dedo que no reconozco. Cuando voy a pulsar el botón de «borrar», aparece el nombre del remitente.

El mensaje es de alguien llamado SkittleLila. Y, cuando lo abro, su ubicación marca que se encuentra a tres kilómetros de aquí.

Mi pecho se estremece de golpe. Jamie Canning está en Toronto.

Me pongo en guardia al tiempo que abro el mensaje, porque debe seguir muy enfadado conmigo. Pero es lo mejor.

> Wes, necesito quince minutos de tu tiempo. Voy a aceptar el trabajo de entrenador, y hay algo que quiero decirte. Vamos a vivir en la misma ciudad, por muy grande que sea. Dime dónde podemos vernos. No me importa dónde. Un Starbucks o cualquiera que sea el equivalente canadiense. Por favor.
>
> J.

Respondo antes de pensarlo bien. Le digo que sí. No porque sea lo correcto, sino porque no tengo fuerzas para negarme. Aunque una cafetería no es la mejor idea. Es demasiado público. Por tanto, le pido que se reúna conmigo en el apartamento vacío que he alquilado.

La agente inmobiliaria me había preguntado si quería ir a tomar medidas. Al parecer es algo habitual aquí. Dije que sí, y me dejó una llave en la recepción.

Ahora voy hacia allí a toda prisa.

El conserje me da la llave y le comento que estoy esperando a alguien para que vea el piso conmigo. Me promete que lo enviará hacia arriba enseguida.

Subo en el ascensor con el corazón acelerado y, cuando abro la puerta del apartamento, lo miro con otros ojos. Es demasiado espacioso para un solo hombre. Debería haber buscado un apartamento de una habitación. Jamie lo verá y pensará que me alejé de él para disfrutar de una vida de deportista profesional. Como si me importaran los beneficios.

Sin embargo, la encimera de granito y los suelos de madera de cerezo se ríen de mí. «Esto es lo que querías».

Se supone que debería estar aquí tomando medidas, pero ni siquiera he traído una cinta métrica. Y no es el apartamento lo que tengo que medir, sino el tamaño de mis pelotas. Jamie viene hacia aquí para decirme que soy un imbécil y un cobarde, y la verdad es que no puedo alegar lo contrario.

Cuando llama a la puerta, no estoy preparado.

Pese a todo, me armo de valor y abro. Él entra vestido con un maldito traje y una corbata, un aspecto lo bastante *sexy* como para ponerme cachondo. Retrocedo instintivamente, pues no puedo tocarlo. Nunca he tenido fuerza de voluntad cuando se trata de Jamie Canning. Y no voy a enviarle más señales contradictorias. No puedo seguir haciéndole eso.

—Hola —saluda con cautela—. Bonita casa.

Me encojo de hombros, y es que mi boca se ha quedado demasiado seca para hablar. Sus grandes ojos marrones observan la habitación, lo que me da un minuto para admirar a este hombre al que quiero, quizá por última vez. Tiene la cara bronceada y se ha cortado el pelo. Sé exactamente lo suave que es entre mis dedos, y también soy consciente de las miles de tonalidades distintas que posee.

Mi culo choca con la encimera de la cocina y casi tropiezo.

—¿Te encuentras bien? —pregunta.

Asiento con la cabeza, impotente. Esto es muy duro, si bien yo me lo he buscado. Apoyo una mano en la encimera de granito y la fría temperatura me tranquiliza.

—Bueno, tengo que decirte algo, aunque no quieras oírlo.

Jamie me busca con la mirada, pero no sé qué espera encontrar. Ya no quiero comportarme más como un imbécil con él, aun así, no puedo mostrarle lo que siento de verdad. Eso me deja sin palabras. Es lo mejor para ambos.

—No sé qué crees que ha pasado este verano —continúa. Se mete las manos en los bolsillos del pantalón. Si esto de ser entrenador no funciona, debería intentar ser director general de alguna empresa. Porque este estilo le queda de maravilla—. De hecho, estoy seguro de que te has montado un montón de películas en esa cabezota tuya. Crees que me has corrompido, manipulado o alguna mierda por el estilo.

Mi sonrojo, porque tiene razón.

—Crees que solo estaba haciendo el tonto. Dando un paseo por el lado salvaje. Crees que simplemente voy a... —Se frota las manos—. Volver a acostarme con chicas. Que veré esto como un experimento.

Sí, también pienso eso.

—Eso no es lo que ha ocurrido, Ryan. No para mí. Lo que ha pasado es que he recuperado a mi mejor amigo durante un tiempo, y también me he enamorado de él. —Su voz se espesa—. No lo digo por decir. Te quiero, joder, y sé que es un inconveniente, pero no tuve la oportunidad de decírtelo en Lake Placid, así que te informo ahora. En caso de que alguna vez podamos tener algo más que un rollo de verano, quiero que sepas que te quiero y que me gustaría que las cosas fueran diferentes.

Siento una presión en los oídos y el mundo se vuelve un poco borroso. Me hundo hacia el suelo, deslizo la espalda por el caro mueble de madera hasta que golpeó el parqué pulido con el trasero. Se me han humedecido los ojos, por lo que aparto la mirada hacia la ventana. Veo azul. Esa puñetera vista. Es preciosa y no me importa.

Porque nada es tan hermoso como el hombre que acaba de decirme que me quiere a pesar de que soy un desastre.

—Wes. —Una voz suave me llama y Jamie se acerca. Oigo el crujido de una chaqueta de traje cuando se la quita. Unos segundos después, Jamie se sienta en el suelo a mi lado.

En mi visión periférica, veo unos antebrazos musculosos que asoman por las mangas de la camisa remangadas. Enlaza las manos alrededor de las rodillas y suspira.

—No quería disgustarte —dice en voz baja—. Pero tenía que decírtelo.

Lo noto aquí mismo. El aroma a limpio de su champú y el calor de su codo contra el mío son abrumadores. Lo he echado de menos. Tanto que he caminado con un agujero en el pecho donde solía estar mi corazón.

Pero ese vacío está lleno de nuevo. Mi corazón ha vuelto, porque Jamie está aquí.

Y me quiere, joder.

Mi siguiente aliento escapa como un escalofrío.

—No puedo elegir —digo entre dientes.

—Ya has escogido, y entiendo por qué…

Sacudo la cabeza con violencia.

—No. Lo digo en serio, no puedo elegir. No voy a escoger entre tú y el *hockey.* Quiero las dos cosas, aunque sea un desastre.

Por fin me atrevo a volver a mirarlo y veo que pone una mueca de dolor.

—No quiero ser la razón por la que tu carrera profesional no funcione —dice con vehemencia—. Lo entiendo, Wes. De verdad que lo entiendo.

Se me escapa una lágrima y ni siquiera me importa. Le aparto la mano de la rodilla y la beso. Me gusta tanto.

—Lo siento —me ahogo—. Vamos a tener que buscar una solución. Te quiero, maldita sea.

Se le entrecorta la respiración.

—¿Sí?

—Joder, sí. Y no dejaré que te vayas de aquí.

—¿Nunca? —bromea y me aprieta la mano—. Es una forma de evitar los rumores.

Suspiro.

—Necesitamos una estrategia. Tengo que mantenerme al margen de los periódicos todo lo que pueda.

—Mira, por eso…

—Silencio, nene —murmuro—. Déjame pensar un segundo.

No podemos mentir siempre para salvar mi carrera; no sería justo para Jamie. Tal vez no lo haya pensado bien, pero hace mucho tiempo que salí del armario y sé lo horrible que resulta esconderlo.

—Tengo que ir con cuidado hasta junio —decido al fin—. Eso es todo. Y eso solo si Toronto llega muy lejos en las clasificatorias. Solo será durante una temporada.

—¿Y luego qué?

Me encojo de hombros.

—Serás mi cita en la próxima barbacoa del equipo o algo así.

Jamie se ríe, en cambio, yo hablo muy en serio. Solo he necesitado que me mire para darme cuenta de que no puedo esconder partes de mí mismo en cajones separados. Nunca funcionaría.

—¿Y si pasa algo antes de junio? Quiero decir... —Suspira de nuevo—. No puedo mentirle a mi familia. Puedo pedirles que sean discretos, y lo intentarán. Aun así, no bromeo cuando digo que no quiero arruinarte la carrera. Debes ser consciente del riesgo que asumirías.

—Por ti, vale la pena —susurro. Joder, yo lo valgo. Mi cambio de opinión no es pura generosidad. Si Jamie es tan valiente como para entrar aquí y decirme que me quiere, yo también tengo que arriesgarme—. Tendré una charla con el departamento de relaciones públicas. Los avisaré.

Me estrecha la mano.

—No hablas en serio.

Vuelvo la cabeza hacia la pequeña pared de madera sobre la que nos apoyamos.

—Hablo muy en serio. Es mi vida, y la tuya. Te he querido durante años, nene. Si la Liga Nacional de *Hockey* no puede lidiar con ello, entonces que así sea.

La expresión de Jamie se suaviza.

—Pero tendrás un día muy malo.

—No. Un mal día es que te des por vencido conmigo—. Me paso una mano por el pelo y él me toma de repente de la muñeca, con los ojos marrones entrecerrados.

—¿Cuándo te has hecho esto?

Mira mi nuevo tatuaje y me siento avergonzado al responder:

—Un par de días después de salir del campamento.

Roza la tinta negra con las yemas de los dedos.

—¿De qué son estas coordenadas?

No me sorprende que se haya percatado. Mi hombre es inteligente.

—Lake Placid —contesto.

Me mira a los ojos.

—Ya veo. —Se aclara la garganta, pero, cuando vuelve a hablar, su voz es ronca—. Me quieres de verdad, ¿eh?

—Siempre lo he hecho. —Trago con fuerza—. Y siempre lo haré.

No sé quién se mueve primero, pero un segundo después nuestros labios se rozan y se presionan. Gimo incluso antes de que su lengua se cuele entre mis labios. Lo beso con fuerza y él se entrega a fondo.

El tiempo se esfuma. Una vez que empezamos a besarnos, no paramos. Estoy con los labios hinchados y tan empalmado que me duele. Pero no se trata de sexo. Cada beso es una promesa de que habrá más. Sé que debemos parar. Hay planes que hacer y una cena a la que tengo que llegar, no obstante, cada vez que me digo que este será el último beso, vuelvo a por uno más. Y luego otro.

Al final me retiro.

—Tienes que vivir aquí —espeto.

—¿Qué? —dice Jamie, aturdido. Tiene las mejillas sonrojadas y lo he despeinado.

—Un novato de veintidós años podría tener un compañero de habitación, y más si es un viejo amigo del *hockey*. En realidad, sería más raro si me pasara el tiempo entrando y saliendo.

Sonríe, y creo que va a hacer un chiste sobre entrar y salir.

—¿Me acabas de pedir que me mude contigo?

—Bueno… sí. ¿Lo harías?

Jamie barre la habitación con la mirada.

—No puedo permitirme vivir aquí.

Niego con la cabeza.

—Eso no será un problema. Puedes pagar los gastos o esas cosas.

—No puedo…

—Sí puedes. Considéralo un regalo por tener que tolerar diez meses de clandestinidad.

—No puedo no pagar nada.

—Bien. Aporta lo que de otro modo destinarías al dinero del alquiler. —Me pongo de pie y le ofrezco una mano—. Vamos, te lo enseño. —No quiero hablar de dinero. A la mierda con eso.

Jamie me corresponde y me sigue hasta el pequeño pasillo que sale de la cocina.

—Pondremos una cama en esta habitación, pero no será nuestro dormitorio. Sin embargo, tendrás un escritorio aquí, si lo necesitas para tu trabajo. Será un espacio para trabajar.

Todo esto parece tan fácil ahora. Toronto acaba de convertirse en un lugar en el que realmente quiero estar.

—Y este es nuestro dormitorio. —Lo llevo a la gran habitación, encajada en una esquina del edificio—. ¿Ves lo privado que es? Cuando follemos, no nos oirá nadie.

Me arriesgo a mirar a Jamie y sus ojos están ardiendo.

Maldita sea. No debería haber dicho eso. Me he empalmado y no hay tiempo para hacer nada al respecto.

—Espera. ¿Qué hora es?

Se mira el reloj.

—Las seis.

¡Mierda!

—Tengo que estar en un restaurante en media hora. Y mi hotel se ubica en la otra punta de la ciudad...

Miro lo que llevo puesto. Pantalones de deporte y unas chanclas. Genial. Voy a llegar tarde al primer evento del equipo. «Maldita sea». Me río por no llorar. Además, hoy ya he hecho lo segundo.

—Cariño, ¿quieres ponerte esto? —Jamie se señala el traje.

—¿En serio?

Se encoge de hombros.

—No tienes que hacerlo, pero...

—Vamos a probar.

Me río, porque esto es una locura, no obstante, eso es lo que pasa cuando estamos juntos: ocurren locuras.

Y casi usamos la misma talla. Puede que la cintura de Jamie sea un poco más ancha que la mía, si bien lleva un cinturón.

Se mira los pies y hace cálculos.

—¿Qué número calzas?

—Un cuarenta y cuatro.

—Yo llevo un cuarenta y cinco —dice—. Servirá.

Sonreímos como idiotas mientras nos despojamos de nuestra ropa en la gran habitación vacía. Jamie se queda solo con los calcetines de vestir y yo gimo ante la vista.

—Espero que esta cena no dure demasiado. ¿Te quedarás conmigo esta noche en el hotel?

Se relame.

—Claro, pero tendrás que decirme dónde está.

Me pasa la camisa y me la pongo. Huele a él. Voy a estar cachondo toda la noche. La mejor clase de tortura.

Hacemos el cambio y no me veo del todo mal. La chaqueta es un poco más ancha de hombros de lo que me gusta, aun así, qué importa eso.

—He olvidado algo.

—¿Qué?

Me anudo la corbata, pero no hay espejo, así que voy lento.

—¿Aquella noche que hicimos la lista de beneficios de ser gay? Tomar prestada la ropa de tu novio.

Chasquea la lengua, me aparta las manos y endereza el nudo.

—Estás como un tren con mi traje.

—Tú lo estás con cualquier cosa.

Se agacha y me aprieta el pene a través del pantalón de lana.

—Te has ganado una mamada para más tarde, solo por decir eso.

Gimoteo. Luego tengo un pensamiento tan perverso que casi no puedo decirlo con la cara seria.

—Esta noche, te quiero con nada más que mi camiseta de Toronto.

Jamie suelta una carcajada y me da una falsa bofetada en la mejilla.

—Qué engreído. No soy tu grupi.

—¿Por favor? Nunca me he tirado a un grupi. Esta es mi única oportunidad.

Me rodea con los brazos y me aprieta el culo. Recibo un único y contundente beso antes de que se aparte.

—Ahora dame la llave del hotel y vete a cenar ya. Basta ya de palabrería.

Cuando salgo a la acera unos minutos más tarde, estoy un poco aturdido y camino con cuidado con unos zapatos que me vienen un poco grandes.

Y nunca me he sentido mejor en mi vida.

38

Wes

Agosto

Al final de la primera semana de entrenamiento, el entrenador Harvey cambia la alineación y me coloca en segunda línea con Erikkson y Forsberg. Este último llevó a Chicago a ganar la Copa Stanley hace tres temporadas antes de su traspaso al equipo de Toronto. El primero fue el jugador que más goles anotó la temporada pasada. Y luego estoy yo: Ryan Wesley, un novato en pañales, que patinará con dos malditas leyendas.

Es una señal prometedora, porque eso significa que me están considerando seriamente para la plantilla de esta temporada, en lugar de enviarme a la liga menor para seguir entrenando.

Nuestro turno dura dos minutos, y justo antes de que el entrenador haga el cambio de línea, meto un tiro de un solo golpe al portero (otro excampeón de la Copa Stanley) y recibo un vigoroso aplauso de Erikkson, que sonríe detrás de la máscara.

—Jo-der, chico, ¡qué gozada!

Los elogios me provocan una sensación de calidez y me siento aún más embelesado cuando veo que el entrenador asiente en señal de aprobación desde el banquillo.

—Tienes buen instinto —dice cuando me lanzo sobre las tablas un momento después—. No vacilas. Eso me gusta.

¿Es bueno para mi ego oír eso? Claro que sí. Estas dos últimas semanas he aprendido que los elogios de nuestro entrenador son tan frecuentes como un eclipse solar. Pero, a pesar de que nos presiona mucho, y de que es muy duro, es un tipo agradable cuando no estamos en el hielo y sabe mucho de *hockey*.

Forsberg se acerca a mí cuando me dirijo a la rampa, y me revuelve el pelo como si fuera un niño de cinco años.

—Eres rápido, Wesley. Sigue mostrando esa velocidad en los entrenamientos, ¿vale? Te quiero en mi línea.

Mi corazón da un salto mortal. Por Dios. ¿Qué le ha pasado a mi vida?

Pero mi buen humor no es duradero. Tengo que reunirme con uno de los publicistas del equipo en treinta minutos y, según cómo vaya, el entrenamiento podría no ser lo único que acabe hoy. Mi carrera también correría peligro.

Antes incluso de que empiece.

Sin embargo, no he cambiado de opinión, por mucho que Jamie me haya instado a reconsiderarlo. No voy a renunciar a él. Este próximo año puede ser duro para nosotros, sobre todo si mi publicista se pone a trabajar para mantener la relación en secreto. Con todo, sé que lo superaremos.

Quiero a Jamie. Siempre le he querido. Y ahora que sé que él siente lo mismo por mí, no puedo esperar a verlo de nuevo. Para vivir con él.

Tras aceptar el trabajo de entrenador e informar a Detroit de su decisión, Jamie regresó a Lake Placid durante dos semanas. Me contó su plan mientras estábamos tumbados en mi habitación del hotel después de haber hecho el amor. E incluso en ese estado de felicidad, pensé que era una idea terrible.

—No te vayas —pedí—. Acabo de recuperarte.

Me besó con una sonrisa.

—De todos modos, todavía no entramos en el apartamento. Y Pat necesita ayuda. Además, esto significa que podrás concentrarte en impresionar a tu entrenador.

Lo echo de menos, aun así, he seguido su consejo. Todo lo que hago es practicar y hablar con él por teléfono cada noche. El contrato de alquiler del piso comenzó hace tres días. Fui a comprar lo esencial: un colchón de matrimonio y un televisor gigante de pantalla plana. Eso es todo lo que voy a comprar hasta que Jamie vuelva la semana que viene para ayudarme a elegir todo lo demás.

En realidad, ayer encontré un sillón en la acera y lo subí, pero, cuando lo puse frente a las ventanas del salón, me di cuenta de que cojeaba.

Hice una foto del sillón y se la envié a Jamie con un mensaje en el que le contaba cómo lo encontré. Su respuesta fue rápida y furiosa: «¡Deshazte de eso! La gente tira la mierda por algo. ¡Apuesto a que alguien murió en ese sillón!».

La agenda de esta noche: deshacerse del sillón de la muerte e ir a comprar al supermercado.

Mírame siendo tan doméstico. Me gusta.

Después de ducharme en los vestuarios y ponerme la ropa de calle, me dirijo al hueco del ascensor en el otro extremo del campo de entrenamiento. El de relaciones públicas ha accedido a reunirse conmigo en las oficinas de arriba, lo que me evita tener que ir a las oficinas centrales del equipo en la otra punta de la ciudad en hora punta.

Me espera en el pasillo cuando salgo del ascensor. Ya tuve una cita con él una vez. Fue después de firmar mi contrato, cuando me dio un informe sobre los eventos promocionales a los que debo asistir esta temporada.

—Ryan —dice cordialmente, y extiende una mano—. Me alegro de volver a verte.

—Frank —saludo mientras se la estrecho—. Gracias por reunirse conmigo.

—Cualquier cosa por nuestra nueva superestrella debutante. —Sonríe y me hace un gesto para que lo siga.

Un momento después, nos sentamos en un pequeño despacho con vistas al aparcamiento. Frank pone una mirada irónica.

—No es exactamente el lugar más lujoso. Ni siquiera puedo ofrecerte algo de beber.

—No pasa nada. Acabo de beberme dos botellas de agua en el vestuario.

—He visto el final del entrenamiento. Parece que te adaptas bien a los otros chicos.

—Creo que sí —admito—. Espero que el entrenador esté de acuerdo.

Frank sonríe.

—Créeme, chico, a Hal le encantas. He oído que cuando los entrenadores revisaron la lista provisional, se negó a considerar a ningún otro pívot. Tú fuiste su primera y única opción.

Una oleada de satisfacción me recorre el cuerpo. Luego, me siento culpable, pues la idea de decepcionar a mi nuevo entrenador me revuelve el estómago.

Pero la idea de no tener a Jamie en mi vida me enferma aún más.

—Así que, escucha. Quería hablar de algo importante contigo —explico con torpeza.

La expresión de Frank se vuelve seria.

—¿Va todo bien? ¿Alguien te está dando problemas?

Sacudo la cabeza.

—No, nada de eso. —Se me escapa un suspiro apenado—. En todo caso, soy yo quien está a punto de darte problemas.

Se ríe.

—Tengo que decirte que muchas conversaciones comienzan de esta manera. A estas alturas, ya no hay nada que me sorprenda, Ryan. Suéltalo ya.

Me presiono el regazo con las manos para dejar de moverme.

—Frank... sabes que puse a mi compañero de piso como contacto de emergencia en mis formularios médicos, ¿no? En realidad, es mi novio. Pero nadie más lo sabe.

Ni siquiera parpadea.

—Vale.

¿Vale? Estoy muy confuso e intento encontrar sentido a su respuesta. No ha sonado sarcástica, tampoco ha sonado hostil. No ha sonado a nada.

—Solo te lo digo porque podría filtrarse. Nunca trataría de dar publicidad negativa al equipo —me apresuro a remarcar—. Mi orientación sexual no tiene nada que ver con mis habilidades como jugador de *hockey.* Pienso dejarme la piel por este club y espero de verdad que la persona con la que salgo en mi tiempo libre no afecte a la opinión que mis compañeros tengan de mí como jugador. No obstante, también sé que los medios de comunicación querrán hablar de mi historia si sale a la luz.

Frank asiente.

—Yo... —Tomo aire—. Quiero decir que estoy viviendo con alguien. Es algo serio. El único, eh, escándalo es que es un chico.

De pronto, sonríe.

Joder. ¿Se está riendo de mí?

Rechino los dientes y me obligo a continuar.

—Estamos dispuestos a ser tan discretos como el equipo lo necesite, pero no podemos ocultar nuestra relación para siempre. No deberíamos hacerlo. —Casi me quedo sin aliento—. Así que he pensado en comunicártelo y dejar que tú y el equipo decidáis qué va a pasar ahora.

Frank se inclina hacia delante y apoya los brazos en el escritorio.

—Ryan. —Se ríe—. Te agradezco que te hayas sincerado, pero... ya conocíamos tu orientación sexual.

Toso por la sorpresa.

—¿Lo sabíais?

—Hijo, realizamos un proceso de investigación exhaustivo con todos nuestros candidatos. Lo último que necesita un club es reclutar a un chico en la primera ronda, para luego descubrir que tiene un historial criminal kilométrico o que es adicto a las pastillas o que tiene algún que otro secreto que podría afectar a la liga de forma negativa.

Dios mío. De modo que ¿sabían que era gay antes de reclutarme? ¿Cómo?

Pregunto, anonadado.

—¿Cómo lo sabían?

Se ríe de nuevo.

—¿Intentabas mantenerlo en secreto? Porque por lo que hemos averiguado, tus compañeros de la universidad —y los entrenadores— ya estaban al tanto.

Me quedo... boquiabierto.

—¿Mi entrenador se lo contó?

Se encoge de hombros como si no fuera nada sorprendente.

—El entrenador no quería que te unieras a un equipo que no te tratara bien. Te hizo un favor. Y como he dicho, Hal quedó impresionado contigo, y no solo por el talento que le aportas al equipo. Eres inteligente, discreto y tienes la cabeza en la tierra. Eso es todo lo que le importa a él. Y a nosotros.

—Entonces... —Busco mi voz—. ¿No os importa que esté liado con un hombre?

—En absoluto. —Cruza las manos—. De hecho, ya he redactado el comunicado de prensa para cuando esto se filtre.

La organización ha acordado emplear todo tipo de lenguaje de apoyo. Estamos preparados.

Me quedo en blanco. Hay algo que me cosquillea en la mente. Casi suena como si esperasen emitir ese comunicado de prensa.

—¿Qué ganáis con esto? —suelto.

Él sonríe.

—¿La fe en el prójimo?

—Mentira. ¿Qué conseguís con esto?

Frank abre las manos en un gesto de humildad.

—El año pasado les dimos a Kim a Anaheim, y a Owens a Miami. Porque teníamos...

—Demasiados defensas diestros —termino.

Frank asiente.

—Kim es coreano-americano y Owens era... —Mira al techo tratando de recordar—. Lo he olvidado. Pero un periodista deportivo de mierda armó un gran revuelo sobre cómo no queríamos diversidad étnica en el equipo. Alguien se aprovechó de ello e inició una petición que, de alguna manera, reunió veinticinco mil firmas.

No me creo lo que estoy escuchando.

—Así que reclutasteis al maricón.

Frank pone los ojos en blanco.

—Tendré que pedirte que no uses esa palabra, hijo. No es agradable.

Mi gemido resuena en las paredes del despacho.

—Por favor, dime que no vas a filtrar mi orientación sexual la próxima vez que algún imbécil escriba que Toronto no es una organización inclusiva. No quiero ser vuestro títere.

Sonríe.

—No nos interesa convertirte en el símbolo de los deportistas gais. No necesitamos anunciar nada a los cuatro vientos. Todo acaba saliendo a la luz. Aunque no te enviaremos a dar la cara a los medios de comunicación mientras agitas una bandera arco iris, ni te pediremos que concedas entrevistas para promocionarte como el «primer jugador abiertamente gay de la Liga Nacional de *Hockey*».

Al decir el titular, forma unas comillas con los dedos, entre risas, y me doy cuenta de que han pensado mucho en esto. Y mientras tanto, he pasado cada momento de mi vida desde que me reclutaron preocupándome por cómo mantenerlo en secreto.

—Sin embargo, debo admitir que saber que estás en una relación formal me provoca una gran alegría. Cuando la prensa finalmente te descubra, no será una foto tuya en unos baños públicos de la calle Jarvis. Prefiero la imagen de tu novio y tú cenando a la luz de las velas.

Abro la boca para rebatir ese comentario cínico, si bien entiendo que no me importa lo suficiente como para librar una batalla. Toronto no me abandonará, aunque se sepa lo mío con Jamie. «Es lo único que importa», me digo. Y al hombre que tengo delante le pagan por pensar como un imbécil, igual que a mí, por pensar como un hacha.

—¿Hay algo más que quieras comentarme, Ryan?

Parpadeo.

—Eh... no. Eso era todo.

Frank echa la silla hacia atrás y se levanta.

—Entonces espero que no te importe que interrumpamos esta charla. Tengo que hablar con Hal antes de irme a casa con mi mujer y mis hijos.

Me tiemblan las piernas mientras lo sigo hasta la puerta, donde se detiene para darme una palmada en el hombro.

—Deberías venir a cenar a nuestra casa algún día. Tu novio también es bienvenido.

Vuelvo a parpadear. ¿En qué maldito planeta estoy?

Sonríe ante mi gesto confuso.

—Sé que eres nuevo en la ciudad y quizá no conozcas a mucha gente todavía. Y a mi mujer le encanta recibir a los miembros del equipo. Estará encantada de que vengáis.

—Oh. Eh, claro, entonces. Agradezco la invitación.

Tomamos caminos distintos cuando llegamos al vestíbulo. Me siento algo flojo cuando salgo a la calle y voy a la parada del metro. Es como si me hubieran quitado un gran peso de encima y no sé cómo manejar la sensación. Me siento más ligero. Algo de vértigo. Aliviado.

Estoy deseando contárselo a Jamie.

39

Jamie

Ha sido un largo día de entrenamiento.

Pat dirige un intensivo de dos semanas al final del campamento, y la verdad es que llenamos el lugar. Como los dormitorios están abarrotados, los chicos que vienen se alojan en apartamentos con sus padres. Aprovechamos al máximo el tiempo en el hielo y las horas de luz solar.

Es duro, pero me encanta.

Sin embargo, paso el día en vilo. Wes tiene una reunión con el responsable de relaciones públicas. Así que después de la última sesión del día, corro a mi habitación. Esta mañana me he dejado el teléfono en la habitación a propósito para no pasarme el día mirándolo.

Hay algo delante de la puerta. Es un paquete de FedEx. Lo recojo y no pesa nada.

Abro la puerta y entro en la habitación casi vacía. A Pat todavía le falta un entrenador, lo que significa que es bueno que haya vuelto para ayudarlo.

Lo primero que hago es comprobar el teléfono. No hay mensajes de voz, y el único correo electrónico es una oferta de gafas de sol con descuento. Así que me fijo en el paquete, arranco la tira del borde y abro el sobre.

Cae una caja de regalo, la misma que llené hace poco con Skittles morados. Abro la tapa de un tirón y encuentro un papel dentro. Con una sonrisa, veo un solo Skittle púrpura pegado a la página.

Es el resultado de las recientes pruebas médicas del señor Ryan E. Wesley junior. En él aparecen todas las enfermedades de transmisión sexual conocidas y la palabra «negativo» después de cada una de ellas.

Ha garabateado algo en la parte inferior: «Iba a llenar esta caja con condones púrpura, pero luego tuve una idea mejor».

Y ahora estoy cachondo e impaciente.

Así que me paseo por la habitación.

Cuando minutos después mi móvil anuncia que me ha llegado un nuevo correo electrónico, lo saco del bolsillo de un tirón para leer el mensaje

Pero no es de Wes.

Querido entrenador Canning:

Me cuesta creer que no haya podido terminar las sesiones contigo. Tampoco he logrado hablar con mi padre. Entrenando contigo he vivido el mejor verano de mi vida, y me fastidia que haya acabado con un final tan amargo.

Este año jugaré en el Storm Sharks U18. Aquí tienes el enlace, por si alguna vez tienes curiosidad por consultar mis estadísticas. Opino que van a mejorar, y todo gracias a ti.

Saludos,

Mark Killfeather Júnior

Leo el correo electrónico dos veces. Y luego una más. No menciona nada sobre Wes y yo, y tampoco nos insulta. Solo es un chico que quiere jugar al *hockey* y que quiere dar las gracias a la gente que ha intentado ayudarlo.

Maldita sea, me invade el orgullo con este correo electrónico. Y me siento un poco más optimista que hace cinco minutos con respecto a la vida.

Escribo una respuesta rápida, porque no quiero olvidarme.

Killfeather, eres un portero increíble y ha sido un placer trabajar contigo este verano. Por supuesto, comprobaré tus estadísticas a medida que avance el invierno. Vas a arrasar esta temporada.

Saludos,

Jamie Canning

Entonces vuelvo a pasearme por el cuarto y a preocuparme por Wes. ¿Y si lo echan y no estoy allí para él?

¿En qué lugar de Lake Placid puedo hacerme un análisis mañana?

Cuando suena el móvil, doy un respingo y me apresuro a contestar.

—¡Hola, cariño! ¿Te encuentras bien? ¿Qué ha pasado?

—Sí, estoy bien. —Su voz ronca se desliza en mi oído y me envuelve el corazón. Por lo que oigo, supongo que está en la calle. Me pregunto qué va a decirme—. Maldita sea, ojalá te tuviera aquí ahora mismo —dice.

Me preparo.

—Te llevaría a ese restaurante italiano de Queen Street que les encanta a los chicos. Me muero de hambre y quiero contarte cada palabra de la alucinante conversación que acabo de tener. Ahora mismo sigo un poco mareado por el estrés.

—¿Qué tipo de conversación?

—De las buenas —asegura.

Mi pulso se ralentiza, pero aún no quiero hacerme ilusiones. Porque parece imposible creer que un equipo de alto nivel de la Liga Nacional de *Hockey* vaya a encogerse de hombros ante la confesión de Wes. Nada de esto tiene sentido.

—Pero… ¿no deberíamos evitar los lugares donde a tu equipo le gusta comer? —pregunto con cuidado—. Sabes que eso significa que la gente nos verá, ¿verdad?

—Sí, pero algún día, pronto, no importará.

—¿De verdad? —Necesito una garantía, un documento notarial.

Quiero un Valium. O una mamada. O ambas cosas.

—Estoy teniendo un muy buen día —susurra Wes. Vuelvo a relajarme.

—Me alegro —murmuro.

—Te quiero —añade.

—Lo sé.

Wes se ríe en mi oído, y su felicidad me convence de que estaremos bien.

40

Jamie

Un viernes a mediados de agosto me mudo a nuestro apartamento. Aunque «mudarse» requiere comillas, porque no tenemos casi nada.

A principios de la semana, Wes encarga un sofá de cuero para machos, si he entendido bien la descripción. Parece que tiene predilección por un estilo de «hombre de las cavernas», pero no me molesta. También ha comprado tres taburetes de bar para la isla de la cocina, lo que significa que aplazaremos el tema de conseguir una mesa de verdad.

Anoche, después de la primera ronda de nuestro maratón de sexo por habernos echado de menos, Wes presumió de haber hecho la compra, sin embargo, solo volvió con patatas de bolsa, salsas y cerveza, lo que significa que tengo que volver a la tienda y comprar comida de verdad. Puede que todavía no le haya mencionado que soy un cocinero bastante bueno. Wes parece dispuesto a sobrevivir con comida para llevar, y en Toronto eso es fácil. Voy a tener que hacerme con algunas ollas y sartenes para dejarle boquiabierto un día de estos. Eso suena bastante divertido, la verdad.

Mientras tanto, anoche perdimos el sentido (y otras cosas) en nuestro dormitorio. Tras quedarnos sin aliento, dormimos durante nueve horas en nuestra cama de matrimonio nueva.

Hoy es sábado, y todavía hay mucho que hacer. Esta mañana, después de desayunar en una cafetería, he arrastrado a Wes por Toronto en busca de algunas cosas imprescindibles más. Cuando por fin hemos llegado a casa, Wes estaba agitado. Seguro que tengo que calmarlo con una mamada.

—Son tres horas de mi vida que nunca voy a recuperar —se queja cuando entramos. Sus palabras retumban en las paredes, porque nuestro apartamento sigue terriblemente vacío.

La razón de su mal humor es que la sesión de compras nos ha llevado tres horas, porque somos un par de deportistas que no distinguen una tienda de otra. Hemos entrado en cuatro tiendas antes de dar con una en la que no pareciera que íbamos a recibir la visita de la reina de Inglaterra. Allí, elegimos una alfombra y una mesa de centro que hemos comprado, pero el lugar no tenía cafeteras, así que tuvimos que seguir buscando.

—Un buen café no es negociable —dije mientras él refunfuñaba. Tras haber escogido una cafetera de doble goteo y con molinillo integrado, me puse a mirar las toallas. Entonces, Wes se desmoronó y me di por vencido.

—Oh, la ironía —gime mientras se quita los zapatos—. Mi novio me ha arrastrado a un maldito centro comercial.

—Tienes razón —digo con desgana—. Ese viaje ha sido totalmente innecesario. ¿Quién necesita toallas? Podemos secarnos al aire.

Un Wes malhumorado entra en el dormitorio y yo lo sigo, porque es una de las dos habitaciones funcionales de la casa.

Dejo la cafetera y lo observo mientras se quita la camisa y se sienta en la cama gigante.

—¿Podrías acercarte, por favor? —gime—. Es una emergencia.

—Menos mal que estás bueno —murmuro mientras me deshago de los zapatos—. No sabía que entrar en una tienda te convirtiera en Ryan el llorón.

Me acerco a la cama donde me espera un hombre con tableta y sin camiseta, con una expresión consumida por la lujuria.

—Normalmente no lo hace —murmura—. Pero tenemos un problema.

Me agarra de la mano y tira. Me monto sobre él y me inclino para acariciarle un pezón con la lengua. Él gime.

—¿Qué tipo de problema? —pregunto entre lametones.

Deja escapar una respiración temblorosa.

—He pensado que sería divertido llevar un *plug* anal para desayunar hoy. Así podrías penetrarme cuando llegáramos a casa...

Lo miro a los ojos.

—¿En serio?

Asiente, con expresión triste.

—Pero luego has dicho: «Vamos a ver unas alfombras». Y eso fue hace horas. Cada vez que paso por una tienda, esta cosa me masajea la próstata. Si no me follas en los próximos cinco minutos, voy a explotar.

Me he quedado sin palabras, pero mi erección tiene mucho que decir. Me he empalmado ante la idea de que Wes esté preparado y listo para mí. Dejo caer mi boca sobre la suya y él vuelve a gemir. Mi lengua se desliza por su *piercing* y nos lanzamos a la carrera.

Nos besamos como si un meteorito se dirigiera directamente al área metropolitana de Toronto. Las manos ansiosas de Wes me recorren el trasero mientras le lamo la lengua. Su ansia es como una droga, y quiero un chute tras otro. Lo siento muy duro, incluso a través de toda la ropa. Quiere que me lo penetre y está a punto para ello.

—Mmm —gimo en su boca. Es lo más *sexy* que he oído nunca.

En ese momento suena el timbre de la puerta.

—No te distraigas —digo y muevo un brazo hacia arriba.

—¡Nooo! —Wes levanta las dos piernas para atraparme con ellas—. No. —Un beso—. No. —Otro—. Ni siquiera lo pienses.

Me resulta sencillo inmovilizarle las manos sobre el edredón, porque está tan cachondo que no piensa con claridad.

—Para, cariño. Son los del sofá. Hemos pagado setenta y cinco dólares para que lo entreguen un sábado.

—Te odio —dice, pero me suelta.

—Ya lo veo —argumento, y presiono su duro pene mientras me incorporo. Gime una vez más y nos maldice a mí, al sofá y también al universo.

Cierro la puerta de la habitación para darle intimidad y por mi propia cordura. Llamo a la recepción por el interfono y pido al portero que suba el sofá en el montacargas. Luego me acomodo y trato de pensar en cosas aburridas para desinflar la tienda de campaña que tengo montada en los calzoncillos.

Pero no hay cosas aburridas. Empiezo a trabajar la semana que viene y no puedo esperar. Mientras tanto, exploraré esta preciosa ciudad en la que vivo con el hombre cuya compañía he ansiado desde que tenía trece años. Y mudarnos juntos ni siquiera me asusta. Si contamos todas las semanas que hemos pasado en el campamento a lo largo de los años, en realidad ya hemos convivido durante más de un año.

Ahora hay mucho sexo involucrado, por supuesto. Todo es diferente y, sin embargo, es igual. Y muy divertido.

Cuando dejo entrar a los repartidores, son tres.

—¿Dónde lo quiere? —preguntan.

—Por ahí —indico la sala de estar—. Tendremos que moverlo cuando llegue la alfombra, así que no importa dónde lo dejen.

—Es un buen piso —comenta el responsable, que va mascando chicle. Sus ayudantes colocan el sofá en el centro del espacio. Está envuelto en un montón de plástico, así que espero que sea el que Wes ha pedido.

—Gracias. —Firmo el albarán.

Cuando salen, cierro la puerta con llave, me acerco al sofá y lo recorro con la mano.

—¡Eh, Wesley! —grito lo bastante alto como para que me oiga detrás de la puerta del dormitorio—. ¡Saca tu culo hasta aquí!

—¡No! —replica.

Me quito la camiseta de un tirón. Luego me bajo los calzoncillos.

—¡Estoy desnudo!

Eso es todo. Abre la puerta del dormitorio de golpe y camina a toda velocidad por el pasillo, desnudo, con un frasco de lubricante. Para cuando llega a mí, lo espero sentado con las piernas abiertas en el respaldo del sofá, como una estrella del porno, mientras me masturbo.

Wes le dedica una mirada al sofá.

—Tío, mi sofá lleva un condón.

Lo agarro por las caderas y lo atraigo hacia mí.

—Me he dado cuenta. —Le beso la mandíbula—. Eso es porque sabe que estoy a punto de tumbarte sobre él.

Wes gime.

—Promesas y más promesas.

Desliza una mano entre nuestros cuerpos y la coloca sobre la mía. Nos frotamos el uno contra el otro mientras nuestros besos son cada vez más profundos y apasionados. Rodeo su cuerpo con las manos y le acaricio el culo. Cuando mi mano encuentra el juguete, ahí alojado, gimo en su boca.

—Hazlo —jadea.

Todo sucede muy rápido. Con un agarre firme, extraigo el juguete mientras Wes me lubrica la polla. Me tira del respaldo del sofá y se apoya en él.

—Vamos —ordena.

Me acerco a él por detrás y me agarro a sus caderas. La punta de mi pene se desliza entre sus tensas nalgas. Al igual que la otra noche, la sensación de estar en contacto con su piel me deja sin aliento. No hay ninguna barrera entre mi erección palpitante y su ano prieto, y cuando la introduzco profundamente con el primer golpe, ambos gemimos con desenfreno.

—Métemela —exige cuando me quedo quieto.

Pero me encuentro demasiado ocupado saboreando la increíble sensación de estar dentro de él sin condón. Muevo las caderas y él gruñe como un oso malhumorado.

—Te lo juro, Canning, como no te muevas, voy a…

La saco y vuelvo a meterla de golpe. Hace un sonido ahogado y todo su cuerpo tiembla.

—¿Vas a qué? —pregunto con tono burlón.

En lugar de responder, vuelve a gemir. En voz baja, agonizante. Joder, lo desea desesperadamente. Supongo que yo también lo haría si hubiera caminado todo el día con un *plug* anal rozándome la próstata.

Le paso una mano por su fuerte espalda, luego me inclino y le planto un beso entre los omóplatos mientras se la saco de nuevo.

—Me gustas así —murmuro—. Ese culo tan *sexy* al aire. Tenerte a mi merced. Oírte suplicar.

Exhala un suspiro.

—Eres un sádico.

Entre risas, acelero el ritmo. Tres, cuatro embestidas frenéticas antes de volver a reducir la velocidad, lo que provoca que suelte un gemido estrangulado.

—Tienes que aprender a tener paciencia —digo. Pero, mierda, me estoy burlando de mí mismo tanto como de él. Tengo los testículos tan apretados que me duelen, y ya siento el cosquilleo de la liberación inminente.

—A la mierda la paciencia —refunfuña—. Quiero correrme.

—Enfurruñarte no te ayudará, amigo.

—¿No? ¿Qué tal esto entonces? —Empuja su trasero contra mí y me folla, rápido y con ganas.

Maldita sea. No hay manera de que pueda contenerme ahora. Es demasiado bueno. Estoy demasiado excitado.

Le clavo los dedos en las caderas mientras me abalanzo sobre él, cada vez más cerca del límite. Nuestras respiraciones se agitan mientras nuestros cuerpos chocan, pero necesito más. Necesito... Le pongo las manos en el pecho y le levanto el torso para que su espalda quede pegada a mí. El nuevo ángulo hace que grite de placer, y entonces gira la cabeza hacia mí y nuestros labios se encuentran en un beso abrasador que me nubla la mente.

Estamos unidos en todos los sentidos posibles. Mi erección dentro de él, nuestras lenguas fundidas y su vigoroso cuerpo contra el mío.

Lo rodeo y agarro su erección, por lo que ralentizo el movimiento de mis caderas. Lo masturbo con movimientos largos y perezosos que coinciden con los lánguidos empujes de mi miembro.

—No me corro hasta que tú no termines —susurro. Deslizo la lengua en su boca y jugueteo con el *piercing,* y eso es todo lo que necesita para eyacular sobre mi mano.

Wes jadea. Su culo se agita en torno a mi polla y se tensa con tanta fuerza que me provoca un orgasmo que siento en la punta de los dedos y en la planta de los pies. Me rindo y lo abrazo mientras me corro dentro de él.

Los dos nos quedamos sin fuerzas, así que salgo de él y lo arrastro hasta el sofá. Se desploma a mi lado, con el pelo oscuro que me hace cosquillas en la barbilla mientras nos quedamos tumbados y nos recuperamos de otra ronda de sexo espectacular. Creo que nunca me acostumbraré a lo bueno que es el sexo. Wes se ríe de repente.

—Mil gracias por el condón del sofá.

—Qué... —Sonrío cuando me doy cuenta de lo que quiere decir.

—Lo de ir a pelo es un poco engorroso, ¿no?

—Pero es divertido. —Su aliento me calienta el hombro.

—Aunque una vez que quitemos el plástico, probablemente deberíamos poner una toalla o algo así si vamos a follar en este sofá.

—¿Sí? —Tal y como vamos, no habrá una sola superficie en este apartamento en la que no hayamos follado.

Se ríe de nuevo, luego suelta un suspiro de satisfacción y se acuesta aún más cerca.

Resulta que acurrucarse en un sofá envuelto en plástico no es lo más cómodo del mundo.

Así que nos damos una ducha rápida y nos tumbamos en la cama. Estamos mojados, por supuesto, y nuestros pelos gotean.

—Empiezo a entender a lo que te referías con lo de las toallas —dice Wes mientras beso una gota de agua que tiene en el hombro.

—Ya era hora —suspiro, y luego busco más gotas en su tensa piel. Lamo el *piercing* de la ceja, y el ligero sabor metálico me estremece. Me encanta tener a mi chico malo en la cama.

Wes me recorre la espalda con una mano perezosa y resulta de lo más placentero.

—Necesitamos toallas y un *plug* para ti. Para que sepas lo que es caminar cachondo durante tres kilómetros.

—Sin embargo, ha sido muy excitante —admito—. Qué locura.

Me pasa una mano por el pelo mojado.

—Me alegro de que te haya gustado. Quería ponértelo más fácil.

—¿Qué? —Hay un deje de seriedad en su tono, así que paro de besarle por todas partes y lo miro fijamente—. ¿Más fácil?

Pero él aparta la mirada.

—Ya sabes. Más fácil. Cuando estabas con mujeres, no tardaban media maldita hora en prepararse para el sexo.

Una risa sube por mi garganta, pero la ahogo porque está muy serio.

—¿A cuántas mujeres te has tirado, Wes?

Con timidez, levanta un dedo.

Me sobresalto por un segundo, hasta que recuerdo el verano en que teníamos dieciséis años, cuando Wes se presentó en el campamento y admitió haber perdido la virginidad. No obstante, sacarle los detalles guarros había sido como arrancarle los dientes. Ahora sé por qué.

—Cierto, una. Y los dos erais demasiado inexpertos para saber lo que estabais haciendo. —Me encojo de hombros—. En general, las mujeres necesitan su tiempo para ponerse a tono. De modo que tengo que pedir una falta técnica solo por las reglas. Pero, además, no se trata de eso. Tenemos muchos momentos rápidos y guarros. Para eso están las mamadas.

Me dedica una débil sonrisa.

—Claro. Pero...

—Pero ¿qué?

—Bueno, nunca podré darte todo lo que te gusta.

Ah.

—Tío, para. No tengo ganas de coño. —Eso suena mucho más gracioso de lo que esperaba, así que ambos nos reímos—. Pese a ello, hablo en serio. Disfruté de las mujeres, aunque nunca me enamoré de una. —Cada vez que lo digo, parece más evidente. Y, cada vez que lo digo, la cara de Wes se suaviza—. ¿Puedes prometerme que no te preocuparás por esto? Porque la única forma que se me ocurre de demostrártelo es acostarme mucho contigo.

—Eso funciona. —Su sonrisa arrogante ha vuelto y me alegra verla.

—Bien. —Me doy la vuelta y me acomodo contra él—. Dentro de un rato tengo que revisar el Facebook.

—¿Por qué?

Se me forma un nudo en el estómago.

—Mañana tengo cena de domingo, así que hoy he salido del armario.

—¿Por Facebook? —grita.

Me echo hacia atrás y le doy un pellizco en el culo.

—Confía un poco en mí, ¿no? Tengo un grupo privado con mi familia. Somos solo los hijos, las parejas y mis padres. Ni siquiera les he dicho tu apellido.

Se queda muy callado detrás de mí, pero su mano traza perezosos círculos en mi espalda.

—¿Estás preocupado? —pregunta al fin.

Es una pregunta legítima.

—La verdad es que no. No se asustarán por el hecho de que seas un chico. Puede que hagan algún comentario en plan: «¿Por qué no lo habías dicho?», «¿por eso dejaste la Liga Nacional de *Hockey?*» o «¿por eso te fuiste del país?». No me gusta que me interroguen.

—¿Cuándo lo has publicado?

—Esta mañana, antes de salir a desayunar. Es decir, hace unas cinco horas. Ahora mismo es la una en California, ya lo habrán visto.

—Ve a por el móvil —susurra.

41

Wes

Espero en la cama y rezo una plegaria inventada por Jamie. Quizá sea la persona más tranquila que he conocido y eso me encanta de él. Pero lo hace vulnerable. Las personas pueden comportarse como unos imbéciles por cosas más pequeñas que el hecho de que su hermano tenga una relación homosexual. Si alguien le ha dicho algo malo a Jamie en esa página de Facebook, lo más probable es que le dé un puñetazo.

Pero no vuelve. Y entonces oigo un gemido desde el salón.

Me levanto y corro por el pasillo. Encuentro a Jamie encaramado en el borde del sofá con condón, con la cara entre las manos.

Se me revuelve el estómago. No quiero esto para él. He tardado cuatro años en superar la reacción de mis padres ante mi salida del armario. Es más, probablemente todavía no lo he superado, joder.

Me tiende el móvil y lo tomo con la mano temblorosa.

Su mensaje en Facebook es puro Jamie:

> Hola a todos:
> Me siento como un idiota haciendo esto por Facebook, no obstante, no puedo llamaros a todos para mañana. De todas formas, todos hablaréis de mí el domingo. Y, en caso de que penséis que me han hackeado la cuenta, no es así. Como prueba confesaré que fui yo quien rompió el ángel del árbol de Navidad de mamá cuando tenía siete años. Fue una muerte por pelota de béisbol, pero prometo que no sufrió.
> De todos modos, tengo que poneros al día de algunas novedades. He aceptado el trabajo de entrenador en Toronto,

y he rechazado mi puesto en Detroit. Me parece el movimiento profesional correcto, aunque hay algo más. Estoy viviendo con mi novio (no es una errata). Se llama Wes y nos conocimos en Lake Placid hace unos nueve años.
Por si os faltaba algo de lo que hablar durante la cena, he solucionado ese problema.
Os quiero a todos.
Jamie

Debajo de la publicación hay un selfi que nos hicimos ayer. Salimos en la cocina, repleta de productos del supermercado que acabábamos de comprar. Jamie se burlaba de mis hábitos de compra y yo le echaba la bronca por algo. Ni siquiera recuerdo el qué. Pero tenemos las cabezas juntas y le estoy haciendo los cuernos. Y parecemos tan felices que casi no me reconozco.

Me deslizo hasta los comentarios, y mi estómago se revuelve asustado.

Joe: Dios mío. Jamester, ¿en serio? ¿Acabas de confesarnos que sales con un fan de los Patriots? Eso es pecado, hermanito. Temo por tu alma eterna.

Entrecierro los ojos al ver la foto y, en efecto, llevo una camiseta de cuando ganaron la Super Bowl en 2015. Ups.

Tammy: ¡Joe, imbécil! No lo escuches, Jamie. Tu novio está cañón. Y Jess me debe veinte dólares.
Brady: Voy a tener que ponerme del lado de Joe en esta ocasión. ¿Qué pasa si surge el tema del fútbol en Acción de Gracias? Si tu novio quiere hablar de pelotas, va a ser incómodo.
Joe: Choca esos cinco, Brady.
Jess: ¡No te debo veinte dólares! Dijiste que estaba deprimido por una CHICA.
Tammy: Dije «una relación».
Jess: «Tos», y una mierda.
Sra. Canning: ¡Jess, habla bien! Jamie, cariño, ¿cuándo vas a traer a tu novio a casa para la cena del domingo? ¿Y eso

son Doritos de fondo? ¿Hay supermercados buenos en Canadá? Voy a buscarlo en internet y te mando la dirección.
Sra. Canning: Y gracias por decirme lo del ángel. Aunque sabía que fuiste tú, cariño. Nunca se te ha dado bien mentir.
Scotty: Jamie, papá no recuerda su contraseña de Facebook, pero dice que te diga que te quiere sin importar lo que te guste y bla, bla, bla.

Resoplo y Jamie levanta la vista.

—Qué ridículo.

—Creo que son... —Me cuesta tragar, porque me alegro mucho por él—. Creo que son geniales.

Se encoge de hombros.

—Me he pasado toda la vida intentando destacar entre la multitud. Lo juro por Dios, podría anunciar que quiero vivir mi vida como un yeti vampiro transexual, y seguirían diciendo: «Oh, Jamie. Eres tan mono».

Me cuesta tragar de nuevo, pero esta vez por el enorme nudo que me obstruye la garganta.

Como siempre, Jamie percibe mi angustia. Este hombre me conoce, por dentro y por fuera. Siempre lo ha hecho.

—¿Qué pasa?

—No pasa nada. Es solo... —digo a través del bulto en mi garganta—. Tienes mucha suerte, Canning. Tu familia te quiere. Quiero decir, te quiere de verdad, y no solo porque sois de la misma sangre y eso les obliga a quererte.

Sus ojos marrones se suavizan. Sé que está pensando en mi familia, pero no le doy la oportunidad de excusarse por mis padres.

—Mi madre es una mujer florero —confieso con aspereza—. Y yo soy un hijo trofeo. Ninguno de mis padres me ha visto nunca como algo más que eso, y no lo harán. Es... una mierda.

Jamie tira de mí.

—Sí, es un asco —afirma—. Pero esto es lo que pasa con la familia, Ryan... La sangre no significa una mierda. Solo tienes que rodearte de gente que te quiera. Ellos son tu verdadera familia.

Me hundo en el sofá a su lado y el plástico se arruga bajo mis calzoncillos. Me rodea con un brazo musculoso y me roza la sien con los labios.

—Soy tu familia, cariño. —Me quita el teléfono de la mano y pulsa la pantalla—. ¿Y estos locos? También lo serán si se lo permites. Es decir, a veces te pondrán de los nervios, pero créeme cuando te digo que merece la pena.

Lo creo.

—No puedo esperar a conocerlos —comento con suavidad.

Su boca recorre el borde de mi mandíbula antes de posarse sobre mis labios.

—Te van a adorar. —Me besa, lenta y dulcemente—. Yo te adoro.

Le paso la yema del pulgar por el labio inferior.

—Te he querido cada verano desde que tenía trece años. Te quiero más ahora, si cabe.

Nuestros labios están a milímetros de volver a encontrarse cuando dice:

—Necesito saber algo y tienes que prometerme que serás sincero.

—Siempre lo soy contigo —protesto.

—Bien, eso espero. —Esos preciosos ojos marrones brillan—. ¿Me dejaste ganar en la tanda de penaltis?

Sé a cuál se refiere. Me tiemblan los labios y los aprieto para no sonreír.

—¿Y bien?

Me encojo de hombros.

—Wesley... —Hay una nota de advertencia en su voz ahora—. Cuéntame qué pasó durante esos penaltis.

—Bueno. —Dudo—. La verdad es que no lo sé. Me aterraba ganar, porque sabía que me vería obligado a perdonarte la apuesta, y me asustaba perder, porque tenía muchas ganas de tocarte. Además, también temía que te dieras cuenta.

Su cara está llena de simpatía, pero ya no la necesito. Es agua pasada. Me inclino más hacia él y le doy un beso en la nariz.

—Entonces, ¿esos dos últimos tiros? Apenas recuerdo lo que pasó. Yo estaba en plan «¡que sea lo que Dios quiera!».

Jamie se ríe de mí. Y entonces me besa. Le paso las manos por la nuca y lo atraigo hacia mí. Su piel cálida se desliza contra la mía y me siento en casa.

Porque mi hogar está con él.

Epílogo

Wes

Día de Acción de Gracias

—¡Ryan Theodore Wesley! Suelta ese cuchillo ahora mismo.

Me congelo como una escultura de hielo cuando la madre de Jamie se dirige hacia mí, con una mano en la cadera y la otra señalando el cuchillo cebollero que tengo en la mano.

—¿Quién te ha enseñado a cortar cebollas? —exige saber.

Miro la tabla de cortar que tengo delante. Por lo que sé, no he cometido ningún delito importante relacionado con las cebollas.

—Eh... —Me encuentro con los ojos de Cindy Canning—. Bueno, esa es una pregunta con trampa. Nadie me ha enseñado como tal. Mis padres tienen un cocinero que viene cuatro veces a la semana a preparar las comidas y... espera, lo siento, ¿me has llamado Ryan Theodore?

Agita la mano como si la pregunta fuera irrelevante.

—No sé tu segundo nombre, así que me he inventado uno. Porque, cariño, necesitabas que te llamara por un segundo nombre por haber estropeado esas pobres cebollas.

No puedo contener la risa. La madre de Jamie es genial. Estoy mucho más relajado en su cocina de lo que esperaba.

Jamie y yo llegamos a California hace dos días, pero, como yo tenía un partido la primera noche, Jamie se fue a casa de sus padres mientras yo me quedé en el hotel con mis compañeros. Después de que el equipo aplastara a San José, hice las entrevistas habituales con la prensa tras el partido, y ayer por la mañana fui a San Rafael para reunirme con Jamie y su familia.

La gran comida festiva de hoy será la verdadera prueba de aceptación. Ya he conocido a los padres de Jamie y a un hermano. Hasta ahora, todo ha ido bien.

—Hay que cortar esto en trozos más pequeños —dice Cindy. Me da una palmada en el trasero para apartarme y luego ocupa mi lugar—. Siéntate en el mostrador. Puedes mirar mientras yo corto. Toma notas si lo necesitas.

Sonrío.

—Así que supongo que Jamie no te ha dicho lo mal que se me da cocinar, ¿eh?

—Desde luego que no. —Me mira con severidad—. Pero tendrás que aprender, porque no puedo pasarme todo el tiempo preocupándome de que mi hijo no se alimente bien allí en Siberia.

—Toronto —corrijo con un bufido—. Y estoy seguro de que sabes que es él quien me alimenta.

Ahora que la temporada de *hockey* ha empezado, mi vida es un no parar. Los entrenamientos son brutales y nuestro horario, agotador. Sin embargo, Jamie es mi roca. Viene a todos mis partidos en casa y, cuando llego agotado desde el aeropuerto después de un partido fuera de Toronto, me espera para masajearme los hombros, o darme de comer, o follarme hasta que pierdo el sentido.

Nuestro apartamento es mi lugar seguro, mi refugio. No me creo que considerara intentar pasar mi temporada de novato sin él.

Es fácil deducir de dónde ha sacado ese gen de la crianza, porque su madre se ha pasado el día pendiente de mí.

Se oye otro resoplido en la puerta y el padre de Jamie entra en la cocina a grandes zancadas.

—Toronto —repite—. ¿Qué clase de ciudad no tiene equipo de fútbol? Explícamelo, Wes.

—Sí tiene —señalo—. Los Argonautas.

Richard entrecierra los ojos.

—¿Es un equipo de la Liga Nacional?

—Bueno, no, pero...

—Entonces no tienen un equipo —dice con firmeza.

Reprimo una carcajada. Jamie me advirtió de que su familia era fanática del fútbol, pero creía que exageraba.

—¿Dónde está Jamie? —Richard echa un vistazo a la cocina como si esperara que Jamie saliera de un armario.

—Ha ido a recoger a Jess —dice Cindy a su marido—. Quiere tomarse unas copas esta noche, así que dejará el coche en casa.

Richard asiente en señal de aprobación.

—Buena chica —comenta, como si Jess pudiera oírlo de alguna manera desde la otra punta de la ciudad.

Tengo que admitir que me aterraba conocer a la familia de Jamie. Quiero decir, ya sé que son buenas personas. Pero ¿un padre y tres hermanos mayores? Tenía este temor persistente de que me odiaran solo por principios. Ya sabes, por ser el tipo que se está tirando a su hermanito.

Sin embargo, el padre de Jamie ha sido muy agradable, y ya he conocido a Scott, que vive aquí. Anoche fuimos los tres a tomar unas cervezas a un bar deportivo y, cuando en las pantallas de la televisión pusieron los mejores momentos de los partidos de la noche anterior, Scott aplaudió contra la mesa y, cada vez que me veía patinar, gritaba: «¡Ese es mi hermano!». ¿Y cuando apareció en la pantalla el gol que marqué al final del segundo partido? Jamie y Scott se volvieron locos.

Sí, mi primer gol en la Liga Nacional de *Hockey*. Todavía me encuentro extasiado por ello. Este último mes, he jugado cada vez más, y lo de anoche fue un récord para mí: doce minutos de tiempo en el hielo y un gol como recompensa. La vida es maravillosa.

Tanto, que me siento más generoso que de costumbre, por lo que me deslizo de mi taburete y digo:

—¿Me disculpan un momento? Debo llamar a mis padres para desearles un feliz Día de Acción de Gracias.

La madre de Jamie me sonríe.

—Qué encanto. Adelante.

Me escabullo y saco el teléfono del bolsillo. Joder, hasta sonrío mientras marco el número de mis padres en Boston. Sin embargo, la sonrisa se desvanece con rapidez. Siempre me ocurre cuando oigo la voz de mi padre.

—Hola, papá —saludo con tono cortante—. ¿Te pillo en buen momento?

—En realidad, no. Tu madre y yo estamos saliendo. Tenemos una reserva a las seis.

Claro que sí. La única vez que mi familia celebró una cena de Acción de Gracias en casa fue el año en que el presidente de la empresa de corretaje de mi padre se divorció. El tipo no tenía dónde ir, así que se autoinvitó a nuestra casa, y mi madre contrató un *catering gourmet* para que nos cocinara un maldito banquete.

—¿Qué querías, Ryan? —pregunta enérgicamente.

—Yo... solo quería desearos un feliz Día de Acción de Gracias —murmuro.

—Oh. Bueno, gracias. Igualmente, hijo.

Y cuelga. Ni siquiera pone a mi madre al teléfono. Pero, de nuevo, él habla en nombre de los dos.

Miro el teléfono mucho después de que haya colgado y me pregunto qué hice en otra vida para perder en la lotería de los padres de una forma tan espectacular. No obstante, el pensamiento deprimente no tiene tiempo de arraigar, porque la puerta principal se abre de repente y me asalta una oleada de ruido.

Pasos. Voces. Risas fuertes y chillidos felices. Parece que un pelotón entero ha entrado en la casa. Lo cual es más o menos el caso, porque la familia de Jamie es enorme, joder.

Siento cómo los nervios se me acumulan en el pecho.

En cuestión de segundos, me rodean, tiran de mí en todas direcciones y me abrazan personas que no conozco. Las presentaciones se suceden, pero apenas puedo seguir los nombres. Estoy demasiado ocupado respondiendo a todas las preguntas que me lanzan como si fueran bofetadas.

—¿Te ha enseñado Jamester la casa?

—Sí.

—¿Te ha enseñado mamá las fotos del Halloween en que Jamie se disfrazó de berenjena? —No, pero eso debería corregirse de inmediato.

—¿Te pagan una bonificación cada vez que marcas?

—Eh...

—¿Estás enamorado de mi hermano?

—¡Tammy! —Jamie balbucea cuando su hermana mayor formula esa última pregunta.

Levanto la vista y lo encuentro entre la multitud, como si acabara de salir el sol. Hace una hora que no nos vemos, pero siempre me produce el mismo efecto.

Solía luchar contra la reacción que me producía, en cambio, ya no tengo que hacerlo. Y eso es más chocante que la forma en que su familia parece dispuesta a abrazar al completo desconocido que vive con su hermano. A no ser que sean muy buenos actores.

Jamie se desliza entre sus hermanos y me pasa el brazo por el hombro.

—Dejad al pobre chico en paz, ¿vale? No lleva aquí ni un día.

Su hermano Joe resopla.

—¿Crees que seremos benévolos con él porque llegó ayer? ¿Es que no nos conoces?

Jess se abre paso entre Jamie y yo, y enlaza su brazo con el mío.

—Vamos a tomar una copa, Wes. Me parece que es más fácil tolerar a estos payasos cuando uno está borracho.

Me río mientras me arrastra hacia el comedor, pero la madre de Jamie grita desde la cocina justo cuando pasamos por delante.

—¡Jessica, necesito a Wes! A Jamie también. Puedes asaltar el armario de los licores más tarde.

—No iba a asaltar el... —Jess se detiene bruscamente y se vuelve hacia mí con un suspiro derrotado—. Te juro que esa mujer lee la mente.

Me llevan de nuevo a la cocina, aunque esta vez Jamie se encuentra a mi lado. Mientras su madre nos hace un gesto para que esperemos, él se acerca a mi oído y dice:

—¿Te diviertes?

—Sí —digo con sinceridad. Porque, madre mía, el clan Canning es estupendo. Tal vez debería preocuparme menos. Quizá hay un rincón del mundo donde no necesito ponerme a prueba todo el tiempo. Vale, dos rincones. Porque la vida en cierto apartamento de Toronto también va muy bien.

—Vale, chicos, aquí tenéis vuestro regalo de inauguración.

Levanto la vista para ver cómo la madre de Jamie coloca dos regalos en el mostrador. En una etiqueta pone «Jamie» y en la otra, «Ryan».

—Oh —dice Jamie—. No hacía falta.

—Mi último pajarito ha volado del nido. —Cindy suspira—. Si no puedo ver tu piso, al menos te daré algo para él.

—Puedes verlo —añado—. Ven de visita.

Jamie y yo nos miramos y veo un destello divertido en sus ojos. Quizá esté pensando lo mismo que yo: si su madre nos visita, tendremos que esconder todos los juguetes sexuales en el armario del baño.

—¡Lo haré! —dice con alegría—. ¡Ahora abridlos!

Los hermanos se arremolinan a nuestro alrededor mientras Jamie y yo abrimos una caja cada uno. Levanto la tapa y aparto un poco el papel de seda. Luego saco una preciosa taza de café hecha a mano. Pone «DE ÉL» en el lateral. Oigo risas y miro el regalo de Jamie.

Otra taza con la inscripción «DE ÉL».

—¡Mamá! —grita Jess—. ¡El objetivo de las tazas etiquetadas es que se distingan! Deberías haber puesto sus iniciales.

—Pero eso no tendría gracia —explica su madre con una sonrisa.

—Gracias. —Me río por lo bajo mientras mi novio suelta una carcajada.

Le doy la vuelta a la taza entre las manos mientras imagino a Cindy haciéndola para mí en su taller de cerámica. El esmalte es brillante y luminoso, la taza grande y sólida. Es preciosa, y recibirla de ella es como si me dieran el carné de socio de un club al que me muero por unirme.

Agarro el asa y le doy la vuelta para ver si la ha firmado. En efecto, hay algo grabado en el fondo sin esmaltar. Tengo que entrecerrar los ojos para leer las minúsculas letras.

Querido Ryan. Gracias por hacer tan feliz a Jamie. Él te quiere y nosotros también. Bienvenido al clan Canning.

Caray. Me arde la garganta y me concentro en guardar la taza en la caja. Dedico más tiempo del necesario a colocar el papel de seda a su alrededor con el cuidado de un cirujano. Cuando por fin estoy preparado para levantar la vista, la madre de Jamie me espera. La cálida mirada de sus ojos hace que el escozor de mi garganta sea aún peor.

Trato de sonreírle de manera despreocupada, sin embargo, no lo consigo. Nadie me había dicho algo tan dulce en mi vida. A excepción de Jamie.

Como si lo hubiera invocado, una mano cálida se desliza por la parte baja de mi espalda. Ajusto mi postura solo una fracción de grado y me inclino hacia el roce.

Cindy nos mira y me guiña un ojo. Luego, con la misma rapidez, se pone seria y da una palmada.

—¡Bien, tropa! El pavo está en el horno, pero todavía queda trabajo. Necesito que alguien saltee las verduras para el relleno, que otro encienda la parrilla, también me hacen falta dos personas para montar la nata y que el resto se largue de mi cocina.

Sin dejar de charlar, los Canning se mueven por la cocina, abren y cierran armarios, y reparten botellas de cerveza. Sin embargo, Jamie no se aparta de mi lado. Él y yo somos el ojo tranquilo de un huracán amistoso y familiar.

Y espero que la tormenta no pase nunca.

Sigue a Wonderbooks
en www.wonderbooks.es
en nuestras redes sociales
y suscríbete a nuestra *newsletter*.

Acerca tu teléfono móvil a los códigos QR y empieza a disfrutar de información anticipada sobre nuestras novedades y contenidos y ofertas exclusivas.